REÜNIE

ASPE

DOOR JONAS BOETS

REÜNIE

MANTEAU

1

In tien jaar tijd waren er best wel wat dingen veranderd in het Sint-Lodewijkscollege. Tussen de toiletten voor de jongens waren schotten gekomen, waardoor je niet meer bij elke plasbeurt naar een ander zijn lid moest staren en opmerkingen over grootte in je voor- of nadeel moest slikken. Er waren veel minder priesters die door de gangen zwierven alsof de school van hen was – wat in wezen ook wel zo was, de school was ontstaan in de schoot van het klooster, wat sommige van de priesters iets te letterlijk namen door ook de leerlingen op hun schoot te laten plaatsnemen. En de oude studiezaal was nu een feestzaal geworden, waar het houten verhoog waarop de studiemeester streng op zijn discipelen toekeek, had plaatsgemaakt voor een kleine toog. En dat kon Wim Goris best wel pruimen.

Met zijn elleboog op de toog en een flesje bier in de hand sloeg hij de reünie voor hun tien jaar afstuderen gade. Hij had nooit echt meegedaan aan de festiviteiten op hun school en was niet van plan om daar alsnog verandering in te brengen. Hij had bovendien een hekel aan het hypocriete gedrag dat het grootste deel van zijn studiegenoten op het feest aan de dag legde. Iedereen was vriendelijk en blij elkaar te zien. Maar dat klopte niet.

Iets verderop stond bijvoorbeeld meneer Van Damme, wiskundeleerkracht en notoir gokker, te praten met Wims exklasgenote Annelies Moeyersoon. Ze lachten allebei, ook al had Van Damme de gewoonte gehad om pratende leerlingen zoals Annelies te bekogelen met krijtjes. Die werden niet zomaar in een boogje gegooid, als vriendelijk verzoek om de aandacht bij de les te houden, maar afgevuurd als venijnige raketten, vastberaden om het doelwit te bezeren. Op dagen waarop Van Damme echt een slecht humeur had, meestal omdat hij zijn eigen lessen over statistiek had genegeerd en zijn weekloon had verspeeld in een louche casino, gebruikte hij zelfs bordvegers om zijn boodschap over te brengen. Als Wim goed keek, kon hij nog steeds een litteken op Annelies' wang bespeuren. Maar er werd gelachen en gebabbeld, om het verleden te negeren. Ook al waren ze nu volwassen, Annelies nam niet het risico om opnieuw het mikpunt van Van Dammes woede-uitbarstingen te worden. Binnen de schoolmuren bleven de eeuwenoude wetten van het schoolse leven gelden.

Wim had het gevoeld zodra hij de ijzeren poort was gepasseerd. Daarachter, zodra ze het schoolgebouw waren binnengegaan, gold hun huidige sociale leven niet meer, maar conformeerde iedereen zich aan de student die hij destijds was geweest. De jongens en meisjes die vroeger van disco hadden gehouden, stonden nu ook als eersten op de dansvloer, zich uitlevend als overjaarse johnny's en marina's op kermismuziek. En de muurbloempjes van toen bleven ook nu braaf aan de kant staan, ook al waren ze in het echte leven succesvolle zakenmensen, wetenschappers of ingenieurs. De pikorde bleef netjes behouden.

Zelf deed Wim zijn best om zich gedeisd te houden. Hij stond aan de zijlijn, net als vroeger. Wanneer meisjes naar hem keken, sloeg hij zijn ogen neer en wanneer jongens als Ken Capiau langs hem heen reikten om iets te bestellen, ging hij braaf opzij. Ook wanneer Ken tijdens het wringen een elleboog in zijn maag plantte, zei hij niets. Hij kende zijn plaats.

'Heb je het gehoord van Els?'

Anne Walleyn was naast hem komen staan. Ze was bijna even groot als hij en droeg haar bruine paardenstaart nog op dezelfde manier als in het middelbaar. Toen had ze vooral te lang en te mager geleken, maar nu hij zelf nog een laatste scheut had gekregen, vond hij haar slank en aantrekkelijk. Wim bleef voor zich uit staren en knikte lichtjes.

'Ja.'

'Erg, hè.'

'Ik weet het niet. Els was een bitch.'

Ze schrok zichtbaar van zijn reactie. Over de doden niets dan goeds. Maar Wim hield niet zo van spreekwoorden. Hij praatte verder om haar aandacht vast te houden.

'Weet je hoe het is gebeurd?'

'Ze zou een pistool van haar vader hebben gebruikt.'

Wim schudde zijn hoofd, grinnikte zelfs een beetje.

'Daar was ze te laf voor. Maar misschien heeft iemand haar geholpen.'

Hij richtte zijn blik weer op de dansvloer, waar enkele jongens wild in het rond sprongen en daarbij tegen anderen aan stootten. Bijna ontstond er een vechtpartij. Het verbaasde Wim niet dat Jurgen Swerts een van de aanstokers was. Sommige dingen veranderden niet.

Anne dronk zenuwachtig van haar bacardi breezer, niet goed wetend wat ze van de opmerkingen van Wim moest denken. Ze keek opzichtig in het rond, op zoek naar een nieuwe gesprekspartner, liefst een met meer tact. Het kwam voor haar dan ook als geroepen dat op dat moment de muziek zachter werd gezet en iemand door de microfoon van de discobar aankondigde dat de rondleiding ging beginnen.

'Als je wilt weten hoe het college er nu uitziet, kom dan samen bij de groene deur.'

Meneer Van den Eynde, leerkracht geschiedenis in de lagere jaren, zwaaide met zijn armen om aan te geven dat hij de gids zou zijn. Anne repte zich zonder iets te zeggen ernaartoe. Wim zuchtte. Hij had niet veel zin in een rondleiding, maar hij voelde er ook weinig voor om nog langer in de schoolse versie van de botsauto's te blijven staan. Dus bestelde hij nog een biertje voor onderweg en sloot aan bij de groep aan de groene deur.

De tocht startte bij de leraarskamer. Die was niet echt veranderd, maar het was wel een plek waar veel leerlingen nieuwsgierig naar waren. Tijdens hun schoolperiode waren ze nooit verder geraakt dan de grote houten deur, waar ze schoorvoetend hun huistaak kwamen afgeven, hopend dat hun leerkracht niet zou merken dat ze te laat waren. Maar zoals zo vaak mondde het onthullen van de mythe uit in een teleurstelling: er was niets speciaals aan de tafels die in rijtjes naast elkaar stonden, aan de stoelen van kunststof die dienst moesten doen tot ze helemaal versleten waren. Wat hadden ze dan verwacht? Een geheim genootschap met tapijten aan de wand en fluwelen banken? Leerkrachten die een snee in hun hand maakten om toe te treden tot de leerkrachtenloge? Wim Goris zuchtte. Als dit de rondleiding zou worden, kon hij beter stiekem afzwaaien.

'Saai, hè.'

Naast hem stond Karen Severs, een van de leading lady's van hun jaar. Wim herinnerde zich haar als een trotse jonge vrouw, die graag in de belangstelling stond. Altijd in de buurt te vinden van types als Jurgen Swerts en hoe heette die andere jongen ook alweer? Ken en nog iets.

'Dat kun je wel zeggen. Er zijn kantoren op het ministerie van Financiën die spannender zijn dan deze kamer.'

Karen moest lachen. Wim kon zich niet herinneren dat hij haar ooit had laten lachen. Hij kon zich eigenlijk niet herinneren dat hij ooit met haar had gepraat. Ze zag er anders uit dan vroeger, haar bruine haren waren dun en onverzorgd, haar broek slobberde en de Palladiums aan haar voeten waren versleten.

'Hopelijk krijgen we nog echt iets te zien.'

'En iets te drinken', knikte Wim, die zijn flesje op een van de tafels van de leraarskamer zette. Dat moesten de priesters maandag maar opruimen. Het voelde als een kleine genoegdoening voor al die vervelende uren dat de leerkrachten hen hadden beziggehouden. Het voortdurende gehamer op regels en het naleven ervan had er alleen maar voor gezorgd dat hij een onweerstaanbare drang voelde om ze nu aan zijn laars te lappen. Net zoals ze hoopten dat gedetineerden na jarenlange opsluiting met nauwelijks beweging of voedzaam eten plots miraculeus als eerlijke mensen weer de gevangenis uitstapten, zo werden kinderen na jarenlange indoctrinatie door scholen geacht om hun plek in de maatschappij te vinden. En dan schrokken ze ervan als dat niet altijd lukte.

De volgende stop was de turnzaal. Wim vergaapte zich aan de gloednieuwe sporthal die was verrezen uit de as van de oude hangar waar zij hun turnlessen hadden gekregen. Hun hoge schoolrekeningen hadden dan toch ergens voor gediend.

'Er is zelfs verwarming', floot iemand naast Wim tussen zijn tanden. Tom Houben, de jongen die altijd het klasnummer na Wim had gehad. Ze hadden heel wat groepstaken samen gedaan en ook in de turnles waren ze tot elkaar veroordeeld geweest voor allerlei balk- en springoefeningen. Wim schudde hem met de glimlach de hand. In de feestzaal was hij Tom niet tegengekomen.

'Niet zeuren, maar lopen', diste Wim de spreuk op die het mantra was geweest van hun toenmalige turnleraar.

'Daar krijg je het warm van', vulde Tom aan.

Hij was een echte man geworden. Groot, gespierd, met een weelderige baard en haar op zijn knuisten. Wim zag zichzelf nog altijd als de achttienjarige van weleer, waardoor hij zich automatisch nederiger opstelde.

'Net aangekomen?'

'Klopt. Ik had nog een late vergadering.'

Wim bromde alleen maar. Normaal gezien had hij moeten vragen welke baan Tom dan wel had. Waarom hij nog zo laat had moeten vergaderen. Maar hij vertikte het, want dan was er een kans dat hij dezelfde vragen teruggekaatst zou krijgen. En dat wilde hij vermijden. Hij had geen zin om iedereen te vertellen dat hij net ontslagen was en vandaag op tijd had kunnen komen, omdat zijn dag uit niet meer had bestaan dan een stempel halen bij de RVA.

Hij had lang getwijfeld om te komen. Het makkelijkste om vervelende vragen te vermijden was natuurlijk niet opdagen. Dat zou niemand zijn opgevallen, want er waren wel meer ex-leerlingen afwezig. De uitnodigingen waren met de post naar het adres van de ouders gestuurd en niet al die brieven hadden de geadresseerden bereikt. Zoals Johan, de sullige strever uit zijn klas, die naar New York was verhuisd en van wie iedereen dacht dat hij er grote sier maakte als advocaat, terwijl hij in werkelijkheid borden afwaste in een pizzakraam in Bleecker Street.

En eigenlijk zou dat oké moeten zijn. Eigenlijk zou iedereen moeten zeggen: 'Goed gedaan, Johan. Je bent toch maar helemaal de oceaan overgestoken om je droom na te streven. Het doet er niet toe of dat gelukt is of niet. Toch proficiat!' Maar dat zei niemand. Nee, we verkneukelen ons bij het falen van de ander, een armtierige manier om het eigen falen te verdoezelen, om eigen stukgeslagen dromen goed te praten.

'Dames en heren, we komen nu bij een van de legendarische klaslokalen', bromde Van den Eynde naar de groep.

'Het geschiedenislokaal van priester Lanoye. En vooral van niemand anders.'

Wim keek naar de trap waar ze voor stonden. Die leidde naar het enige lokaal op de zolderverdieping, een klas waarin elke leerling van het Sint-Lodewijkscollege wel eens had gezeten. De ruimte was drie keer zo groot als een gemiddeld klaslokaal en bevatte naast de banken, stoelen en het obligatoire krijtbord, ook maquettes van bekende klassieke gebouwen, wereldkaarten uit lang vervlogen tijden en zelfs een koffer vol verkleedkleren die Lanoye regelmatig gebruikte om scènes uit de geschiedenis na te spelen. Die taferelen waren soms op het randje van beschamend, maar tegelijk zo vol vuur gebracht dat de leerlingen effectief wijzer uit het lokaal kwamen. Die passages uit de geschiedenis hoefde niemand nog te leren voor het examen. Ze waren op hun netvlies gebrand.

'En geen paniek, maar ook hier is wel het een en ander veranderd', ging Van den Eynde verder. 'Niet dat ik het al vaak gezien heb, want andere leerkrachten mogen er nog steeds niet komen.'

Wim vroeg zich af wat er vernieuwd kon zijn. De geschiedenis veranderde toch niet? Of had Van den Eynde zijn collega kunnen overtuigen om die rollenspelen te laten vallen en in te ruilen voor modernere dia's of zelfs een videorecorder?

Van den Eynde zwaaide de deur open. En toen werd het stil.

In het rechtergedeelte was inderdaad het equivalent van een kleine cinemazaal gekomen. Zacht ogende banken voor een grote televisie, die met zijn zware beeldbuis de nodige plaats innam op een kwakkelende houten staander. Een moderne manier om naar de antieke geschiedenis te kijken. Maar tot Van den Eyndes spijt was dat niet wat de aandacht trok van de groep rondgeleide jubilarissen.

Wel het levenloze lichaam van priester Lanoye, op een stoel voor het bord, zijn hoofd hangend op zijn borst. Op het bord stond een zin geschreven.

Hey teacher, why did you leave them kids alone?

Er waren echt wel wat dingen veranderd in het Sint-Lodewijkscollege.

2

Het was voor Van In al een hele tijd geleden dat hij nog op een school was geweest, en al helemaal op een zaterdagnacht. Hij kon heel wat plekken bedenken waar hij liever zou zijn dan hier, zoals het café waar hij net had vertoefd en waar zijn vriend en collega Versavel hem twintig minuten geleden was komen halen.

'Die priesters moeten niet denken dat ze nog mee kunnen met de jeugd, Guido.'

Versavel keek vragend op, terwijl hij een pen zocht in de zakken van zijn jas.

'Hoezo?'

'Ze zijn het gewoon om vroeg op te staan, maar niet om te feesten tot in de vroege uurtjes.'

Het Sint-Lodewijkscollege deed niet meer denken aan een klooster. Sinds de verhuizing naar Sint-Andries was het college gemoderniseerd met een volwaardige refter, een grote bibliotheek en een heus sportcomplex. Heel wat anders dan de verouderde gebouwen in de Noordzandstraat waar vroeger lesgegeven werd.

'Zijn hier nog veel priesters dan?' vroeg Versavel, nadat hij eindelijk een pen had gevonden en hem in de aanslag hield naast zijn blocnote.

'Alleen degenen die zich vermommen als leerkracht.'

Het college was in 1834 gesticht door bisschop Boussen,

die zijn trouwe priesters van de Duinenabdij als leerkrachten aanstelde. Het had een hele tijd geduurd voor de priesters vervangen werden door seculiere leerkrachten en zo verdween langzaam het heilige aura dat de naam van de school met zich meedroeg. De schijnheilige manieren waren echter nog in volle glorie aanwezig. Dat bleek toen een kalende man met een wijd beige kostuum en een lelijke paarse das op hen toestapte alsof ze oude vrienden waren.

'Commissaris.'

Van In schudde zijn hand met tegenzin en bromde iets onverstaanbaars terug. Hij koos zijn vrienden liever zelf. Versavel kreeg zelfs geen begroeting, wegens onbelangrijk in de ogen van zijn gesprekspartner vanwege zijn lagere rang. Van In voelde de haartjes op zijn armen overeind komen.

'Directeur Duden. Aangenaam. Blij dat u kon komen.'

Onze communicatie zou voor 93 procent non-verbaal zijn, had Van In tijdens zijn opleiding geleerd, en op dat moment geloofde hij wel in die theorie, want het hele lichaam van Duden verraadde het tegenovergestelde van wat hij zei. Hij wilde geen flikken in zijn college. Hoe sneller hij hen eruit kon werken, hoe liever en hij had besloten dat vriendelijk meewerken daartoe de beste optie was.

'Ik niet. Ik was net aan het winnen bij darts', zei Van In. 'Vertel eens, welke braspartij hebt u hier georganiseerd?'

Dudens lichaam verkrampte. Zijn kaken klemden zich op elkaar, zijn ogen vernauwden tot spleetjes. Hij groef zich in als een strijder in de loopgraven. Nog eens werd duidelijk dat hun ontmoeting enkel aan de oppervlakte hartelijk zou zijn. Van In was benieuwd hoe Duden opnieuw zou verbloemen wat hij dacht.

'Er was een reünie aan de gang. Als school vinden we het belangrijk om de band met de leerlingen ook aan te halen na hun afstuderen.'

'Nobel. Ik zou denken dat leerlingen die band zo snel mogelijk willen doorknippen.'

'Misschien was u een uitzondering, inspecteur.'

Nu was het aan Van In om niet te zeggen wat hij dacht. *Pieter kan moeilijk omgaan met tucht en autoriteit.* Hoe vaak had zijn klastitularis niet iets van dien aard in zijn rapport geschreven? Hij was slim genoeg geweest om goede punten te halen, maar ook tegendraads genoeg om lak te hebben aan diezelfde punten. Hij betwijfelde of bepaalde leerstof relevant was, waarom bepaalde regels relevant waren en waar in 's hemelsnaam die arbitraire straffen toe leidden. Het antwoord kwam meestal in de vorm van een arbitraire straf, die hem alles nog meer in vraag deed stellen. Aan het einde van zijn schoolcarrière had hij als aanbeveling gekregen dat 'er toch nooit iets van hem zou worden', iets wat de priesters op zijn school hem ook al vaak hadden ingeprent tijdens de lessen.

'Ongetwijfeld. Waar is het slachtoffer?'

'Slachtoffer?'

'De dode priester', zei Van In bits. Hij kreeg het op zijn heupen van deze conversatie met de directeur. 'Als er niemand gestorven was, had Versavel zijn kostuum niet over zijn pyjama aangedaan.'

Van In gniffelde in stilte toen hij de blik van Versavel zag. Grote kans dat hij nog gelijk had ook.

'Slachtoffer vind ik een groot woord', zei Duden. 'De heer Lanoye is in vrede heengegaan.'

'Waarom zijn wij dan hier?'

'Dat vraag ik me evenzeer af', antwoordde Duden kort.

Hij draaide zich weg van Van In en Versavel om aan te geven dat het gesprek wat hem betrof afgelopen was. Duden wees naar een vrouw die wat verderop achter de toog van de feestzaal stond en de lege glazen verzamelde en afwaste. Rondom haar was het feest gestopt en werd er vooral veel gepraat. De aanwezigen verwerkten de gebeurtenis allemaal op hun eigen manier.

'Mevrouw Lareine zal jullie verder begeleiden. Ik zou me graag bezighouden met belangrijkere zaken.'

Dat was het moment voor Versavel om zich ermee te bemoeien.

'Belangrijker dan de politie?'

Duden gaf echter geen krimp.

'Het welzijn van onze gasten. Iemand dood aantreffen is voor veel jonge mensen een traumatische gebeurtenis.'

'Voor u dan niet?'

De directeur gaf geen antwoord en repte zich naar de toog. Hij wisselde enkele woorden met mevrouw Lareine en wees naar Versavel en Van In.

'Ik denk dat hij de kapstok uit zijn jasje is vergeten te verwijderen', mompelde van Van In. 'Wat een nurk.'

Versavel knikte. 'Ik denk niet dat hij wakker ligt van zijn gasten. Wel van de reputatie van de school. Geen enkele directeur heeft graag politie over de vloer.'

Van In schraapte zijn keel, terwijl hij keek hoe de vrouw achter de toog de glazen wegzette en met een zelfverzekerde tred op hen toe kwam gelopen. 'Ik vind *dorst* trouwens een klein woord, maar op dit moment heb ik er wel veel van. Zou ze komen vragen wat we willen drinken?'

Hij slikte zijn vraag om een biertje en een perrier echter in toen de dame voor hen stond. Ze had lang zwart haar, opgestoken met een grote zilveren speld, een fijn gebruind gezicht en ogen met de kleur van hazelnoten. Van In moest knipperen toen hij zijn blik over haar glitterjurk liet glijden.

'Goedenavond, heren', glimlachte ze. 'Ik ben Pascale Lareine. Zeg maar Pascale. Meneer Duden heeft me gevraagd om jullie op te vangen.'

Omdat Van In nog steeds met zijn mond vol tanden stond, reageerde Versavel als eerste, immuun voor het vrouwelijk schoon dat voor hem stond.

'Kunt u ons tonen waar het geschiedenislokaal is?'

'Uiteraard. Kom maar mee, heren.'

Pascale draaide zich om en ging hen voor. Van In bleef staan, staarde haar na, tot hij door Versavel meegetrokken werd.

'Professioneel blijven, Van In,' siste hij.

Van In vergat even zijn aanvankelijke afkeer van het avondlijke schoolbezoek en haastte zich door de gangen om Pascale bij te benen. Als een toerist keek hij in het rond. De school had nog niet zo lang geleden een upgrade gekregen en voelde aan als een moderne omgeving. Hier zou hij zich veel meer thuis hebben gevoeld dan in het seminarie waar hij destijds les had gekregen.

'Werkt u hier al lang, mevrouw Lareine?' vroeg hij toen hij naast Pascale ging lopen.

'Pascale, alsjeblieft. Ik vind het al lastig genoeg dat mijn leerlingen mevrouw tegen me zeggen.'

Onwillekeurig bedacht Van In dat hij best wel bij haar in de les zou willen zitten. De leerlingen van het Sint-Lodewijkscollege boften.

'Sorry, Pascale. Werk je hier al lang?'

'Al sinds mijn afstuderen,' antwoordde ze, terwijl ze met een vinger een krul in haar haren draaide. 'Het is de enige school waar ik ooit lesgaf.'

'Welk vak geef je?'

Hij kreeg een vermanende blik van Versavel, die de vraag irrelevant vond voor het onderzoek. Van In negeerde hem vakkundig.

'Frans.'

'Ah, le langage de l'amour.'

Pascale giechelde en schudde haar hoofd.

'Presque. La langue de l'amour. U kunt misschien wat bijles gebruiken, commissaris.'

Van In opende zijn mond, maar kreeg op dat moment een elleboog van Versavel in zijn ribben. Die wist wat Van In zou antwoorden en probeerde dat te voorkomen. Van In herstelde zich net op tijd.

'Daar zullen we het een andere keer over hebben.'

Ze passeerden een gloednieuwe turnzaal en doken een nieuwe gang in, dezelfde als alle vorige gangen. Als Van In zelfstandig terug in de feestzaal wilde geraken, zou hij broodkruimels moeten strooien.

'Kwam je ook voor de reünie?' vroeg Van In.

'Nee, ik heb nooit lesgegeven aan deze leerlingen, daarvoor ben ik nog net iets te jong.'

'Waarom was je er dan wel?'

Pascale stopte aan de trap die naar de verdieping van het geschiedenislokaal leidde. Ze wreef met haar hand over de leuning terwijl ze Van In antwoordde. De sensuele beweging deed Van Ins hart net iets sneller slaan.

'De directeur verplicht ons om elk jaar bij een aantal activiteiten aanwezig te zijn.'

'Waarom?'

'Omdat hij anders volk moet inhuren en dat kost geld. We zijn een school, geen beursgenoteerd bedrijf.'

Van In lachte, net iets te luid. De stilte die erop volgde was vooral vervelend voor Versavel. Die hupte van het ene been op het andere terwijl Van In en Pascale elkaar monsterend in de ogen keken. Gelukkig werden ze onderbroken door een voor het late uur nog verrassend opgewekte stem.

'Is het hier dat ik moet zijn voor die arme broeder?'

Van In keek op. Wetsdokter Vanmaele stommelde door de gangen, zijn gereedschapstas vrolijk heen en weer zwaaiend.

Pascale wees naar boven. 'Het lokaal boven aan de trap.'

Vanmaele knikte een bedankje en richtte zich dan tot Van In.

'Was ik blij dat ze belden van het bureau.'

'Op een zaterdagavond. Echt? Waarom?'

'Ik moest voor de tiende keer naar *Pretty Woman* kijken met mijn vrouw', lachte Vanmaele. 'Je kunt het één keer verrassend vinden dat die kerel voor haar charmes valt, maar na een tijdje is het nieuwe er toch wat af.'

Van In grijnsde. Vanmaele was een prachtkerel, met een eigenzinnige blik op zijn werk. Hij bleef altijd zoeken tot hij de oplossing had gevonden. Maar thuis werd die eigenzinnige blik niet zo geapprecieerd en werd hij gedomineerd door zijn vrouw. Misschien dat hij daarom zo graag met dode mensen samenwerkte.

'Ik denk dat jouw vrouw Richard Gere is en jij Julia Roberts', zei Van In. 'Ze wil jou graag leren hoe je een echte heer moet zijn.'

Vanmaele zwaaide lachend met zijn tas.

'Het is al goed, Van In. Ik zal eens naar die religieuze knakker gaan kijken. Hopelijk is hij ook een echte heer geweest, anders komt hij de hemel niet in. Zou zonde zijn, na alles wat hij ervoor heeft moeten laten.'

Vanmaele hees zich de trap op naar het geschiedenislokaal en verdween door de deur. Van In maakte niet direct aanstalten om hem te volgen. Hij was nooit erg comfortabel geweest met dode mensen, dus hij hoefde niet meteen de dode Lanoye te inspecteren.

'Waar waren we?' zei hij tegen Pascale. 'Je kwam dus helpen vanavond.'

Pascale knikte, haar bruine ogen geen seconde van hem afhoudend. Ze had iets mysterieus, met die open blik waardoor je het gevoel had haar onmiddellijk te kennen, maar tegelijk die fijne glimlach om haar mond, die een scherm optrok en haar echte gedachten verdoezelde. Een tot leven gekomen Mona Lisa.

'Precies. Ik vind het niet erg om te komen helpen. Anders zit ik toch maar alleen thuis.'

Van Ins keel werd droog.

'Ik vind het moeilijk om te geloven dat zo'n mooie vrouw alleen thuis zit op een zaterdagavond.'

Een luide kuch verstoorde hun onderonsje. Versavel duwde Van In hardhandig naar de trap.

'Misschien is het een goed moment om het geschiedenislokaal te bestuderen?'

Van In liet zich gedwee naar boven leiden. Op dat moment kon de priester hem nog bitter weinig schelen, hij moest vooral iets bedenken waardoor Pascale hen nog langer moest begeleiden.

Het geschiedenislokaal was enorm. Ofwel vond directeur Duden geschiedenis een belangrijk vak, ofwel wist priester Lanoye iets over Duden dat het daglicht niet mocht zien. Van In keek bewonderend naar de tijdslijnen aan de muren en naar de maquettes die tentoongesteld werden. Hij had het gevoel dat hij Lanoye wel als geschiedenisleraar had willen hebben. Leerkrachten die met passie over hun vak konden vertellen, hadden bij hem een streepje voor gehad. In tegenstelling tot leerkrachten die lesgaven om hun macht te kunnen ontplooien.

'Hadden alle leerlingen hier geschiedenisles?' vroeg hij aan Pascale.

Hij was bewust met zijn rug naar het bord gaan staan, zodat hij niet te veel naar Vanmaele en Lanoye hoefde te kijken.

'Alleen de hogere jaren, waar Lanoye les aan gaf.'

Van In fronste zijn wenkbrauwen.

'Dus dit is het geschiedenislokaal van de school, uitgerust

als een dure Porsche, waarbij de andere lokalen kleine Fiatjes zijn. Maar alleen Lanoye mocht hier lesgeven?'

Pascale knikte bevestigend.

'De andere leerkrachten geschiedenis dus niet. Wat vonden die daarvan?'

'Goede vraag', antwoordde Pascale. 'Niets, denk ik. Dat wisten ze als ze hier kwamen lesgeven.'

Van In zag Versavel alles noteren in zijn boekje. Het was een beetje te vergelijken met hoofdcommissaris De Kee bij hen op de dienst. Die wilde ook altijd een groter bureau, gewoon om te laten zien wie de hoogste rang had. Maar Lanoye was een priester. Deden die ook aan om ter verst plassen?

'Hebben jullie mij nog nodig, trouwens?' vroeg Pascale.

Natuurlijk, dacht Van In, hij had nu al het gevoel dat hij haar zou missen als ze verdween. Maar dat zei hij niet, althans niet in die woorden.

'Heb je nog veel werk?'

'Ik zou alles nog op orde willen zetten. Het feest is toch gedaan. Nu ja, een echt feest kun je het niet meer noemen. Meer een zelfhulpgroep.'

Van In was van plan geweest om aan Vanmaele voor te stellen om na het onderzoek samen op café te gaan. Zo kon hij zijn avond alsnog in schoonheid afsluiten en hoefde Vanmaele *Pretty Woman* niet uit te kijken. Maar nu kwam er een ander idee op in zijn hoofd.

'Als je klaar bent, kunnen we misschien verder praten op een andere plek?'

Van In zag Versavel met zijn ogen rollen. Op Pascales gezicht verscheen weer die geheimzinnige lach, die Van In intrigeerde en tegelijk onzeker maakte. Had hij iets stoms gezegd? Was hij zijn boekje te buiten gegaan? En opnieuw werden ze gered door de stem van Vanmaele.

'Van In! Kun je even komen?'

Van In gehoorzaamde onmiddellijk en liep naar het bord. Hij probeerde zijn blik af te wenden van priester Lanoye. Op het bord zag hij de tekst staan. Waarom zou Lanoye dat daar geschreven hebben?

'Ben je al klaar?' vroeg Van In.

'Nog niet', antwoordde Vanmaele. 'Maar er zijn een aantal dingen die ik vreemd vind. Zoals de striemen op zijn polsen.'

Vanmaele hief de linkerarm van Lanoye op en toonde de striemen. Van In keek met tegenzin. Versavel was er ondertussen ook bij komen staan.

'Hier heeft een bandje om gezeten. Om beide polsen. Ik denk dat hij op deze stoel vastgebonden is geweest en dat iemand de bandjes pas na zijn dood heeft losgemaakt.'

'Kunnen de striemen van vroeger dateren?' vroeg Versavel.

'Ze zijn redelijk recent', zei Vanmaele. 'Het is volgens mij ook daardoor dat Lanoye zo mooi op zijn stoel zat. Iemand heeft hem daar zo gezet.'

'Iemand', zei Van In. 'Dus...'

Vanmaele knikte. 'Op de achterkant van zijn tong zitten brandwonden. Geen idee hoe die precies veroorzaakt zijn, maar ik heb het nog nooit gezien bij iemand die een natuurlijke dood is gestorven.'

Van In wist waar Vanmaele naartoe wilde, en hij wist ook welke gevolgen dat voor zijn avond zou hebben. Hij voelde zich op slag nuchter worden.

'En dan is er nog dit', ging Vanmaele verder.

Hij hief de trui van de priester op. Op zijn buik waren kleine blauwe plekken te zien.

'Ook dit moet ik nog onderzoeken, maar als ik een gok mag doen, heeft iemand hem enkele keren in zijn maag gestompt.'

'Dus?' herhaalde Van In zijn vraag.

Vanmaele dempte zijn stem, in de hoop dat Pascale hem niet kon horen. Maar het was vergeefse moeite.

'Volgens mij is onze heilige vermoord.'

Van In nam enkele seconden om de boodschap officieel tot hem te laten doordringen. En dan wenkte hij Pascale.

'Kan jij directeur Duden informeren?'

'Waarover?'

'Vanaf nu mag niemand de school nog verlaten.'

3

'Naam?'

'Geert Van den Eynde.'

'Beroep?'

'Leraar geschiedenis.'

Een leerkracht geschiedenis, interessant, benieuwd hoe die naar Lanoye had gekeken. Van In zette zich een beetje rechter op de ongemakkelijke stoel in het klaslokaal dat ze als verhoorkamer gebruikten. Hij was al vergeten dat hij les volgen niet alleen vervelend had gevonden, maar er ook nog eens rugpijn van kreeg. Had iemand ooit aan meer ergonomische stoelen gedacht voor de leerlingen? Dan hoefden de leerkrachten niet de hele tijd 'een stoel heeft vier poten' te brullen.

'Hoe lang werkt u hier al?' vroeg Van In.

'Vijftien jaar.'

'En hebt u vaak lesgegeven in het lokaal van meneer Lanoye?'

Van den Eynde deed alsof hij nadacht en telde ostentatief op zijn vingers.

'Eens denken, één, twee, drie, ... eh. O nee. Nooit.'

Van In glimlachte. Hij kon het sarcasme wel appreciëren. Het hield hem scherp en dat was nodig, want het was ondertussen twee uur 's nachts en de feestzaal zag er meer uit als een slagveld dan als een fuifzaal. Her en der zaten ex-leerlingen verspreid, zacht met elkaar babbelend, voor zich uit starend of met gesloten ogen tegen de muur geleund. De boodschap dat niemand nog naar buiten mocht, lag moeilijk, maar iedereen hield zich eraan, ze hadden geen keuze.

'Waarom liet hij niemand toe?'

Van den Eynde haalde zijn schouders op.

'Weet ik veel. Ik heb het hem nooit gevraagd. Niemand deed dat. Het geschiedenislokaal was van Lanoye. Punt.'

'Hebt u ooit de directeur erover aangesproken?'

'Nee. Waarom zou ik? Wie dat deed kreeg het daarna nog lastiger.'

Vermoeidheid maakte de tongen los. Van In had zich wat dat betreft geen betere omstandigheden kunnen bedenken voor zijn ondervragingen. Hier moest hij nog even over doorbomen.

'Duden beschermde Lanoye?'

Van den Eynde stak zijn armen in de lucht. Hij keek zenuwachtig om zich heen.

'Ho. Dat heb ik niet gezegd!'

Versavel legde zijn hand geruststellend op de linkerarm van de geschiedenisleraar.

'Natuurlijk niet. We proberen alleen maar enkele dingen te begrijpen.'

'Had je soms ruzie met Lanoye?' hakte Van In er meteen op in. Hij had geen zin in de zachte aanpak van Versavel. Hij wilde met twee voeten vooruit in het duel gaan. Hij zou wel de *bad cop* zijn, dan kon Versavel de *good cop* uithangen.

'Nee.'

Van den Eynde was op zijn hoede nu. Versavel keek even boos naar Van In. Hij vreesde dat de getuige zou dichtklappen. Maar daar was Van In niet van overtuigd.

'Waar was je toen de reünie begon?'

'Mee in de keuken, de hapjes aan het voorbereiden.'

'Was het jouw idee om een rondleiding te doen, die zou eindigen in het geschiedenislokaal?'

Van den Eynde keek Van In strak aan. 'Ja. Maar ik heb hem niet vermoord.'

Van In glimlachte. 'Er is niemand hier die dat beweert.'

'Naam?'

'Wim Goris.'

'Beroep?'

Wim Goris staarde even naar de tafel. Zelfs tegen de politie had hij moeite om zijn huidige status uit te spreken.

'Geen', mompelde hij.

'Kunt u dat nog eens herhalen?'

Wim Goris keek op. 'Ik ben werkloos.'

Versavel noteerde alles wat er werd gezegd, zonder blijk te geven van goed- of afkeuring. Van In zag dat Goris zich schaamde.

'U was bij de rondleiding?'

'Ja.'

Van In schoof een blad naar hem toe en legde er een pen naast.

'Dan mag u zo meteen een lijst maken van iedereen die erbij was. Meneer Van den Eynde had geen officiële lijst, dus we proberen wat gegevens te verzamelen.'

Goris pakte de pen en maakte aanstalten om te beginnen schrijven. Van In griste het papier weer van onder de pen uit.

'Ik zei: zo meteen. Waarom heb je de rondleiding gevolgd?'

De hand van Goris trilde een beetje. Was dat door Van Ins bitse reactie of was hij zenuwachtig voor iets anders?

'Het leek me een leuk idee.'

'Leuk?'

'Weet ik veel.'

'Misschien wist u waar de rondleiding zou eindigen?'

Een moordenaar ging vaak terug naar de plaats delict. Omdat hij met zijn eigen ogen wilde zien wat hij verwezenlijkt had. Een rondleiding was dus het ideale moment om ongemerkt opnieuw het lokaal van Lanoye te betreden. Niet dat Van In meteen Wim Goris verdacht, maar hij moest het op zijn minst vragen en de reactie peilen.

'Natuurlijk wist ik dat niet. Er was geen plannetje met bezienswaardigheden.'

'Maar toch ging u mee.'

'Ja. Het was prettiger dan babbelen met een stel huichelaars die alleen maar doen alsof ze in je geïnteresseerd zijn, om vooral hun eigen verhaal te kunnen vertellen.'

Van In merkte dat Goris niet op zijn plaats had gezeten in het college en dat maakte hem op slag milder. Hij herkende zichzelf er in zekere mate in. De meeste van zijn klasgenoten hoefde hij ook niet meer terug te zien.

'Dat begrijp ik.'

Versavel bracht hen weer bij de les, ze waren hier niet om schooltrauma's te verwerken.

'Kende u priester Lanoye?'

'Natuurlijk. Ik heb les van hem gekregen. Zowat iedereen hier.'

'Wat voor iemand was hij?'

Daar moest Goris even over nadenken. Hij had nooit stilgestaan bij de personen achter zijn leerkrachten. In de ogen van een leerling werden ze gereduceerd tot het vak dat ze gaven, het boeide niet of ze in hun vrije tijd schilderijen maakten of aan Grieks worstelen deden.

'Hij was wel oké. Hij nam het vaak op voor zijn leerlingen.'

Van In dronk met gezonde tegenzin van de cola die Pascale hem was komen brengen. Hij had het niet gedurfd om een biertje te vragen, maar als iedereen verdwenen was, konden ze gerust nog een slaapmutsje gebruiken.

‘Ik heb wel eens gehoord van priesters die… hoe zal ik het zeggen, losse handjes hebben. Was dat bij Lanoye ook zo?’

‘Bedoelt u dat hij kinderen sloeg?’

Van In dempte zijn stem. Wat hij ging insinueren, zou hem niet in dank afgenomen worden. Maar er waren geen leerkrachten, noch directeur Duden te bespeuren. ‘Nee, integendeel. Eerder dat hij hen te zacht behandelde.’

Goris knikte. ‘Ah, op die manier.’

Hij dacht even na, nam van de gelegenheid gebruik om van zijn water te nippen. Duden had de alcoholverdeling laten stopzetten na de ontdekking van het lichaam van Lanoye. Uit respect of uit zuinigheid, dat was niet zeker.

‘Lanoye was niet zo. Denk ik. Priester Reynders, die wel.’

‘Wat deed die dan?’ vroeg Versavel.

‘Bij hem moesten wel eens leerlingen op schoot gaan zitten. Vooral jongens. Meer heb ik nooit gezien.’

‘Maar bij Lanoye dus niet?’ vroeg Van In.

Hij bestudeerde Goris’ twijfelende blik. Durfde hij niet vrijuit te spreken of antwoordde hij eerlijk?

‘Niet dat ik ooit heb gezien.’

‘Naam?’

‘Jurgen Swerts.’

De achternaam kwam er al lispelend uit. De brede man die voor hen zat, had duidelijk de moeite genomen om de honderd frank die het Sint-Lodewijkscollege als bijdrage had gevraagd voor de hele avond, dubbel en dik terug te verdienen. Hoewel hij nog een halfvol flesje bier voor zich had staan, hield hij in zijn hand al een nieuw vol flesje klaar. Waarschijnlijk had hij net voor het sluiten van de bar nog wat ingeslagen, als een toerist in een all-inhotel.

‘Beroep?’

‘Advocaat.’

'Was u bij de rondleiding?'

Swerts schudde zijn hoofd. 'Ik stond op de dansvloer.'

Zijn oogleden gingen telkens een stuk naar beneden wanneer hij praatte. Van In had niet het gevoel dat dit een nuttige ondervraging zou worden.

'Was u niet benieuwd naar uw oude school?'

Jurgen grijnsde, legde zijn halflange haren goed, die door een overmatige hoeveelheid gel netjes in een middenscheiding waren gelegd. 'Ik was vooral benieuwd naar de meisjes van vroeger. Heb je al eens gezien wat voor vrouwen het zijn geworden? Er zitten lekkere sletjes bij!'

Hoewel Van In zelf ook graag rondkeek, kon hij de manier waarop Jurgen over vrouwen sprak, maar matig appreciëren. Was het de drank die in de man zat, of was hij altijd zo?

'Dat zijn geen fraaie woorden, meneer Swerts. Maar ter zake nu, stond u de hele tijd op de dansvloer?'

In een oogwenk sprong Swerts overeind en had hij de kraag van Van In vast. Hij sleurde hem overeind.

'Wat wil je daarmee zeggen? Dat ik er iets mee te maken heb?'

Van In was te verbouwereerd om te reageren. Gelukkig was er nog Versavel, die Swerts krachtig bij de pols greep tot hij Van In losliet. Hij duwde de agressieve jongeman weer op zijn stoel.

'Als u dat nog een keer riskeert, mag u straks met ons meekomen,' zei Versavel kalm. 'Als advocaat weet u ongetwijfeld dat er strenge straffen staan op het aanvallen van een politieagent.'

Swerts kalmeerde nauwelijks. Zijn ogen schoten heen en weer. Was hij gewoon dronken of was hij zenuwachtig?

'Kende u Lanoye?'

Swerts haalde zijn schouders op. 'Niet zo goed. Hij was een leerkracht. Dat was het.'

'Nam hij wel eens kinderen apart?'

‘Om bijles te geven?’

‘Om te betasten,’ zei Van In droog.

Opnieuw sprong Jurgen overeind. Maar deze keer hield hij zijn handen bij zich.

‘Niemand heeft mij ooit betast.’

Van In zuchtte. Zo kon de ondervraging nog lang duren.

‘Misschien moet u even een dutje doen. Dan praten we later opnieuw.’

‘Naam?’

‘Annelies...’

Een krachtige huilbui versmoorde de achternaam van de vrouw met het bruine haar die voor hen zat. Sinds ze bij hen aan tafel was komen zitten, was ze onophoudelijk aan het huilen.

‘Kunt u dat herhalen?’

‘Moeyersoon’ konden ze nog net opmaken voor een nieuwe snik haar adem afsneed.

Van In wierp een blik op de lijst die Wim Goris over de rondleiding had opgesteld. De naam van Annelies Moeyersoon stond erop, maar hij wilde toch eens controleren of de lijst waarheidsgetrouw was.

‘Was u aanwezig bij de rondleiding?’

Haar hoofd ging op en neer, haar mond open, en een kreet zweefde door de lucht. Tranen stroomden over haar wangen, snottebellen kwamen uit haar neus. Van In boog zich naar Versavel.

‘Ik denk dat dat een *ja* was.’

‘Naam?’

‘Karen Severs.’

‘Beroep?’

‘Bediende.’

Van In vroeg zich af wie die term ooit had uitgevonden. Het zei hoegenaamd niets over het soort werk dat je deed. Je kon een belangrijk manager zijn bij een of andere chemiereus, maar evengoed de typiste in een bandencentrale.

'Was u bij de rondleiding?'

Severs knikte zacht. 'Helaas, ja.'

'Waarom helaas?'

'Ik had me de reünie wel enigszins anders voorgesteld.'

Van In was de hele avond en nacht zo geconcentreerd bezig geweest met de ondervragingen dat hij niet had stilgestaan bij hoe de aanwezigen alles hadden beleefd. Ze hadden zich opgedirkt, waren naar hun oude school gekomen, hadden al dan niet inspirerende babbels gehad met hun vroegere klasgenoten en hadden dan het nieuws gekregen dat er een lijk in een van de klaslokalen lag. Niet meteen het verloop waarop iedereen had gerekend.

'Waar was u voor de rondleiding?'

'Aan het babbelen. Ik heb veel mensen gesproken.'

Van In moest een geeuw onderdrukken. De vermoeidheid begon hem stilaan parten te spelen. Een hand kneep in zijn schouder, terwijl er een glas water voor zijn neus werd gezet. Pascale keek hem glimlachend aan.

'Alles oké, commissaris?'

'Prima, dank je, Pascale.'

Even zag hij Karen Severs met haar ogen rollen. Was zijn geflirt zo opzichtig? Hij focuste zich weer op het gesprek.

'Kende u Lanoye goed?'

Ze schudde haar hoofd. 'Welke leerling kent zijn leerkrachten wel goed? En ik zou er ook geen tijd voor hebben gehad.'

Versavel sloeg een bladzijde van zijn boekje om. Hij had inmiddels al een halve roman geschreven.

'Hoezo?'

Severs speelde met haar vinger op het tafelblad. Ze durfde nauwelijks op te kijken.

'Mijn schooltijd was niet de prettigste. Wij hadden het niet zo breed thuis. Ik moest me vooral focussen op mijn schoolwerk. Alle andere dingen die met de school verbonden waren, moest ik aan me voorbij laten gaan.'

Van In zuchtte hardop. Aan zijn lokaal te zien was Lanoye een van de populairste leerkrachten op de school geweest, maar om de een of andere reden kende niemand hem. Of verwachtte hij te veel van de oud-leerlingen?

'Niemand lijkt hem te kennen. Ik begin te denken dat jullie in braille les kregen.'

Nu was het Severs beurt om te zuchten.

'Misschien spreekt niet iedereen de waarheid?'

Het had een flauwe tegelwijsheid kunnen zijn, maar in dit geval vond Van In het gezegde interessant. Niet dat hij schrok van het feit dat er leugenaars onder de aanwezigen waren, wel omdat hij vermoedde dat Karen Severs wist wie ze waren. Met zijn ogen en een korte knik nodigde hij haar uit om verder te gaan.

'In mijn jaar was er een groepje leerlingen dat veel contact had met meneer Lanoye.'

'Wat voor contact was dat?'

Ze schrok.

'O nee. Zo bedoel ik dat niet. Lanoye was zo niet. Denk ik.'

Opnieuw werd Lanoye buiten schot gezet. De waarheid of een schrikreactie?

'Wie dan wel?'

'Priester Berckmans was de ergste. Die liet zijn handen veel te lang op je schouders liggen. Zeker in de zomer, als de hemdjes wat dunner waren. Dan kneep hij ook nog in je nek. Met zijn zweterige handen.'

Ze huiverde licht als ze eraan terugdacht.

'Maar verder ging hij niet. Ik heb er geen trauma's aan overgehouden als u daar op doelt.'

Versavel sloeg een bladzijde om in zijn notities en hief zijn hand om aan te geven dat ze even moest wachten.

'Terug naar Lanoye. U zei dat een groep leerlingen veel contact met hem had. Wie waren dat?'

Van In knikte Versavel toe. Ondanks het late uur was hij nog behoorlijk alert. Misschien moest hij zelf ook maar eens minder drinken op zaterdagavond.

Of misschien ook niet.

'Jurgen Swerts.'

Van In beet op zijn lip. Die opvliegende advocaat had hem wat wijsgemaakt. Hij zag naast zich hoe ook Versavel een grote cirkel rond de naam van Swerts trok.

'Ken Capiau.'

Die naam was nieuw. Van In keek naar Versavel, maar die schudde zijn hoofd. Ofwel was die niet op de reünie geweest, ofwel was die er stiekem vandoor gegaan. Ze zouden hem later moeten ondervragen.

'En Els Michiels.'

'Was die hier vanavond?'

'Els is dood.'

'Niet dus.'

Van In kreeg het gevoel dat de ondervragingen nergens heen leidden. Er was een leerkracht vermoord, maar niemand had hem echt gekend, niemand was jaloers op hem geweest en hij had ook niets uitgespookt. Maar het lichaam was bewust op een stoel gezet. De moord was niet onvoorbedacht gebeurd.

'Welk contact had de groep met Lanoye?' probeerde Versavel het gesprek nieuw leven in te blazen.

Severs staarde in de verte.

'Geen idee. Ze kregen altijd goede punten. Ze kregen de beste uren voor het mondeling examen. Ze mochten zelf hun plaats in de klas kiezen.'

Van In besloot dat het tijd werd om af te ronden. Elke leerkracht had zijn favoriete leerlingen. Als ze als politie daar iets achter moesten zoeken, dan konden ze in Vlaanderen veel onderwijzend personeel achter de tralies zetten.

Hij was niet de enige die vond dat het lang genoeg had geduurd. Een paarse stropdas bengelde plots voor zijn gezicht. Directeur Duden plantte zijn handen op de tafel.

'Ik denk dat we heel gastvrij zijn geweest', zei hij. 'Maar ik zou nu graag iedereen naar huis laten gaan.'

Van In gaf een tik tegen de stropdas zodat die om de nek van Duden sloeg.

'En ik zou graag naar de Bahama's vertrekken. We hebben dus allebei een wens die niet vervuld zal worden. Vervelend, toch?'

Het gezicht van de directeur verkrampte. Achter hem stonden onder anderen Pascale en meneer Van den Eynde. Van In had Duden net openlijk voor schut gezet, op zijn eigen terrein.

'Ik heb contact opgenomen met hoofdcommissaris De Kee', siste Duden. 'En die deelt mijn mening dat het hier lang genoeg heeft geduurd.'

Van In nam even de tijd om te antwoorden. Hij voelde Versavel aan zijn arm trekken. Beleefd blijven, wilde die zeggen, verknoei het nu niet.

'Op dit uur naar De Kee proberen te bellen heeft evenveel zin als met een dartspijl proberen een mug te raken. Maar fijn dat u voorwendt mijn baas te kennen.'

De directeur kruiste zijn armen en zette zich schrap. 'U gelooft me niet? Dan zult u dat wel doen wanneer u maandag op kantoor aankomt.'

Van In begon te twijfelen. Zou De Kee midden in de nacht zijn telefoon hebben opgenomen? Als dat zo was, dan keek hij niet uit naar maandag. Zijn baas en hij waren niet meteen twee handen op één buik. Maar in plaats van te onderhandelen over een vredesverdrag, besloot Van In er nog een schepje bovenop te doen, aangemoedigd doordat hij Pascale aandachtig zag toekijken.

'U doet wat u niet laten kunt, meneer Duden. Ik zou nu graag mijn onderzoek afronden, zodat ik kan nagaan welke spelletjes er op uw school worden gespeeld.'

Hij ging ostentatief zitten en richtte zich tot Karen Severs.

'Is het mogelijk dat die jongens extra's kregen van meneer Lanoye, omdat ze hem zelf bepaalde gunsten verleenden?'

Severs schrok duidelijk van die vraag. Ze keek om zich heen, naar alle ogen die haar aanstaarden.

'Eh, dat is mogelijk, ja.'

Van In keek triomfantelijk naar Duden, die woedend naar zijn ex-leerlinge keek.

'Prima', knikte Van In. 'Dan weten wij genoeg. Meer dan genoeg om conclusies te trekken.'

4

'Naar school geweest, Van In?'

'Een mens moet zich blijven bijscholen, hoofdcommissaris.'

Van In keek onderzoekend naar de uitdrukking op het gezicht van De Kee. Hij leek niet enorm boos. Dat wilde zeggen dat directeur Duden had gelogen en hem niet in het midden van de nacht had gebeld. Maar het feit dat de hoofdcommissaris al op de hoogte was voor Van In verslag had uitgebracht, deed vermoeden dat hij wel contact had gehad met de directeur.

'Wat denk je dat er is gebeurd?'

Van In bracht kort verslag uit van zaterdagavond. Hij zette extra in de verf hoe hij zijn vrije tijd had opgeofferd en tot diep in de nacht had doorgewerkt. Over ruzie met Duden repte hij met geen woord.

'Versavel is de verslagen aan het typen.'

Hij wees naar zijn collega, die met twee vingers de teksten uit zijn boekje overtypte op een IBM PC. Sinds ze bij de politie computers hadden ingevoerd, moesten alle verslagen getypt en opgeslagen worden. Van In had er een hekel aan. Zijn bazen hadden jarenlang een beroep kunnen doen op typistes, maar hij kon nu zelf aan de slag. Nu ja, zelf. Door Van Ins allergie voor technologie was Versavel in de praktijk zijn typiste.

'Dus?'

De Kee speelde verveeld met zijn ring. Hij wilde vooral weten wat hij aan zijn vriend Duden moest vertellen. Zijn hemd was keurig gestreken en de vouw in zijn kostuumbroek was messcherp. Hij had zich vast opgetuigd voor een plechtigheid.

'Priester Lanoye heeft iemand iets misdaan en die iemand heeft nu wraak genomen.'

'Prima.'

'Vind je?' vroeg Van In verrast.

'Ik bedoel: voor mij is het duidelijk', herstelde De Kee zich. 'Dit is duidelijk een geval van een leerling die wraak neemt voor vroeger misbruik. Het zou niet de eerste keer zijn.'

Van In hield er niet van als iemand voor hem de conclusies trok. Ook al kon De Kee gelijk hebben, hij ging automatisch in de tegenaanval.

'Ik denk dat er inderdaad wraak in het spel is. Maar ik weet niet of het door misbruik komt.'

Versavel was gestopt met typen en volgde de discussie met interesse.

'Wat zou het anders zijn? Je moet het niet altijd te ver zoeken. En als je in dit geval de dader niet vindt: niet van wakker liggen. Het is die priester zijn verdiende loon.'

Van In was allesbehalve een kerkganger, maar de manier waarop hier te kort door de bocht werd gegaan, stuitte hem tegen de borst.

'Niet alle priesters zijn pedofielen!'

Hij had het zo luid gezegd dat iedereen in de buurt stilviel. Zelfs in de andere kantoren kon je een speld horen vallen.

'Mooie zin. Print hem en hang hem boven je bed', knikte De Kee met een lachje. 'Maar in dit geval vrees ik dat het de oplossing is van je puzzel. Het zou me sterk verbazen als er iets anders aan de hand is. Geen leuk nieuws voor het Sint-Lodewijkscollege, maar het is niet anders. Gelieve deze zaak met de nodige discretie af te handelen. En als jullie me nu willen excuseren? Ik heb een etentje met de procureur.'

Toen De Kee zich omdraaide, maakte Van In een wegwerpgebaar in zijn richting. Was De Kee geboren als een betweter of hadden zijn ouders hem zo opgevoed? De hoofdcommissaris draaide zich om bij de deur, Van In kon nog net op tijd de verwensingen inslikken die hij klaar had zitten.

'O ja, Van In. Vanaf nu luister je naar meneer Duden als je op het Sint-Lodewijkscollege komt. Heb je nooit geleerd beleefd te zijn als je op bezoek gaat?'

Van In wachtte nu tot de deur helemaal gesloten was voor hij er zijn perforator tegenaan gooide. Hij sprong op en ging op het bureau van Versavel zitten.

'Kun je dat nu geloven? Vanaf nu gaat De Kee onze onderzoeken voeren vanachter zijn bureau!'

Tot zijn grote verbazing stemde Versavel niet meteen volmondig in.

'Hij zou wel eens gelijk kunnen hebben', mompelde hij, zijn blik afgewend.

'Wat?'

'Het lijkt een heel logische zaak. Ik heb tijdens mijn opleiding altijd geleerd dat de oplossing meestal voor de hand ligt.'

'Tijdens je opleiding? Welke zaken heb je daar bestudeerd? Oude dametjes die beroofd worden? De bakker die zwart geld niet aangeeft? Komaan, Guido. Dit is wel iets anders.'

Versavel haalde zijn schouders op en draaide zich weer naar zijn scherm. Hij merkte dat hij fouten had getypt in de laatste zinnen, omdat hij had meegeluisterd naar het gesprek tussen Van In en De Kee. Gelukkig kon hij nu heel makkelijk de vergissingen ongedaan maken, in tegenstelling tot kort geleden, toen hij de verslagen nog op een typemachine moest typen. Dan zou hij nu in de weer zijn geweest met tipp-ex. Hij had zelfs verhalen van collega's gehoord die in de begindagen van de computer hun fouten met tipp-ex op het scherm hadden gecorrigeerd. Maar het kon zijn dat die verhalen lichtjes overdreven waren.

'Misschien.'

'Misschien? En wat dan met die tekst op het bord? Als Lanoye werkelijk een viespeuk was geweest, dan had er geen vraag gestaan waarom hij die kinderen met rust had gelaten.'

Versavel stopte met typen. Hij kon niet praten en tikken tegelijk.

'Oké, stel dat je gelijk hebt. Waar moeten we dan naar zoeken?'

Van In grijnsde. 'Mijn volgende ondervraging ligt al vast.'

Versavel keek geïrriteerd op. Hij wist dat Van In eigengereid was, maar hun onderzoeken voerden ze samen.

'Waarom weet ik daar niets van?'

'Omdat je niet bent uitgenodigd door Pascale', lachte Van In. 'En ik kon je nu moeilijk opdringen.'

Versavels ogen werden groot.

'Pascale... Mevrouw Lareine?'

'Precies.'

Na afloop van de ondervragingen had hij haar een kaartje overhandigd met zijn gegevens, voor als haar nog iets te binnen schoot. Voor de zekerheid had hij er ook zijn telefoonnummer van thuis aan toegevoegd, want 'zo toegewijd was hij, dat hij zelfs in zijn vrije tijd gestoord mocht worden'. Zondagavond had ze al gebeld, met de vraag of ze nog wat konden bespreken.

'Wanneer komt ze naar hier?' vroeg Versavel.

'Naar hier? We hebben woensdag afgesproken in een restaurant.'

'Heel officieel, commissaris Van In.'

'Jaloers, Versavel?'

Versavel deed alsof hij in zwijm viel. 'Natuurlijk. Een date met de mooie Pascale. Daar zou ik wat voor overhebben. Met een Pascal zonder *e* misschien wel.'

Ze lachten samen. Van In wist dat zijn vriend het hem niet kwalijk nam dat hij werk en privé met elkaar vermengde. Het was al een hele tijd geleden dat hij nog een afspraakje had gehad. Sinds de scheiding van zijn vrouw Sonja was hij vooral op haar blijven wachten, maar stilaan kwam het besef dat het nooit meer goed zou komen. Hij kon zich nog altijd voor het hoofd slaan dat hij ooit dat slippertje had begaan, maar Sonja was genadeloos geweest. Geen tweede kans, geen kans op eerherstel, hoezeer hij ook had gesmeekt, hoezeer hij haar ook duidelijk had proberen te maken dat zij de vrouw van zijn leven was en niet die negentienjarige collega voor wiens charmes hij kortstondig was gevallen.

'Weet je trouwens nog hoe dat gaat, een afspraakje?' knipoogde Versavel.

'We bestellen drie gangen, drinken twee flessen wijn en belanden nog voor het dessert in bed?'

'In een goedkope pornofilm misschien.'

'Dan zou ik eerst haar wasmachine nog moeten herstellen. En ik ken niets van techniek.'

Versavel grinnikte, kwam achter zijn bureau vandaan en liep naar de flipchart die in de hoek stond. Hij schreef in het groot 'moderne vrouwen' bovenaan.

'Vrouwen zijn vandaag de dag geëmancipeerd', doceerde hij. 'Die willen niet dat de man alles voor hen beslist.'

Hij schreef 'luisteren' op.

'Dat wil zeggen dat je niet alleen moet babbelen, maar ook luisteren, vragen stellen.'

'Interessant', knikte Van In geamuseerd. 'Ga verder.'

'Zeer goed. Dat mag je ook tegen Pascale zeggen. Je hoeft

ook niet meer die oppervlakkige kerel te zijn die alleen galant is als het hem uitkomt.'

'Dus geen stoel achteruitschuiven, de deur openhouden of mijn jas in een plas leggen zodat ze erover kan lopen?'

Versavel trok een gepijnigde grimas.

'Leg jij echt je jas in een plas? Wat zonde.'

'Vond ik ook. Maar ik had dat ergens gelezen.'

'In een moppenboek?'

'Heel grappig, Guido.'

Versavel vulde de flipchart verder aan. Hij schreef er onderaan nog 'rekening delen' bij.

'Tot slot. Emancipatie betekent ook dat vrouwen voor zichzelf kunnen zorgen. Dus je hoeft niet voor haar te betalen.'

'Ben je daar zeker van?'

Versavel knikte. 'Ik ga ook uit eten met vrouwen, hoor.'

'Waarom?'

Versavel rolde met zijn ogen. 'Omdat dat leuk kan zijn. Niet elk etentje is gericht op in bed belanden voor het dessert.'

'Echt?'

'Ja. Bij twee mannen is dat al voor het hoofdgerecht.'

Jurgen Swerts keek om zich heen als een overijverige kleuter die net had leren oversteken. Links, rechts, nog eens links, nog eens rechts. Achter zich, voor zich. Hij wilde niet gezien worden in deze buurt, vond ze zelfs een beetje eng. Wat belachelijk was voor iemand die drie keer per week in de fitness zat en zonder problemen honderd kilogram kon tillen. Hij keek naar het huisnummer dat hij op een briefje had staan. Hij was er bijna. Hij probeerde zich niet voor te stellen wat er zich allemaal in de bouwvallige loodsen kon afspelen. Of wie eruit kon komen.

Zijn brede zwarte kostuum en zijn spierwitte hemd gaven hem het overwicht als hij een pleidooi moest houden, of een doorslaggevend argument aanbracht. Maar hier in het halfdonker van de verlaten straat waren de chique kleren helemaal niets waard. Hier was het ieder voor zich. Of overdreef hij? Het was nu ook weer geen achtergestelde wijk in The Bronx in New York. Hij belde aan.

In plaats van de deur ging er boven hem een raam open. Het hout kraakte en hij had het gevoel dat er schilfers naar beneden vielen. Karen Severs stak haar hoofd door het raam. Ze schrok zichtbaar toen ze hem zag.

'Wat doe jij hier?'

'Ik... Ik wilde praten.'

Karen fronste haar wenkbrauwen.

'We hebben elkaar tien jaar niet gezien. Kom je gezellig bijkletsen?'

'Het is Lanoye.'

'Die is dood.'

'Precies.'

Jurgen keek niet alleen naar boven, maar ook nog steeds om zich heen. Waarom liet ze hem niet binnenkomen? Misschien had hij het gewoon nog niet gevraagd.

'Doe je de deur open?'

Ook Karen keek nu de straat in. Zou het kunnen dat ze niet met hem gezien wilde worden? Dan kon ze hem maar beter binnenlaten.

'Het past niet.'

'Oké.'

Dat verwarde Jurgen. Hij was het niet gewoon dat Karen de touwtjes in handen had. Vroeger deed ze altijd wat hij vroeg. Misschien had hij haar eerst moeten bellen. Het was tenslotte ook al tien jaar geleden.

'Wie wil Lanoye nu iets aandoen? Hij was zo'n goede leerkracht.'

Karen knikte.

'Ik begrijp het ook niet. Hij heeft ons altijd zo goed geholpen.'

Jurgen knipte met zijn vingers. Hij snoof diep, zijn ogen traanden. Waarom kon hij ook geen twee seconden stilstaan?

'Dat is het. Hij stond altijd voor iedereen klaar. Laat je me even binnen?'

Karen schudde haar hoofd.

'Ik zei toch dat het niet past?'

'Juist. Heb je bezoek?'

Karen zuchtte. Ze stak haar haar achter haar oren. Ze was minder knap dan in zijn herinnering, vond Jurgen, maar dat kon ook aan het tegenlicht liggen. Of misschien had ze haar make-up al verwijderd.

'Jurgen, is er iets aan de hand?'

'Natuurlijk niet!' schreeuwde hij. Hij voelde zijn hartslag versnellen, net als de korte snufjes door zijn neusgaten. Waarom gehoorzaamde ze hem niet gewoon?

'Waarom sta je dan voor mijn deur?'

Jurgen klopte met zijn vuist op de deur. Het hout boog maar brak niet, splinters prikten in zijn vel, rood vlees werd zichtbaar.

'Verdomme, Karen, laat me binnen! Ik wil gewoon praten.'

Er verscheen een minachtende lach op Karens gezicht. Ze legde haar hand op het raam en duwde het langzaam weer dicht.

'Ik denk niet dat wij elkaar veel te zeggen hebben.'

Van In was zenuwachtig. Dat was hij al lang niet meer geweest. Hij had onlangs nog een undercoveroperatie moeten uitvoeren bij een bende autozwendelaars, tussen tandeloze bruten die zonder pardon een mes tussen je ribben staken als je hen te lang aankeek. Maar hij had er minder tegenop gekeken dan tegen het diner met Pascale.

Het was koud in zijn appartement, te koud, besefte hij toen hij zijn jeans verruilde voor een kostuumbroek. Hij voelde aan de radiator in de slaapkamer. Er kwam nauwelijks warmte uit. Weer iets om aan zijn huisbaas te melden. Hij had de laatste weken al elke dag aan de telefoon gehangen om hem naar zijn appartement te sommeren, iets wat zelden lukte. Deze week was hij na veel aandringen toch de kraan komen herstellen van de wastafel in de badkamer, maar veel meer had Van In van hem niet gedaan gekregen. Het werd tijd dat de verbouwingen aan zijn huis in de Vette Vispoort achter de rug waren. Hij had het gehad met dat stomme huurappartement. Maar het zou niet lang duren, had de aannemer gezegd, in een maand zou het klaar zijn. En ondertussen was het bijna zes maanden verder en zat Van In nog altijd in een tochtige koterij en kon hij boven op het aflossen van zijn lening en de kosten voor de verbouwing, ook nog de huur van het appartement betalen. En het was niet dat de leningen zo goedkoop waren, met de hoge rentes van tegenwoordig betaalde je meer interesten dan dat je kapitaal afloste.

Hij knoopte zijn hemd voor de spiegel in de badkamer. Hij zag er goed uit, fris geschoren, netjes gekleed, klaar om indruk te maken op Pascale. Waarom was hij zenuwachtig? Kwam het door de uitleg van Versavel? Er was zoveel waarop hij moest letten, en hij was al nooit de grootste romanticus geweest. Hij draaide de kraan open om zijn haar in de juiste plooi te kunnen leggen.

Splash.

'Verdomme!'

De kraan van de wastafel kwam los en het water spoot naar boven. Instinctief legde Van In zijn hand op het gat, waardoor de straal zich nog meer verspreidde en hij kletsnat werd. Vloekend tastte hij met zijn andere hand naar de leiding. Waar zat ook alweer die verdomde afsluiting? Na even zoeken vond hij de bloemvormige stopkraan en draaide ze met veel moeite dicht. Het gutsende water stopte. Zuchtend staarde hij naar het verzopen kieken in de spiegel. Misschien was de beste voorbereiding gewoon een biertje nemen.

Van In opende de ijskast. Bijna helemaal leeg. Wanneer had hij voor het laatst boodschappen gedaan? Gelukkig dat hij naar het restaurant ging vanavond of zijn avondmaal had bestaan uit een appel en een blik vervallen tonijn. Zelfs het bier was op. Het enige wat er nog stond, waren twee flesjes Duvel, die hij had gewonnen bij een weddenschap. Begga, die aan het onthaal zat van het politiekantoor, had gezegd dat Brugge geen kampioen zou spelen en Van In was die weddenschap graag aangegaan. Niet dat hij veel van voetbal kende, maar hij vond dat wie in Brugge woonde voor Brugge moest supporteren, of dat nu Club of Cercle was.

Duvel dan maar. Hij had het nog nooit gedronken, maar er was voor alles een eerste keer. Hij opende een flesje, zocht in de kast naar een schoon glas, vond er geen en zette dan maar het flesje aan zijn lippen. Lekker. Iets pittiger dan een gewone pint, maar zeer oké. Als iemand hem dat ooit nog een keer zou aanbieden zou hij er geen nee tegen zeggen.

Terwijl hij nieuwe kleren bij elkaar zocht – hij koos voor een jeans en een zwart-rood geruit hemd – maakte hij ook de andere Duvel soldaat. En het was pas toen hij in Brasserie Raymond op de Eiermarkt arriveerde dat hij echt besefte dat een Duvel geen gewoon bier was. Zijn hoofd tolde en zijn benen waren niet steviger dan de flanellen lakens die op zijn bed lagen.

Pascale zat al aan tafel. Ze keek wat doelloos in het rond tijdens het wachten, terwijl ze krulletjes in haar haren maakte. Ze had een spijkerblouse aan op een legging met panterprint, haar ogen waren geaccentueerd met gouden oogschaduw en ze droeg haar haren samengebonden in een hoge paardenstaart. Van In wist niet zeker of het door de Duvels kwam of door Pascale, maar zijn hart ging op slag sneller slaan. Zenuwachtig liep hij naar haar tafel en stak onhandig zijn hand uit. Pascale negeerde die flagrant en omhelsde hem. Hij kreeg drie zoenen en rode kaken van haar felle lippenstift.

'Meneer Van In', fluisterde ze in zijn oor. 'Blij dat u kon komen.'

'Pieter', stamelde hij. 'Zeg maar Pieter.'

'Zeg je dat bij al je ondervragingen?' knipoogde ze.

Hij ging zitten en greep de onderkant van de tafel vast om zijn zenuwen onder controle te krijgen, een trucje dat hij in de lagere school al had geleerd toen hij een spreekbeurt moest houden. Gelukkig was in Brasserie Raymond het meubilair gemaakt van stevig hout, zodat hij behoorlijk kon doorknijpen.

'Alleen bij dealers, psychopaten en leerkrachten.'

Pascale giechelde.

'En tot welke categorie behoor ik?'

'Ik hoop van harte dat je echt leerkracht bent.'

De ober legde twee menukaarten op tafel en vroeg of ze alvast wat wilden drinken. Van In wilde al direct bier bestellen, maar herinnerde zich dan de les van Versavel en zweeg. Pascale mocht als moderne vrouw zelf kiezen. Dat deed ze echter niet. Ze keek niet eens naar de kaart, alleen maar naar hem, net als de ober.

'Wijn?' bracht hij uit.

De ober rolde net niet met zijn ogen.

'Dat hebben we, meneer. Welke had u graag gewenst?'

Opnieuw viel er een stilte, opnieuw was Van In het middelpunt van de belangstelling. Hij probeerde in te schatten wat Pascale graag zou willen. Het was moeilijk om helder te denken.

'Doe maar een flesje wit.'

'Huiswijn?'

Hij twijfelde. Meestal was de huiswijn een prima keuze, maar hij wilde niet als een gierigaard overkomen. Hij sloeg de kaart open en wees een willekeurige wijn aan.

'Nee, doe deze maar.'

'Dat is rode wijn, meneer.'

Verdorie. Hij voelde een blos op zijn wangen, en deze keer was het niet meer de lippenstift van Pascale. Hij besloot het beslissingsrecht te verschuiven en keek de ober aan.

'Welke zou u aanraden?'

'De bourgogne is van een uitstekend jaar.'

'Doe die dan maar.'

De ober knikte en verdween. Van In liet zijn ogen opnieuw over de kaart glijden en besefte dan pas dat de ober hem een van de duurste flessen had aangesmeerd. Hij probeerde zijn boosheid te verbergen en glimlachte naar Pascale.

'Wat ga jij nemen?'

'Wat jij neemt.'

Van In probeerde niet hardop te zuchten. Versavel had hem blaasjes wijsgemaakt. Hij kon zich best voorstellen dat zijn collega ook met vrouwen ging dineren, maar dan was de context helemaal anders. Een vriendschappelijk etentje was iets anders dan een eerste date.

Of was dit geen date?

Hij besloot voor de vol-au-vent te gaan, daar kon je niets verkeerd mee doen. Hij legde de menukaart opzij en boog zich naar Pascale.

'Hoe was het op school deze week?'

Ze sloeg haar ogen omlaag. Haar vrolijke uitdrukking veranderde in een bezorgde.

'Zwaar. Ik denk de hele tijd aan wat er is gebeurd. Maar tegelijk moeten we verder. De leerlingen willen hun lessen krijgen.'

Van dat laatste was Van In nog niet zo zeker. De leerlingen zouden het vast begrijpen als de leerkrachten wat minder lesgaven. Daar hoefde niet eens een moord voor te gebeuren. Maar hij wilde de nobele intenties van de leerkracht tegenover hem niet doorprikken.

'Wordt er veel over gesproken?'

'Er is geen ander gespreksonderwerp.'

Een leraarskamer was een broeihaard van roddels en achterklap, kon hij zich indenken. Hij kon zich levendig voorstellen welke verhalen er nu over Lanoye naar boven kwamen, welke hardop verkondigd werden en welke achter een hand gefluisterd werden.

'Was hij geliefd?'

Pascale haalde haar schouders op.

'Bij sommigen wel, bij anderen niet. Lanoye had een beschermd statuut. Dat werd hem niet altijd in dank afgenomen.'

Van In was op slag een tikkeltje alerter.

'Beschermd? Door wie? Door directeur Duden?'

'Nee. Door zijn benoeming,' lachte Pascale. 'Al heeft Duden hem ook nooit iets in de weg gelegd. De laatste jaren gaf hij minder les, maar omdat hij vastbenoemd was, kon niemand zijn uren officieel overnemen. En dat zorgt voor jaloezie.'

'Bij meneer Van den Eynde?'

'Onder anderen.'

De ober verscheen aan hun tafel met de fles veel te dure wijn. Tijdens het voorproeven dacht Van In er even aan om de fles terug te sturen vanwege een kurksmaak en dan een goedkopere te bestellen. Maar dat durfde hij dan weer net niet. Hij knikte en de ober vulde hun glazen. Pascale nipte voorzichtig, Van In nam een veel te grote slok. Daarna bestelde hij twee porties vol-au-vent, zonder iets aan Pascale te vragen.

'Als Lanoye minder uren gaf, kwam zijn lokaal dan vrij voor de andere leerkrachten?'

Pascale lachte om die vraag alsof hij een mop had verteld.

'O nee. Het geschiedenislokaal was alleen van Lanoye. Als hij er niet was, stond het gewoon leeg.'

Van In vroeg zich af waarom hij geen blocnote had meegenomen. Zou hij zich de volgende dag alles nog goed herinneren? Tegelijk wilde hij Pascale niet de indruk geven dat hij eigenlijk ook aan het werk was.

Lanoye had heel wat voordelen opgeëist, en Duden had hem zijn zin gegeven. Dat moest de andere leerkrachten de ogen hebben uitgestoken. En zeker die van de collega's van geschiedenis. Was het toeval dat Van den Eynde de rondleiding deed? Of wilde hij er zeker van zijn dat het lichaam van Lanoye werd gevonden?

'Was jij ook jaloers op hem?'

'Ik keek naar hem op.'

Pascale nam een slok wijn, waarna ze haar tong net iets te lang over haar lippen liet glijden.

'Ik schiet altijd goed op met oudere mannen. Of beter gezegd, iets meer ervaren mannen.'

Ze giechelde toen ze Van Ins geschokte blik zag. Had ze hem nu net oud genoemd? Hij was op de top van zijn kunnen! Als hij een voetballer was geweest, lagen zijn beste jaren nu voor hem.

'Wat voor iemand was hij?'

'Een man van de wereld.'

'Dat klinkt niet erg priesterachtig.'

'Hij wilde ook nooit priester worden.'

'Dat is dan niet goed gelukt.'

Pascale dronk haar glas leeg, nam de fles uit de emmer naast de tafel en schonk hun glazen opnieuw vol. Pascale bleek dan geen vrijgevochten vrouw, om bij te schenken had ze geen hulp nodig. Dat beviel Van In wel.

'Lanoye kwam uit de tijd dat er altijd een iemand de kerk in moest.'

'Hoe bedoel je?'

'In grote gezinnen moest er altijd minstens één zoon priester worden. De pastoor was een man met aanzien, het was altijd handig om die in de familie te hebben.'

'En Lanoye had het kortste strootje getrokken?'

Van In voelde zijn maag rommelen. Hij kreeg honger van de Duvels en de wijn. Hij nam een broodje uit het mandje dat de ober ondertussen op tafel had gezet en schepte er met zijn mes een flinke klomp boter op. Hij propte het broodje in één keer in zijn mond en besefte te laat hoe dat er voor Pascale moest uitzien. Hij bracht zijn hand voor zijn mond om zijn gulzigheid te verdoezelen.

'Lanoye zat te veel achter de vrouwen aan. Zijn ouders hadden klachten gekregen van verschillende ouders van meisjes uit het dorp. Dus besloten ze hem naar het seminarie te sturen, om aan te tonen dat ze wel een godvruchtige familie waren.'

Hij vond het gezelschap van Pascale heel fijn. Ze had humor, ze kon goed vertellen en ze was razend knap. Wat wilde hij nog meer? Alleen had hij nog niet echt het gevoel op een date te zijn. Misschien moest hij maar wat meer over haar te weten komen, zoals Versavel had gezegd, en niet de hele tijd babbelen over een dode priester. Bevorderend voor de romantiek was dat niet. Maar één ding wilde hij nog weten.

'Wist iedereen dat over Lanoye?'

'Nee, bijna niemand.'

'Waarom jij dan wel?'

Pascale nam haar glas en liet de wijn erin walsen. Maar deze keer dronk ze niet. Ze keek naar haar bord.

'Omdat ik een relatie met hem had.'

5

'Hè, waar is dat voor nodig?'

Versavel keek boos op nadat Van In hem met een opgerolde krant in zijn nek had geslagen. Van In ging op zijn bureaustoel zitten en legde zijn voeten op de tafel. Hij vouwde de krant open en liet zijn ogen over de koppen glijden.

'Dat is mijn dank voor je lessen over vrouwen.'

'Is het zo slecht gegaan?'

Van In gooide zijn krant weg en keek Versavel aan.

'Nee, Guido. Het ging behoorlijk. Ondanks jouw goede raad.'

Nadat ze hun dessert hadden gegeten, had Van In toch nog een keer de tip van Versavel toegepast en aan Pascale voorgesteld om de rekening te delen. Haar uitdrukking suggereerde echter meteen dat ze die vraag niet had verwacht. Van In had dan maar zijn portefeuille opgediept en met een bonzend hart gekeken of hij wel genoeg geld bij zich had om de rekening alleen te betalen. Het was een vervelende afsluiter van een aangename avond. Aan de uitgang hadden ze zedig afscheid genomen met een kus op de wang, waarna Van In op zoek was gegaan naar een bankautomaat om zijn lege portefeuille weer aan te vullen.

'En heeft het iets opgeleverd?'

'We zijn allebei thuis gaan slapen.'

Versavel liep door hun kantoor en zette zijn handen op het bureau van Van In. Hij keek hem ernstig aan.

'Ik bedoel voor het onderzoek. Moet ik je er nog eens aan herinneren dat het me niet uitmaakt met wie meneer de commissaris allemaal vogelt?'

Van In twijfelde even bij het zien van Versavels vastberadenheid. Maar dan schoot hij in de lach.

'Over vogelen gesproken. Weet je met wie Pascale het deed?'

'Hebben jullie het daarover gehad?' vroeg Versavel met een gepijnigde blik. 'Wat een vreemde date.'

'Heel grappig. Pascale had een relatie met Lanoye.'

Versavel keek minder verrast dan Van In had verwacht.

'Ik dacht dat priesters alleen een relatie hadden met God?'

'Eén partner zal niet voldoende zijn geweest voor Lanoye.'

Versavel zette zijn voet tegen de rand van Van Ins bureau, trok de veter van zijn geklede bruine schoen los en knoopte hem dan langzaam weer vast. Dat gaf hem iets te doen tijdens het denken.

'Dan kan de theorie van het vies priestertje de vuilnisbak in?'

'Precies.'

'En dan was het waarschijnlijk ook geen wraakactie van het slachtoffer van een pedofiel.'

Van In schudde zijn hoofd. Hij sprong op, zette zijn sportschoen op zijn stoel en begon op zijn beurt zijn veters te knopen. Hoe langer hij samenwerkte met Versavel, hoe vaker ze elkaars gedrag kopieerden.

'Ik ga De Kee vragen om meer middelen om de zaak te onderzoeken. Dit is volgens mij geen zaak die zomaar gesloten kan worden. Wraakactie door een onbekende dader en klaar. Hier zit meer achter.'

Hij zette de kraag van zijn hemd goed en probeerde de kreuken glad te strijken. Het was hetzelfde zwart-rode hemd als de avond ervoor, hij lette er wel voor op om kleren te snel in de wasmand te gooien. Het zou hem alleen maar meer wasen strijkwerk opleveren. Nu ja, strijkwerk, voor Van In betekende dat zijn kleren zo netjes mogelijk ophangen en hopen dat de plooien vanzelf verdwenen.

'Succes', zei Versavel. 'Ga je hem ook vertellen waar je de informatie vandaan hebt?'

Daar had Van In nog niet bij stilgestaan. De Kee was een verschrikkelijk bureaucratische man, alles moest volgens de regels gebeuren. Op date gaan met een getuige stond vast niet beschreven in zijn talloze voorschriften.

'Natuurlijk', knipoogde Van In. 'Met een driesterrenrecensie voor de vol-au-vent erbij.'

De sfeer in de leraarskamer van het Sint-Lodewijkscollege was ingetogen. Pascale Lareine zat met haar twee handen rond een kop koffie in de hoek bij de kasten en bestudeerde haar collega's. Sommigen hadden een oprecht trieste blik, het gevolg van een gevoel van onbehagen bij de gedachte dat ze afscheid moesten nemen van een collega. Anderen creëerden een serene uitdrukking, omdat ze voelden dat het in de huidige omstandigheden gepast was, niet omdat ze ondersteboven waren door het verlies van Lanoye. En een klein deel deed gewoon zoals anders, onverschillig voor de omstandigheden, eerder blij door de mogelijkheden die zouden ontstaan. Weggegaan is plaats vergaan.

Over een uur zou de wake voor Lanoye plaatsvinden. Alle leerkrachten werden geacht aanwezig te zijn, de leerlingen mochten komen, maar moesten niet. Sommige leerkrachten hadden openlijk gemord om die verplichting. Ze waren toch al aanwezig geweest op andere buitenschoolse activiteiten? Pascale had haar best moeten doen om zich te beheersen. Ze vergeleken de dood van hun collega met een pannenkoekenmiddag op school. Maar ze wist dat het geen zin had om ertegen in te gaan. Voor die leerkrachten was alles wat zich buiten de schooluren afspeelde een extra inspanning. Elke vergadering die na vier uur werd ingepland werd alleen maar met het nodige zuchten aanvaard.

'Alles oké?'

Meneer Van den Eynde kwam naast haar zitten, legde zijn hand op haar schouder. Net iets te lang om voor troostend gebaar door te gaan. Pascale had de moed niet om zich te verzetten, gruwde van zijn vuile nagels waaronder een laag inkt of verf leek te zitten. Zijn gezicht kwam dicht bij het hare, een koffiewalm prikkelde haar neus. Zijn wollen debardeur over zijn witte hemd gaf hem het aura van een schooljongen, die per ongeluk in de leraarskamer verzeild was geraakt.

'Niet echt.'

'Ik kan het ook nog altijd niet geloven', zei Van den Eynde. 'Waarom doet iemand zoiets?'

Pascale kon niet inschatten tot welke categorie Van den Eynde behoorde. Was hij echt aangedaan door de moord of zag hij vooral de opportuniteiten die ze met zich meebracht?

'Iedereen hield van André', mompelde Pascale.

Ze sprak zo veel mogelijk in algemene termen. Haar relatie met Lanoye was altijd verborgen gebleven. Maar het kon bijna niet anders dan dat een deel van haar collega's ervan op de hoogte was, of toch minstens een vermoeden had. Ze had het er moeilijk mee dat ze niet openlijk kon rouwen, dat ze niet persoonlijk gecondoleerd kon worden. Lanoye was een priester, die hoorde bij Zijne Alwetendheid. Naar de hemel gaan was voor zulke mensen geen straf, maar een beloning. Aan vrouw of kinderen werd niet gedacht, want die waren er niet. Konden er niet zijn.

Maar zij was er wel. En ze miste hem.

'Ja, de leerlingen vonden hem geweldig', knikte Van den Eynde.

De nadruk op de leerlingen was duidelijk. Zij vonden Lanoye leuk, Van den Eynde was altijd jaloers geweest. Officieel op Lanoyes privileges, op zijn band met de directeur, maar Pascale wist dat het dieper ging. Lanoye was een bevlogen leerkracht, hij gaf geen les, hij vertelde, hij acteerde, hij bracht zijn leerstof tot leven. En dat waardeerden de leerlingen. Een leerkracht zoals Van den Eynde, die zijn lesboek aframmelde, had minder succes. En dat stak.

'Zijn opvolger zal zijn best moeten doen', ging Van den Eynde verder.

Pascale klemde haar kaken op elkaar. Lanoye lag niet eens onder de grond en Van den Eynde dacht al aan een opvolger. Aan zichzelf.

Ze stond op van haar stoel, balde haar vuisten op de tafel en keek haar collega in de ogen.

'Ben je zijn lokaal al aan het inrichten?'

Van den Eynde deinsde verbaasd een beetje achteruit.

'Wat bedoel je?'

'Dat weet je maar al te goed.'

Pascales handen trilden van ingehouden woede. Ze had geen zin meer in huichelarij, er werd in deze school al genoeg verzwegen.

'Wat dan?'

Ze had het gehad met zijn gespeelde naïviteit. Haar hand schoot uit en zwiepte de inhoud van haar kop koffie over zijn witte hemd.

'Dat je blij bent dat hij dood is!'

Jurgen Swerts leunde met zijn elleboog op het dak van zijn Porsche 911 en staarde naar het Sint-Lodewijkscollege. Hij had niet verwacht dat een school hem zoveel gevoelens kon bezorgen. Gemengde gevoelens weliswaar. De huistaken, de stress van het studeren en de ijskoude uren die ze op de speelplaats moesten doorbrengen, zou hij niet missen. Maar de kameraadschap, het urenlange nonsens verkopen met zijn vrienden en de buitenschoolse activiteiten, die wel. Het schoolbal, waarbij hij op Amerikaanse wijze tot ster van het bal werd uitgeroepen, was het toppunt van zijn schoolcarrière geweest. Hij kon nog altijd niet geloven dat zoveel mensen op hem hadden gestemd. Alleen jammer dat zijn toenmalige date voor het bal achteraf geen seks met hem had willen hebben in de auto van zijn ouders. Ze was meer bezorgd geweest om het feit dat hij eigenlijk nog niet met die auto mocht rijden en bovendien zoveel had gedronken dat hij er eigenlijk ook niet meer mee kon rijden. Hij grinnikte toen hij eraan dacht dat hij iedereen de volgende dag toch over zijn wilde seksavontuur had verteld. Hij had het meisje nooit meer teruggezien.

Een fietser naderde zijn auto en hij stak zijn hand op.

'Karen, wacht!'

Karen Severs keek naar hem, ving zijn blik en aarzelde. Jurgen sprong in het midden van het fietspad en versperde haar de weg. Ze kneep haar remmen dicht.

'Ben je ook op weg naar de wake?'

'Ja.'

Hij zag dat ze hem bestudeerde, controleerde hoe nuchter hij was. Hij probeerde haar gerust te stellen.

'Sorry voor die avond. Ik was niet helemaal mezelf.'

'Je bent vaak niet jezelf geweest.'

Jurgen haalde zijn schouders op. Had ze het nu over vroeger? Ze hadden toch leuke tijden beleefd samen? Maar hij vroeg er niet verder naar. Karen maakte ook geen aanstalten om een gezellige conversatie op te zetten.

'Ik ga naar binnen', deelde ze na een tijdje stilte mee.

Jurgen twijfelde, kneep in het portier van zijn auto.

'Ga maar, ik ben al binnen geweest.'

Ze keek wantrouwig op.

'Hoezo? Is de wake dan al begonnen?'

'Nee, ik was veel te vroeg. Er was nog niemand. Maar het voelde niet goed.'

'Er ligt een dode mens, dat voelt nooit goed.'

'Ik heb het niet over Lanoye. Alles aan de school voelde niet goed. Toen ik hier met de reünie was, had ik dat gevoel niet, toen vond ik het nog plezant om terug te komen.'

Karen schudde haar hoofd. 'Je hebt schrik gekregen.'

Jurgens hart bonsde een beetje sneller. Hij zou nooit toegeven aan een meisje dat hij bang was. Maar ze had wel gelijk.

'Natuurlijk niet. Maar het deed me wel terugdenken aan alles wat er op school is gebeurd. Misschien hadden sommige dingen niet mogen gebeuren.'

'Dat is het minste dat je kunt zeggen.'

'Dus misschien is het geen goed idee om daar nu op die wake te verschijnen. Wie weet wie er nog allemaal is.'

Karen keek hem zonder medelijden aan.

'Ik ben al blij dat je er op die manier naar kijkt. Maar je kunt de dingen ook gewoon gescheiden houden. Op dit moment is er iemand gestorven en de traditie wil dat we die dan eer betuigen. Andere demonen uit je verleden moet je maar een andere keer bestrijden.'

Jurgen beet op zijn lip. Hij kon er niet goed tegen als hij de les werd gelezen. Ook in de rechtbank moest hij zich inhouden telkens als de rechter hem terechtwees. Maar hiërarchie was het enige waar hij in zijn leven een beetje respect voor had.

'Jij was er ook altijd bij', snauwde hij. 'Of ben je dat ook vergeten?'

Zijn voornemen om vriendelijk te blijven, was snel verdwenen. Ook zonder coke in zijn bloed was hij lichtgeraakt. Of was dat net omdat hij geen coke in zijn bloed had?

Karen staarde hem emotieloos aan.

'Dat weet ik maar al te goed. Ik word er nog elke dag van mijn leven aan herinnerd.'

'Precies. Dus blijf maar weg.'

Ze verplaatste haar fiets zodat ze langs hem heen kon.

'Het was niet oké, dat weten we allebei. Maar op dit moment vind ik dat we niet flauw moeten doen en gewoon naar binnen moeten gaan. Dus ofwel volg je mij, ofwel blijf je hier lekker kniezen in je chique auto.'

Ze wachtte niet meer en zette zich op haar trappers. Jurgen wilde haar eerst nog de weg versperren, maar ze was hem te snel af. Hij klopte met zijn vuist op de auto. Hij was het gewend dat mensen hem volgden, er zou heel wat moeten gebeuren voor hij het omgekeerde deed.

Versavel kon aan het gezicht van Van In zien dat zijn onderhoud met De Kee niets had opgeleverd. Het was een mengeling van boosheid en teleurstelling, die hij begeleidde met een trap tegen de deur, waardoor die met een klap dichtvloog. Hij had een kartonnen doos in zijn armen die hij op de dichtstbijzijnde tafel liet neerploffen.

'Waarom zetten ze zo'n ambtenaar aan het hoofd van een politiekantoor?' brieste hij. 'De volgende keer dat ik een onderzoek wil doen, moet ik vast eerst een stempel gaan halen aan het juiste loket.'

Pas toen hij op zijn stoel ging zitten, zag hij dat ook Vanmaele in hun kantoor zat. Hij was hun nieuwe bureaustoelen aan het testen en ging voortdurend op en neer, als had hij net een goedkope kermisattractie ontdekt.

'Leo', bromde Van In.

'Pieter', knikte Vanmaele terug, waarop hij zich afzette en zichzelf in een eindeloos rondje katapulteerde.

'*For the record*, ik had het uiteraard niet over hoofdcommissaris De Kee, als ik het over een ambtenaar had.'

'Uiteraard niet.'

'Dat zou ik niet durven.'

Vanmaele knikte begrijpend en begon aan een nieuwe toer op zijn stoel. Van In wachtte geduldig tot hij klaar was.

'Als je zo van attracties houdt, kun je straks nog tanden schieten in ons kraampje. Ik moet alleen die ambtenarenfoto's nog ophangen.'

'Graag', lachte Vanmaele. 'Maar een andere keer misschien. Ik heb nog werk te doen.'

'Ik zie het.'

Vanmaele katapulteerde zich uit zijn stoel en gooide een map op Van Ins bureau. Versavel kwam nieuwsgierig dichterbij staan.

'Lees maar eens.'

Van In nam de map, liet de bladen door zijn vingers ritselen en sloot ze weer. De foto's die Vanmaele had toegevoegd aan het dossier waren niet bevorderlijk voor zijn appetijt.

'Kun je de korte samenvatting geven?'

'Is je gootsteen wel eens verstopt geweest?'

Van In fronste zijn wenkbrauwen.

'Ben je nu codetaal aan het spreken? Ik vroeg of je een samenvatting kon geven.'

Vanmaele nam de map uit Van Ins handen, zocht er even in en haalde er een foto uit. Daarop stond een fles ontstopper van HG.

'Ken je dit?'

'HG. Doet wat het belooft', grinnikte Van In. 'Dat kan ik wel gebruiken, mijn leidingen in dat rotappartement zijn vaker verstopt dan open.'

Het deed hem eraan denken dat hij zijn huisbaas Frank Devos eens van zijn bed moest gaan lichten. Het zou de enige manier zijn om iets gedaan te krijgen. Vanmaele nam een nieuwe foto, deze keer van een roodachtige brij, beter kon Van In het niet omschrijven. Was het een soort lavalandschap?

'Het doet inderdaad wat het belooft. Het vreet alles aan waar het langskomt. Dit zijn de slokdarm en de maag van Lanoye.'

Van In wendde gepijnigd zijn blik af. Hij had het al niet met dode mensen, dus zeker niet met hun ingewanden. De appel die hij die ochtend had verorberd roerde zich in zijn maag.

'Helemaal verbrand', ging Vanmaele verder. 'De inwendige vernieling heeft een hartstilstand veroorzaakt.'

Versavel bestudeerde de foto's wel aandachtig.

'Niemand neemt dit goedje uit vrije wil', mompelde hij.

'Correct. Iemand moet hem hebben gedwongen, ik gok zelfs in een verdunde versie, want anders is dat nauwelijks door te slikken.'

Van In probeerde het zich voor te stellen. Lanoye, die geboeid op de stoel zat, met een trechter in zijn mond. De vloeistof die zijn mond vulde, te veel om uit te spugen, de reflex die hem deed slikken en hem zo de dood injoeg. Iemand moest hem echt erg graag dood hebben gezien.

'Lanoye was een grote kerel. Hoe dwing je zo iemand?' vroeg Van In.

Vanmaele knikte. 'Dat vroeg ik me ook af. Ik heb nog een andere stof in zijn bloed gevonden. Carfentanil.'

'Klinkt als iets tegen de hoest.'

'Daar helpt het waarschijnlijk ook tegen', grijnsde Vanmaele. 'Je zult in elk geval vergeten dat je een hoest hebt. Het is een verdovend middel voor grote dieren, zoals olifanten en nijlpaarden. Een Belgische uitvinding trouwens.'

'Ik gloei van nationale trots. Maar die korfbal...'

'Carfentanil', verbeterde Vanmaele hem.

'Juist, die craftisanaal, die geef je beter niet aan een mens?'

'Alleen in heel kleine hoeveelheden. De stof is moeilijk te doseren op een veilige manier.'

De moordenaar had dus een risico genomen door de zwaar verdovende stof te gebruiken. Van In vroeg zich af waarom hij dan niet meteen te veel carfentanil had gebruikt. Dan had hij Lanoye niet hoeven te ontstoppen.

'En de verwondingen op zijn buik?'

'Waarschijnlijk heeft de dader hem pijn willen doen.'

'Wie doet zoiets?'

'Iemand die wraak wil nemen', antwoordde Versavel.

'Dat zegt De Kee ook. Alleen denkt hij dat het een oud-leerling is van wie Lanoye niet met zijn poten kon afblijven.'

'En jij denkt dat dat niet klopt?' vroeg Vanmaele nieuwsgierig.

Van In schudde bedachtzaam zijn hoofd.

'Dat van die wraak misschien wel, maar het element van de pedofiele priester niet.'

'De Kee blijft wel je baas', merkte Versavel op.

Van In grijnsde. Hij liep naar de tafel waarop hij de kartonnen doos had neergezet, opende ze en deelde enkele bruine mappen uit aan Versavel en Vanmaele. Het waren de verslagen van de verhoren op het Sint-Lodewijkscollege.

'Dat kan zijn', zei Van In bedaard. 'Maar iets zegt mij dat ik nooit goede vrienden zal worden met die regelneef. Maar dat hoeft niet erg te zijn, want bazen komen en bazen gaan. Over een half jaar is De Kee gegarandeerd weg, gepromoveerd naar een nieuwe post door zorgvuldig de hielen van zijn bazen te likken. En dan zien we hem nooit meer terug.'

'Laten we hopen', knikte Versavel. 'Dus?'

Van In tikte met zijn wijsvinger op de verhoren. 'Dus gaan wij aan de slag met dit dossier. En we zullen ervoor zorgen dat De Kee zijn mening herziet.'

Ze wandelden traag in de richting van de kapel van de school. Pascale hield haar hoofd naar beneden, vechtend tegen de tranen. De tl-lampen in de gangen knipperden, alsof ze mee rouwden om het verlies van de populaire leerkracht die ze zo vaak hadden mogen verlichten. De stilte werd af en toe verbroken door leerkrachten die de rouwstoet als tijdverlies beschouwden en hun buitenschoolse vergadering nog even voortzetten.

Pascale wilde dat ze allemaal hun mond hielden, dat ze verdwenen als het hun niet interesseerde. Zij had recht op een serene verwerking van haar verdriet, en wie dat verstoorde, mocht het afbollen. Het probleem was dat haar collega's voor het grootste deel handpoppen waren van directeur Duden, en als hij hen naar de dienst dirigeerde, volgden ze gehoorzaam. Het werd tijd dat ze zijn arm uit hun achterste haalden en een eigen ruggengraat kweekten, maar de kans was klein, aangezien het Duden zelf was die besliste wie welke klas kreeg, wie welk lokaal en wie welke benoeming.

Ze botste met haar hoofd tegen haar voorganger, die plots was blijven stilstaan. Pascale had het niet zien gebeuren, stamelde een zachte verontschuldiging, kreeg een meelevende knik terug. De hele stoet van leerkrachten stond stil, het gemompel werd luider. Misschien deelde er iemand misboekjes uit aan de deur en zorgde dat voor een breuk in de ketting van leerkrachten. Vooraan ontstond geroezemoes, dat aanzwol. Toch geen misboekjes dan? Pascale probeerde over de hoofden van haar collega's te kijken, maar ze was te klein.

Achter haar kwam de rij wel in beweging. Als een file auto's die plaatsmaakte voor een ziekenwagen weken de leerkrachten uit elkaar voor hun wringende directeur. Geagiteerd zocht hij zich een weg naar voren. Toen hij langs Pascale kwam, schoof ze mee in zijn spoor, ze wilde weten wat er aan de hand was. Ze moest haar best doen om Duden bij te houden, verontschuldigde zich in zijn plaats voor het duw-en-trekwerk. Aan de deur van de kapel was iemand beginnen te applaudisseren, terwijl anderen verwijten riepen. Wat was er aan de hand?

Pascale wrong zich tussen de lichamen door die de deur blokkeerden en belandde in de kapel. Het duurde even voor het tot haar doordrong wat er aan de hand was. Aan de rechterzijde van de kapel stonden leerlingen van Lanoye verbaasd naar voren te staren, maar niet van plan om in beweging te komen. Achter hen stonden ook ex-leerlingen, die verhit discussieerden, met een papier in hun handen. Dezelfde papieren die ook in de mand lagen aan de deur van de kapel, daar waar de misboekjes hadden moeten liggen: fotokopieën van een klasfoto. Lanoye stond erop als titularis, omringd door zijn schijnbaar vrome leerlingen, engelachtige gezichtjes, exclusief gereserveerd voor de lens van de fotograaf, een masker dat weer zou afvallen zodra de foto genomen was. Het was geen klas die nu nog op school zat, aan de kleren te zien waren het leerlingen die al een tijd geleden afgestudeerd waren.

Maar het was niet die foto die het meeste misbaar veroorzaakte. De blikken richtten zich bijna allemaal naar het altaar vooraan, waar de priester die de dienst zou leiden, collega Reynders, een bloemenkrans en een grote foto van Lanoye had klaargezet. De bloemenkrans en de foto stonden er zoals het hoorde, maar waren vergezeld van een groot spandoek dat in de breedte van de kapel hing en alle aandacht naar zich toe zoog. Er stonden maar drie woorden op geschreven, maar die waren voldoende om de gemoederen te verhitten.

Je verdiende loon

6

Van In staarde naar het grote doek in de kapel. Het was een wit laken, met hier en daar zelfs vlekken erop, bespoten met graffiti. Wie het ook had gemaakt, hij had zichzelf niet op kosten gejaagd voor zijn smakeloze actie.

'Blij dat je zo snel kon komen, Pieter', zei Pascale naast hem. 'Ik bedoel, meneer Van In.'

Ze had hem onmiddellijk na de ontdekking vanuit de school gebeld op zijn persoonlijke nummer thuis. Directeur Duden had voorgesteld om het doek te verwijderen en de dienst te laten doorgaan zoals gepland, maar daar had Pascale een stokje voor gestoken. Iemand wilde de herinnering aan Lanoye besmeuren, dat kon ze niet laten gebeuren.

'Het is goed dat je gebeld hebt', knikte Van In.

Het was in elk geval de laatste keer dat hij zijn persoonlijke telefoonnummer aan iemand uit het onderzoek gaf. Normaal gezien zou de politie op het centrale nummer gebeld zijn en zou een van de agenten met wachtdienst de honneurs zijn komen waarnemen. Dan had Van In op zijn gemak zijn Chinese afhaalmaaltijd kunnen opeten. Al had dat bij kaarslicht moeten gebeuren, want nadat hij Versavel had opgebeld om hem te assisteren was al het licht uitgevallen. Hij had de huisbaas nog willen bellen, maar de telefoon deed het ook niet meer. Een Duvel die hij op de tast uit de ijskast had gehaald, had hem in het donker gezelschap gehouden tot zijn collega er was.

Versavel dirigeerde meteen de aanwezigen in de juiste richtingen. Hij gebruikte politielint om het gebied rond het spandoek af te schermen, wat misschien lichtelijk overdreven was. Een plechtigheid zou in elk geval niet meer plaatsvinden die avond.

'U gaat toch niet weer de hele school afsluiten?' klonk een bekende stem plots dicht bij Van Ins oor.

Van In draaide een kwartslag en glimlachte vriendelijk naar directeur Duden.

'Geen idee. Is daar een reden voor?'

'Morgen is het een schooldag. Het zou fijn zijn als mijn korps dan fris aan de start kan komen.'

Van In haalde zijn schouders op. 'We zullen zien. In het slechtste geval laten ze de leerlingen wat zelfstandig werk doen.'

Het was een van die nieuwe leermethodes die hier en daar de kop opstak: zelfstandig leren. Als de leerlingen zelf de leerstof ontdekten en verwerkten zouden ze die achteraf beter onthouden. Van In vond het maar onzin, het was vooral een methode voor leerkrachten die lui waren. Eeuwenlang had de mens zijn voordeel gedaan bij kennisoverdracht. De volwassenen gaven hun kennis door aan de jongeren, zodat die meteen wisten wat ze moesten kennen en kunnen in het leven. Stel je voor dat de holbewoners aan zelfstandig leren hadden gedaan. 'Kijk, jongen, daar is een mammoet, een levensgevaarlijk beest. Ik zou je nu kunnen vertellen hoe je erop moet jagen zonder zelf het loodje te leggen. Maar dat ga ik niet doen. Hier is een speer, ga er naartoe en probeer eens iets, ontdek het voor jezelf. Zo zul je het veel langer onthouden.'

Van In schudde de directeur van zich af als een vervelende mug in de zomer en liep naar Versavel.

'Moeten we Vanmaele erbij roepen?'

'Er is toch geen dode?' reageerde Versavel, waarop hij even

verlegen naar de foto van Lanoye knikte. 'Of tenminste geen nieuwe.'

'Weet ik. Maar misschien vindt hij sporen die overeenkomen.'

'Ik bel zo meteen de centrale of ze iemand van de technische dienst kunnen sturen. Dan kan Vanmaele deze keer wel *Pretty Woman* kijken.'

Iemand tikte op Van Ins schouder. Duden.

'Meneer Van In, mijn leerkrachten willen weten of ze naar huis mogen.'

Van In dacht aan de verhoren die ze op het bureau hadden doorgenomen. Ze hadden nog maar weinig input van de leerkrachten zelf, maar tegelijkertijd wist hij niet met wie hij zou moeten beginnen. Het waren er zoveel. En hij had geen zin om iets uit zijn duim te zuigen. Misschien moest hij maar met de belangrijkste persoon op de school beginnen.

'Ze mogen naar huis, geen probleem.'

Duden was zichtbaar opgelucht dat hij geen slecht nieuws zou moeten brengen aan zijn personeel. Maar toen hij zich wilde omdraaien, hield Van In hem staande door zijn hand in de lucht te steken.

'Maar u blijft nog even.'

'Ik blijf altijd als laatste op school', snoefde Duden.

'Prima. Dan kunnen we u meteen enkele vragen stellen.'

Duden kon niet verbergen dat hij schrok van die vraag. Zijn onderlip trilde, zijn neusvleugels gingen heen en weer. Hij ging meteen in de tegenaanval, als een kat in het nauw.

'Daar heb ik geen tijd voor. U kunt een afspraak maken bij het secretariaat.'

Van In liet zich niet afschepen. Hij stroopte zijn mouwen langzaam op, terwijl hij Duden bleef aankijken.

'Luister. Hoofdcommissaris De Kee houdt niet van onopgeloste moordzaken. Hij deelt mijn mening dat we er alles aan moeten doen om de moordenaar te vinden. Ook als dat betekent dat we hier de hele nacht moeten blijven.'

Van In dacht aan de portie chinees die thuis op hem stond te wachten, die hij die avond nog wilde opeten, ook al zou het dan een koude variant zijn. Maar dat hoefde Duden niet te weten. Hij schepte er plezier in om Duden op zijn eigen woorden te pakken. Dreigen met zijn connectie met De Kee? Dat kon hij even goed. Al betwijfelde hij of De Kee ook daadwerkelijk zijn kant zou kiezen als het erop aankwam.

'Ik denk niet dat De Kee het zou goedkeuren als u de directeur van een school een hele nacht gegijzeld hield', bromde Duden.

Van In haalde zijn schouders op.

'U gelooft me niet? Dan zult u dat morgenvroeg moeten ontdekken.'

Vanuit zijn ooghoek zag hij Versavel met zijn hoofd schudden. Zijn collega had het minder voor de verbale blufpoker die Van In graag speelde. Maar hij hield zich wijselijk afzijdig. Duden keek ondertussen schichtig in het rond, overwoog duidelijk verschillende scenario's.

'Oké, laat me eerst iedereen naar huis sturen. Daarna zal ik u te woord staan in mijn kantoor.'

Zonder een antwoord af te wachten stapte hij weg. Van In staarde hem nog even na.

'Die houden we beter in het oog. Er zijn volgens mij heel wat potjes die hij liever gedekt houdt.'

Pascale luisterde nauwelijks toen directeur Duden zijn personeel vertelde dat ze naar huis mochten gaan. Hij liet het voorkomen alsof het een persoonlijke verwezenlijking was, alsof hij net met inspecteur Van In een rondje armworstelen in zijn voordeel had beslecht. Het ergste was dat de meeste collega's hem dankbaar, en soms zelfs lichtjes bewonderend toeknikten.

Ze bestudeerde de gezichten om zich heen, terwijl ze haar zwarte jurk met kanten mouwen rechttrok. Kon een van haar collega's iets te maken hebben met het spandoek? Was er iemand zo laf dat hij had gewacht tot Lanoye dood was om hem een verwijt te maken?

De stroom leerkrachten kwam in beweging, blij dat de onverwachte gebeurtenissen hen niet meer tijd kostten dan nodig. Pascale zat in de vensterbank en liet hen passeren. Haar hoofd stond er niet naar om alleen thuis te gaan zitten. Het spandoek bleef voor haar ogen dansen, de grote letters van dat ene woord hadden hun impact niet gemist. Degene die ze erop had gespoten kon in zijn handen wrijven.

Wacht eens.

Handen. Verf. Jaloezie.

Ze sprong op en overschouwde de leerkrachten die nog in de eetzaal stonden. Hij was er niet bij. Pascale rende naar de deur, wrong zich langs de schouder van een collega en keek naar de personen die nog door de gang wandelden. Ook niet.

Ze stapte sneller, naar het secretariaat, keek naar buiten. Hij stond niet bij de fietsen. Dan moest hij nog binnen zijn. Misschien in de leraarskamer? Veel collega's hadden daar hun spullen achtergelaten toen ze naar de wake vertrokken. De grote houten deur stond open, er waren verschillende leerkrachten binnen. Ze bestudeerden de lessenroosters, legden de papieren klaar die ze nodig hadden voor de volgende dag en grapten over iets doms dat een van hun leerlingen had gezegd. Het had net zo goed een gewone middagpauze kunnen zijn, met de bittere geur van niet afgewassen koffiekoppen die om hen heen hing. Pascale had niet meer dan een blik nodig om te zien dat hij er niet was. Ze was te laat, hij was al naar huis.

Gespannen nam ze haar tas van de stoel waarop ze hem had achtergelaten. Haar handen trilden, ze bleef even staan, focuste op haar ademhaling. Het was te veel, ze had de tijd niet genomen om alles te verwerken. In plaats van te rouwen was ze blijven doorgaan, waren haar gedachten blijven malen over het hoe en het waarom. De date met Pieter had haar afgeleid, haar moed gegeven. Alles zou in orde komen. Het was echter niet meer dan een luchtspiegeling geweest, een reddingsboei om haar drijvende te houden. Maar ze lag nog steeds in het water.

Ze nam haar lange beige jas van de kapstok en trok de ceintuur om haar middel goed vast. Ze had slaap nodig, ze moest haar hersenen rust geven. Maar ze wist nu al dat ze nog uren wakker zou liggen.

'Hè, kijk uit waar je loopt.'

Ze keek op. Ze was net niet op Van den Eynde gebotst. Haar ogen vernauwden, haar zintuigen stonden op scherp. Hij was er dus toch nog.

'Leuk geknutseld vandaag?'

Een snauw die haar ontglipte, niet meer in staat om de schijn van welvoeglijkheid op te houden. Hij keek haar vragend aan, lachte naar de collega's rondom hen, als om te zeggen dat alles in orde was.

'Wat bedoel je?'

Hij probeerde haar voor zich uit te duwen, te begeleiden naar een plek waar niemand hen kon horen. Waarom deed hij dat? Omdat hij wist dat ze op het juiste spoor zat? Of om haar tegen zichzelf te beschermen?

'Waarom heb je dat spandoek gemaakt?'

Het was er verrassend rustig uit gekomen. Geen verwijt, geen beschuldiging, geen hysterisch gedoe. Gewoon een vraag. Of toch in haar hoofd.

'Pascale, doe normaal.'

'Zal ik het antwoord geven?'

Ze greep zijn hand en tilde ze de lucht in, als een bewijsstuk dat in de rechtszaal wordt getoond. Ze had de aandacht van verschillende collega's nu. Maar voor ze de ultieme redevoering kon beginnen, stokte ze. Ze liet de hand weer zakken. Haar ogen zoomden in, stelden scherp.

Zijn handen waren schoon. Er was geen verf meer te bespeuren, geen vuiltje meer te zien. Hij was naar het toilet geweest en had zijn handen gewassen. Kon je verf zo snel verwijderen? Ze beet op haar lip, besefte hoe ze zich aanstelde. Zonder nog om zich heen te kijken, zonder iemand dag te zeggen, verliet ze de leraarskamer.

De school was bijna verlaten toen Van In op zoek ging naar het kantoor van de directeur. Vele gangen van het gebouw waren kopieën van elkaar, met klassen aan weerszijden, afgescheiden door hoog geplaatste ramen, zodat de leerlingen niet te gemakkelijk naar buiten konden kijken. Van In herinnerde zich dat hij zich daar als leerling nooit door had laten tegenhouden. Zodra een leerkracht aan een monoloog begon, dwaalde zijn blik af, naar de lampen in de gang, die met hun flikkeringen boeiender waren dan de uitleg vooraan. Hoe kwam het dat hij nu wel hongerig was naar kennis? Hij las kranten, keek naar elk journaal en verslond boeken om te weten te komen wat er in de wereld speelde. Maar toen hij op de schoolbanken zat en al die informatie zonder moeite kon verkrijgen, hoefde hij ze niet. Hij glimlachte. Misschien hadden zijn leerkrachten toch gelijk gehad en had het wel aan hem gelegen.

De aanwijzingen van Versavel klopten niet, of hij had niet goed geluisterd. Hij zag nergens in de gang het naambord van Duden hangen. Hij keerde terug naar de vorige gang. Geen kantoor van de directeur, alleen de trap die naar het lokaal van Lanoye leidde. De stilte in de school had iets bevreemdends. Geen kwetterende stemmen, geen duwen en trekken, geen gesjouw met boekentassen. Opnieuw meer klooster dan school.

Van In besteeg de trap en keek naar het politielint dat voor de deur hing. Hij trok het weg, schoolkinderen hoefden niet voortdurend herinnerd te worden aan de minder fraaie kanten van het volwassen leven. Hij gunde hen de weinige tijd die hen nog restte om het leven relatief onschuldig door te brengen. Terwijl hij het lint oprolde, merkte hij dat de deur open was. Hij keek even om zich heen en glipte naar binnen.

Er was nog niets veranderd sinds ze het lichaam van Lanoye hadden weggehaald. Hij vroeg zich af hoelang het zou duren voor er opnieuw lesgegeven werd. Zouden de leerlingen zich op hun gemak voelen? Het was als een huis betrekken waar een vloek op rustte. Wie bleef er onverschillig onder en wie werd langzaam gek door bijgeloof?

Hij liep naar het bureau van Lanoye. Het lag er piekfijn bij, met links een stapel verbeterde toetsen en rechts een print van zijn lessenrooster. Zijn agenda lag in het midden, alsof hij de volgende dag gewoon weer les zou geven. Van In pakte hem op en bladerde erdoor. Lanoye had bij elk lesuur geschreven wat hij had verteld en tot waar ze waren gekomen. Van In knikte goedkeurend, dit was de voorbereiding van een gemotiveerde en geïnteresseerde leerkracht. Hij probeerde de laden van het bureau. In de bovenste ontdekte hij rijen vol dia's met plaatjes van het Romeinse Rijk tot de Tweede Wereldoorlog. Hij kon zich voorstellen hoe Lanoye gedreven stond te vertellen over de laffe moord op Caesar, terwijl hij wees naar de tekening waarop Brutus de messteken toebracht. Lanoye had nooit kunnen vermoeden dat een toiletontstopper zijn persoonlijke dolk zou worden.

De onderste lade bevatte wat persoonlijke zaken, zoals enkele pennen, een half aangebroken pak Mariakoekjes en een beduimelde roman. Toen hij het pak koekjes opzijschoof, viel zijn oog op drie foto's. De eerste was een foto van Pascale, uitgeknipt uit een grotere foto, vermoedelijk een met al het personeel erop. De tweede was een doodsprentje. Van In viste het uit de la en las de naam die erop stond. Els Michiels. Het meisje dat zelfmoord had gepleegd. Na al die jaren was Lanoye naar haar begrafenis geweest. Zouden veel leerkrachten dat doen? En de derde foto kende hij: het was de klasfoto die ook op de wake aanwezig was. Van In bestudeerde de gezichten deze keer grondiger en herkende dezelfde Els. Maar ook enkele andere gezichten kwamen hem bekend voor.

Hij schoof de lade weer dicht en richtte zijn aandacht op een kast tegen de wand. Hij opende een van de deuren en ontdekte tientallen mappen. Zou Lanoye hierin iets bewaard hebben dat zijn onderzoek vooruit zou helpen? Van In probeerde de eerste, maar die bevatte enkel een oude cursus. Hoofdschuddend zette hij de map weer terug. Het was een dom idee. Had hij echt gedacht dat Lanoye informatie over zijn leerlingen open en bloot in zijn klaslokaal zou bewaren? In het onderste deel van de kast stonden blokken klei, dozen vol potloden, pennenzakken met lijm en kisten vol verfborstels en spuitbussen. Hij pakte een spuitbus vast en rammelde ermee. Leeg. Spikkels verf bleven achter op zijn hand. Die was nog niet zo lang geleden gebruikt.

Een geluid in de gang deed hem opschrikken. Hij sloot de kast geruisloos en liet zijn ogen het lokaal rondgaan. Was het de locatie die hem zenuwachtig maakte? Het feit dat hier al een moord was gepleegd? Of het gevoel van betrapt te kunnen worden, een relict uit zijn studententijd, toen je nooit zonder toestemming een klaslokaal mocht betreden?

De deur van het geschiedenislokaal werd langzaam opengeduwd. Van In greep naar de stok om het scherm voor de dia's naar beneden te trekken. Als een mislukte krijger stond hij klaar.

'Wilde je een filmavond organiseren?'
Met blozende kaken legde Van In de stok weer weg.
'Zwijg, Guido.'
'Weet Duden dat je hier bent?'
'Nee, want ik heb Duden niet gevonden. Dit gebouw is meer een labyrint dan een school. Ik was al bang de minotaurus tegen te komen.'
'Jouw geschiedenislessen hebben toch nog hun nut gehad', lachte Versavel.
Hij stapte bewonderend door het lokaal. Net als Van In had hij de vorige keer enkel aandacht gehad voor de overledene en drong nu pas de omgeving tot hem door, een door de jaren heen geperfectioneerde verzameling geschiedenisattributen die de leerlingen onderdompelden in het verleden. Hij floot tussen zijn tanden.
'Ik begrijp dat er mensen jaloers waren op dit lokaal.'
'Jaloers genoeg om een moord te plegen?' vroeg Van In.
'Dat niet. Vanwege een lokaal en een aantal lesuren pleeg je toch geen moord? Dan zouden er in veel scholen mensen uit de weg geruimd worden.'
'En toch denk ik dat we die Van den Eynde nog eens moeten verhoren.'
Versavel knikte. 'Ik laat hem naar het kantoor komen.'
Van In wenkte zijn collega naar het bureau. Hij schoof de onderste lade open en toonde de foto's.
'Nog iets dat we moeten onderzoeken.'
Versavel haalde een gevouwen papier uit zijn achterzak, de klasfoto van in de wake, en vergeleek ze met de foto in de lade.
'We zullen het meteen aan de directeur vragen.'
Ze verlieten het geschiedenislokaal en begaven zich naar het kantoor van Duden. Versavel gidste Van In alsof hij zelf ooit op de school had gezeten. Het licht brandde nog, Duden

was gebleven zoals afgesproken. De dreiging om De Kee erbij te betrekken had dan toch gewerkt. Maar misschien moest Van In dat maar niet te vaak proberen.

'Vertel ons eens wie er op deze foto staat.'

Ze waren binnengekomen zonder te kloppen en Van In had meteen de klasfoto onder Dudens neus geschoven. De directeur keek hen kalm aan, hij had zich voorbereid op de ontmoeting.

'Ik ken niet alle namen van alle leerlingen. Zeker niet als het al een tijd geleden is.'

Hij trok de klasfoto naar zich toe en bestudeerde de leerlingen.

'Maar ik zal mijn best doen.'

Hij had een duidelijk strijdplan: openlijk meewerken om op die manier heimelijk tegen te werken. Van In was benieuwd welke bruikbare informatie ze uit de directeur konden halen. Hij bleef lang naar de gezichten kijken. Te lang. Van In kon zich niet inhouden.

'Het is de klas met Els Michiels.'

'O. Juist.'

Van In rolde met zijn ogen naar Versavel, terwijl de directeur naar de foto bleef staren. Waarom hield hij alles zo verborgen?

'Als u het niet weet, kunt u het gerust even opzoeken. Ik ben er zeker van dat er klaslijsten zijn van die periode.'

De directeur keek betrapt op, als een leerling die net had gespiekt.

'Dat is een idee. Dat zal inderdaad helpen.'

Hij stond op en liep naar de gang. Van In en Versavel volgden hem naar een deur aan de overkant van zijn kantoor. Daarachter was een grote ruimte met rekken vol dozen, het archief van de school. Van In vroeg zich af of hij het dossier op zijn eigen oude school eens zou kunnen inkijken. Zou er veel over hem in staan? Of was hij verworden tot niet meer dan een nummer dat er ooit een rapport had gekregen?

Duden voelde zich niet op zijn gemak terwijl hij langs de rekken slenterde, op zoek naar de juiste doos. De vier spiedende ogen in zijn nek vertraagden zijn pas.

'Hier.'

Voorzichtig tilde hij het deksel van de doos, gluurde naar de inhoud, zocht een reden om hen nog te kunnen afschepen. Een directeur van een school was een alleenheerser, een dictator wiens wil wet was. En net zoals bij de meeste foute heersers begon een directeur nobel aan zijn ambt, met als doel de leerlingen te verheffen, ervoor te zorgen dat ze *primi inter pares* werden, beter dan de leerlingen van andere scholen. Maar om dat doel te bereiken moesten soms de eigen wetten op de schop, moesten soms die goede intenties bijgeschaafd worden. En dan koos de directeur voor de naam van de school, voor zijn eigen reputatie. Leerlingen die niet mee konden werden afgedankt, akkefietjes werden onder de mat geveegd als het prijsbeesten betrof. Van In was benieuwd naar hoe dat mechanisme hier had gespeeld.

Duden haalde een lijst met namen uit de doos, waarna hij ze zorgvuldig weer sloot. Hij duwde zijn bril wat beter op zijn neus en las ze mompelend voor zichzelf.

'De klas van Jurgen Swerts en Ken Capiau, nu weet ik het weer.'

Versavel hield de klasfoto omhoog, zodat Van In de namen op de gezichten kon plakken. Jurgen Swerts hadden ze ondervraagd, hij zag meteen waar de jongen op de foto stond, naast Lanoye, met een genoegzame grijns. Ken Capiau was niet aanwezig geweest op de reünie, maar wel genoemd als een van de jongeren dicht bij Lanoye.

'Kunt u Capiau even aanduiden?'

Duden knikte en wees naar de jongen naast Jurgen, een

schrieler type met kortgeschoren haar en een keurig gestreken hemd. Hij keek lichtjes opzij als een luitenant die zijn kapitein steunt. Was Jurgen zijn vriend of eerder zijn beschermheer? Naast Ken stond iemand die Van In ook bekend voorkwam.

'Is dat Els Michiels?'

Duden aarzelde. 'Dat zou kunnen. Ik denk het wel.'

'Naar het schijnt hadden die leerlingen een goed contact met Lanoye.'

Van In had er geen vraag van gemaakt, hij wierp het gewoon op in de hoop dat Duden zou happen.

'Lanoye had altijd een goed contact met zijn leerlingen. Maar dat jaar lagen er enkele leerlingen hem wat nauwer aan het hart.'

'Els, Jurgen en Ken.'

'Klopt, ze waren onafscheidelijk. Of zo leek het toch.'

'Werden ze dan ook bevoordeeld door Lanoye?'

Duden grinnikte en wuifde de suggestie weg. 'Ach, dat zijn maar verhalen. Er zijn altijd ouders die vinden dat hun kinderen benadeeld worden. En die gaan dan roddels verspreiden over het bevoordelen van andere leerlingen. Daar moet u niet te veel van geloven.'

De directeur was loslippiger dan Van in had verwacht. Maar tegelijk loste hij ook niets concreets.

'Wat zit er nog meer in de doos?'

'Niets speciaals. Rapporten, examens, gebeurtenissen tijdens het jaar.'

'Ook klachten?'

Het gezicht van Duden verstrakte. De medewerking die hij voor een heel kort moment had getoond, verdween als sneeuw voor de zon.

'Dat is interne keuken, meneer Van In. Zoals ik al zei, ouders verzinnen de gekste dingen.'

'Maar er waren wel degelijk klachten? Tegen Lanoye of tegen de leerlingen?'

Duden stopte de klaslijst terug in de doos en ging ervoor staan, armen gekruist. Het bezoek was over.

'Lanoye was een integere leerkracht. Wij hebben als school altijd achter hem gestaan.'

Van In staarde de directeur aan. Hij wist dat hij niet veel verder kon gaan zonder een huiszoekingsbevel. Duden had hen even in zijn keuken laten kijken, maar schermde nu alles weer zorgvuldig af. De weinige info was net voldoende om er de nodige conclusies uit te trekken. Er hadden wel degelijk ouders geklaagd. Waarover wisten ze niet, maar het was duidelijk dat Lanoye de klachten samen met Duden onder de mat had geveegd. De vraag was alleen: waren die klachten ernstig genoeg om iemand te vermoorden?

'Wat voor klachten waren het dan?' vroeg Versavel.

Ze zagen hoe de directeur twijfelde. Hij wilde vooral dat de twee agenten ophoepelden. Kon hij dat het best doen door te blijven tegenwerken of was het beter om hen iets te geven? Hij besloot voor het laatste te kiezen.

'Er waren bijvoorbeeld geruchten dat sommige leerlingen tijdens de middag stiekem de school verlieten. Sommigen verwezen naar de klas van Lanoye. Die heeft zijn klas verdedigd en daarmee was de kous af.'

'Kwamen die klachten van ouders van leerlingen?'

Van In zag hoe Duden stokte. Het was een vraag waar hij niet op had gerekend. Hij had gemakkelijk met een leugen kunnen antwoorden, maar door zijn aarzeling verraadde hij zich.

'Ook,' mompelde hij.

'Wie nog meer had dan klachten over Lanoye?'

Duden keek hen niet aan terwijl hij antwoordde.

'Zijn collega's.'

7

Pascale controleerde haar agenda om te kijken in welke klassen ze die dag moest zijn. Ze was blij dat ze het eerste uur geen les hoefde te geven, zo kon ze nog even bekomen van de gebeurtenissen in de kapel. Had ze overdreven met haar reactie tegenover Van den Eynde? In de ogen van haar collega's waarschijnlijk wel.

Ze dronk van haar koffie en staarde naar haar kleine stadstuin, waar een oranje poes passeerde op zoek naar vrijgevige buren. Pascale zette nooit iets klaar voor de poes.

Het enige nadeel aan later beginnen was dat ze haar collega's nu een vrijgeleide gaf om over haar te roddelen. Dat gebeurde voor de dood van Lanoye ook al, maar toen had ze zich dat niet aangetrokken. Het waren roddels, geruchten, niemand kon met zekerheid zeggen of het waar was. Ook nadat Lanoye en zij al uit elkaar waren, bleef het gissen voor de collega's. Maar haar hysterische reactie gisteren was voor hen duidelijk geweest, niet te ontkennen.

Ze nam haar haren bij elkaar, draaide ze een keer rond en stak ze dan vast met een grote speld. Voor de spiegel in de gang bleef ze staan. Ze zag er moe uit, ondanks de extra laag make-up die ze had aangebracht. Straks zou ze haar make-up nog bijwerken, zodat ze er fris uitzag voor haar date met Pieter. Het was haar enige lichtpuntje om de dag door te komen. Het lesgeven zelf zou op de automatische piloot moeten gebeuren.

Ze nam haar tas, gooide ze over haar schouder en opende de voordeur. En dan bleef ze staan, een gespierde gestalte nam zowat de hele breedte van de deuropening in.

'Jezus, Jurgen. Je laat me schrikken.'

Jurgen Swerts zette een stap naar voren, hij wilde binnenkomen, maar Pascale ging niet opzij. Hij snoof zenuwachtig en keek voortdurend schichtig om zich heen. Zijn pupillen waren groter dan normaal.

'Wat vertel je allemaal aan die politieman?'

Pascale probeerde haar gezicht in de plooi te houden, maar ze had het gevoel dat dat niet lukte. Hoe wist Jurgen dat?

'Ik vertel helemaal niets.'

'Ik heb je wel zien smiezen. Je bent zelfs iets gaan eten met hem.'

Jurgen had haar met Pieter gezien. Of een van zijn vele bronnen had hem gewaarschuwd. Waarom hield hij zich nog met haar bezig?

'Houd je me in het oog?'

'Je hoeft het verleden niet op te rakelen.'

'Niet iedereen leeft in het verleden', zei ze. 'Ik heb genoeg andere onderwerpen om over te praten.'

Hij greep haar pols, kneep erin. Het deed pijn, maar Pascale liet niets merken. Haar hart bonkte als een bezetene. Ze keek de straat in, was er iemand om haar te helpen?

'Je zwijgt! Oké?'

De straat was verlaten op dit vroege uur. Mensen waren ofwel al op hun werk, ofwel zaten ze verborgen achter hun gordijnen. Ze hoefde geen steun te verwachten, ze moest het zelf oplossen.

'Ik hoef helemaal niets', zei ze stoerder dan ze zich voelde. 'Ga je me bedreigen? Ga je weer geld vragen in ruil voor bescherming? Zoals vroeger?'

Jurgen liet haar hand los en streek met zijn handen door

zijn haar. Zijn gewoonlijk perfect in de plooi gelegde coupe was nu warrig, klonters gedroogde gel deden het haar naar alle kanten pieken. Hij had geen douche genomen. Had hij wel geslapen?

'Och, dat waren onnozelheden.'

Het snuiven ging nu in korte schokjes. Hij was helemaal opgefokt, Pascale moest opletten. En toch ging ze in de tegenaanval.

'Onnozelheden? Iemand met zijn hoofd in de toiletpot duwen tot hij bijna verdrinkt is geen onnozelheid.'

'We waren jong.'

'Precies. En de andere kinderen waren ook jong. Als volwassenen denken ze waarschijnlijk nog elke dag terug aan dat moment in de toiletpot, zien het voorbijkomen in hun dromen.'

'Dan hadden ze maar moeten betalen. Het zal een wijze levensles geweest zijn.'

Hij stak zijn vinger dreigend uit, boog zich naar voren. Pascale rook een mengeling van drank en sigaretten. Op de kraag van zijn jas van Zino en Judy zaten bruine vlekken.

'Misschien dat jij er beter ook eens aan denkt.'

Pascale klemde haar tanden op elkaar. Even waande ze zich opnieuw op de speelplaats, omringd door Jurgen en zijn vrienden, dreigend met van alles en nog wat. Toen had ze niet de moed gehad om tegen hen in te gaan. Nu wel?

'We zijn geen kinderen meer. Ooit zul je dat wel eens beseffen, als je echt volwassen bent.'

Voor hij kon reageren zette Pascale een stap achteruit en knalde de deur dicht in zijn gezicht. Bevend zakte ze tegen de deur in elkaar, legde haar hoofd op haar armen, vocht tegen de flashbacks die opkwamen in haar hoofd, liet haar tranen lopen. Aan de andere kant van de deur bleef Jurgen tieren en bonken. Pas toen hij wegging, durfde ze opnieuw te bewegen.

'Natuurlijk moet je zo snel mogelijk komen.'

Van In speelde met de draad van zijn telefoontoestel. Hij leunde met zijn ellebogen op zijn bureau in een poging om kalm te blijven. Aan de andere kant klonk Frank Devos, zijn huisbaas, mateloos ongeïnteresseerd.

'Waarom? Alles lijkt toch te werken?'

'Hoe kun jij dat nu zien door de telefoon?' reageerde Van In bits.

'Je kunt bellen, dan zal de rest van de elektriciteit ook wel werken.'

Van In had zin om de kerel door de telefoonlijn te sleuren. Hij sprong overeind.

'Ik bel vanaf kantoor. Een politiekantoor, moest je het je afvragen.'

Zijn subtiele hint had weinig effect op Devos. Die antwoordde gewoon niet. Op de achtergrond hoorde Van In een televisie spelen. Hij was gewoon tv aan het kijken tijdens het bellen! Waarschijnlijk een herhaling van een van die domme shows die ze tegenwoordig uitzonden op de nationale televisie. Spellen waarbij de kandidaten letters moesten geven om zo debiele woorden te raden. En zelfs al ontbrak er enkel nog een klinker, dan nog slaagden ze er soms in om het te verknallen. Hij begreep dat er concurrentie moest zijn in het televisielandschap en dat een commerciële zender welkom was, maar was het echt nodig om mensen nog dommer te maken dan ze al waren?

'Dus?' vroeg Van In nog een keer.

'Dus wat?'

'Dus wanneer kom je alles herstellen?'

Opnieuw kreeg hij geen antwoord. Versavel gebaarde vanachter zijn bureau dat hij zich niet moest opwinden, maar dat had alleen maar het tegenovergestelde effect. Van In tikte op de hoorn.

'Hallo?'

'Ja?'

Devos antwoordde alsof het hele voorgaande gesprek niet had plaatsgevonden, alsof hij alles opnieuw zou moeten uitleggen.

'Wanneer kom je langs?'

'O. Juist. Een van de dagen moet het wel eens lukken.'

Versavel moest zich bukken toen het telefoontoestel door het kantoor vloog. De kreet van Van In sloeg te pletter tegen de muren, net als het toestel. Hij zeeg weer neer op zijn stoel. Versavel raapte kalm het apparaat op, zette het weer op zijn plek en testte of er nog een beltoon uit kwam. Hij legde zijn hand op de schouder van zijn collega.

'Zullen we wat moordenaars klissen als afleiding?'

Van In zuchtte eerst diep, maar grinnikte dan.

'Als Devos niet maakt dat hij in mijn appartement staat, kun je mij ook arresteren.'

Versavel legde de klasfoto van de wake op het bureau van Van In en tikte erop met zijn vinger.

'De sleutel ligt hier, bij deze klas. Duden weet dat ook. Maar hij weigert het ons te vertellen. Waarom?'

'Omdat hij zijn school wil beschermen. Hij wil niet dat bekend wordt dat ex-leerlingen wraak nemen op hun leerkrachten. Dat lokt niet meteen nieuwe studenten.'

'Begrijpelijk', knikte Versavel. 'Maar wij moeten daar wel beginnen. Lanoye had een doodsprentje van Els Michiels in zijn bureau liggen.'

'Precies. Dat bevestigt de band die ze hadden.'

'Maar Els heeft zelfmoord gepleegd, dus dat spoor loopt dood.'

'Tenzij…'

Versavel keek op, benieuwd waar Van Ins opmerking naartoe zou gaan.

'Weten we zeker dat zij zelfmoord heeft gepleegd?'

'Dat is toch wat iedereen zegt. Zal ik het dossier opvragen?'

Van In vouwde zijn handen onder zijn kin en schudde zijn hoofd. Daarna greep hij naar zijn telefoontoestel.

'Duurt te lang. We bellen Vanmaele.'

Hij toetste het nummer van Vanmaeles dienst in. De wetsdokter nam na enkele tonen op.

'Vanmaele.'

'Van In hier. Heb jij de zaak van Els Michiels onderzocht?'

'Michiels, zeg je?'

Van In gaf kort de nodige duiding, zodat Vanmaele wist waar hij moest zoeken. Hij hoorde zijn collega in allerlei papieren rommelen.

'Nee. Die is hier nooit gepasseerd.'

'Waarom niet?'

'Dat was een natuurlijke dood.'

Van In keek bedenkelijk naar Versavel, die zijn oor zo dicht mogelijk bij de hoorn hield om mee te kunnen luisteren.

'Zijn we daar zeker van?'

Vanmaele grinnikte bij die opmerking. 'Ik zou ja zeggen, maar aan je stem hoor ik dat je liever hebt dat ik nee zeg.'

'Kunnen we haar opnieuw onderzoeken?'

'Ze is al begraven.'

'Dus?'

'Nee, dat kunnen we niet. Daar heb je toestemming voor nodig en ik denk niet dat je die zult krijgen op basis van een vaag vermoeden.'

Van In zuchtte diep. Op het bureau van Versavel rinkelde de telefoon. Die had liever de rest van het gesprek gevolgd, maar was gedienstig genoeg om de beller niet te laten wachten.

'Hoe kun je nu iets onderzoeken in dit land?' ging Van In verder.

'Het leven is keihard, Van In', lachte Vanmaele. 'Maar ik

denk toch dat het niet slecht is dat niet iedereen zomaar lijken mag opgraven.'

'Het zou jou wel meer werk bezorgen.'

'Ik hou me wel bezig. Weet je wat? Ik zal mijn licht eens opsteken bij dokter De Zwaene, die heeft het overlijden vastgesteld.'

'Je bent een schat, Vanmaele.'

Van In legde de hoorn neer, zachter dan na het gesprek met zijn huisbaas. Versavel wenkte hem.

'Van den Eynde is hier. Ik heb hem naar de verhoorkamer laten brengen.'

Van In schonk twee koffies in voor hij Versavel naar de juiste ruimte volgde. Tijdens het wandelen schoten zijn gedachten heen en weer tussen een open graf en zijn appartement. Zonder elektriciteit was zijn kleine woning ook niet meer dan een grote doodskist. En dan besefte hij dat dat best een lugubere gedachte was, forceerde een glimlach op zijn gezicht en lachte Van den Eynde toe, terwijl hij een koffie voor zijn neus zette.

'Meneer Van den Eynde, blij dat u kon komen.'

'Het was oké voor meneer Duden om even afwezig te zijn', zei Van den Eynde op een toon die nog maar eens bevestigde wie de baas was op het Sint-Lodewijkscollege.

'De klas een uurtje studie, u een uurtje geen les, alleen maar winnaars, denk ik dan', grijnsde Van In.

'Lesgeven is geen straf voor mij.'

Van In ging zitten en dronk van zijn koffie, Van den Eynde liet de zijne onaangeroerd staan. Geen grapjes over het onderwijs dus. De meeste leerkrachten konden daarom lachen, maar tegen de echte fanatiekelingen maakte je beter geen opmerkingen over lesuren van vijftig minuten. Zou het iets voor hem zijn, lesgeven? Hij had waarschijnlijk te weinig geduld om al die leerstof in de hoofden van de leerlingen te laten sijpelen.

En welk vak zou hij dan geven? Hij zou alleen iets willen doceren waar hij gepassioneerd over kon vertellen. Maar een cursus bierproeven stond vast nog niet op het curriculum van de gemiddelde school.

'Misschien wel als je niet het geschikte lokaal krijgt voor je lessen.'

'Mijn lokaal is prima in orde.'

Van den Eynde herinnerde zich duidelijk hun vorige gesprek nog, en was niet van plan zich in de val te laten lokken. Toch merkte Van In dat hij zenuwachtig was. Hij frunnikte aan de knopen van zijn hemd en ademde sneller dan goed was voor een mens. Het waren kleine signalen, maar Van In had ze gezien. Was het de intimiderende sfeer van een verhoorkamer of had hij iets te verbergen?

'U hebt dus nooit ruzie gehad met Lanoye?' vroeg Versavel.

'Nee. Nu ja. We waren het niet altijd eens.'

Een opening, een barst in zijn pantser. Van In zette zich rechtop, klaar om aan te vallen.

'Waarover?'

Van den Eynde aarzelde, wist dat hij iets had prijsgegeven.

'Lanoye had een, hoe zal ik het zeggen, eigen stijl van lesgeven. Terwijl ik vind dat geschiedenis beter op de klassieke manier gegeven wordt.'

Van In keek naar zijn net iets te wijde kostuumbroek en het kraaknette witte hemd onder een zwart gilet. Niet alleen lesgeven gebeurde bij Van den Eynde op een klassieke manier, ook zijn kledingstijl en manier van spreken verraadden een enorme hang naar de oudheid.

'Hebt u daar met Duden over gesproken?'

'In het begin.'

'Hebt u soms een klacht ingediend?'

Hij knikte. Nu wisten ze in elk geval zeker over wie onder anderen Duden het had gehad toen hij over de collega's van

Lanoye sprak. Er rommelde iets in de leraarskamer van het Sint-Lodewijkscollege. Misschien was het idee dat het om wraak ging niet juist en draaide alles rond een banale ruzie. Het zou niet de eerste vete zijn die uit de hand liep.

'Maar dat hielp niet veel?'

Van den Eynde antwoordde niet, vanuit een zekere vrees dat zijn woorden tot bij de directeur zouden geraken. Het bracht Van In op een idee.

'Was het spandoek daarom ook een beetje aan Duden gericht?'

De schrik op het gezicht van de leerkracht sprak boekdelen. Hij krabde in zijn nek, staarde naar alle hoeken van de kamer, maar niet naar zijn ondervragers.

'Ik heb geen idee waar u het over hebt.'

'Het geschiedenislokaal was een creatief lokaal', drong Van In aan. 'Daar werd al eens geknutseld. Dat wist u, want u had er een hekel aan.'

Geschiedenis moest voor Van den Eynde gedoceerd worden, verteld door de leerkracht en genoteerd door de leerlingen. Lanoye dompelde de leerlingen daarentegen onder in de geschiedenis, liet hen de lang vervlogen tijden beleven, proeven, tastbaar maken. Met dia's en verkleedkleren, maar ook met klei, potloden en verf. Van den Eynde keek naar zijn handen, hij zei niets.

'Als ik de spuitbussen in het lokaal laat analyseren, dan durf ik wedden dat eruit komt dat ze gebruikt zijn om het spandoek te maken.'

Versavel keek Van In vragend aan, hij wist niet waar zijn collega naartoe wilde. Van den Eynde ademde luid en schokkerig.

'En u wist waar die stonden.'

Van den Eyndes hoofd ging met een ruk omhoog.

'Ja, ik heb dat doek gemaakt. Maar ik heb Lanoye niet vermoord.'

Van In liet een stilte vallen, liet niet merken dat hij inwendig juichte om de bekentenis. Ook Versavel deed zijn best om sereen te blijven. Ze wachtten tot Van den Eynde uit zichzelf verder zou praten. Maar daar kreeg hij de kans niet toe, want achter hen werd de deur van de verhoorkamer opengegooid. Hoofdcommissaris De Kee kwam met een rood hoofd naar binnen en plantte zijn hand in Van Ins nek.

'Wat doet hij hier?' siste hij in Van Ins oor.

'Hij had ons een tijdje niet gezien en wilde graag wat bijkletsen', bromde Van In.

'Vind je het normaal dat een leerkracht tijdens de schooluren naar het politiebureau moet komen?'

Van In wisselde een blik met Versavel. Duden had naar De Kee gebeld, zoveel was duidelijk. Hoe konden ze nu een onderzoek voeren als die twee elkaar voortdurend inschakelden om alles tegen te houden? Hij twijfelde over zijn antwoord. Had hij voldoende aan de bekentenis over het spandoek om Van den Eynde aan te houden? Het was niet omdat je vond dat je collega zijn verdiende loon had gekregen en dat op een zeer ongepaste manier uitte, dat je hem ook om zeep had geholpen.

'Ik dacht dat leerkrachten het erger vonden om buiten de schooluren te moeten komen', antwoordde Van In.

De Kee knarste met zijn tanden. Hij vond het vervelend om te discussiëren terwijl er een getuige in de kamer zat.

'We hebben de oplossing toch al?'

'O ja?'

'Waarom kun je je niet gewoon neerleggen bij een wraakactie tegen een priester?'

Van In begon op zijn stoel te schuifelen. Hij moest moeite doen om zijn stem te beheersen.

'Het is ook een wraakactie tegen een priester. Alleen weten we niet wie er wraak neemt en vooral niet waarom.'

‘Ik zal het je nog een keer uitleggen. De priester is te ver gegaan bij een van zijn leerlingen en die leerling heeft nu wraak genomen. Gerechtigheid is geschied, dus vind de dader en de zaak is gesloten. We hebben wel andere katten te geselen.’

Van den Eynde keek van de een naar de ander, maakte zich onbewust wat kleiner. Dit was een discussie die hij normaal niet zou mogen horen. Van In trok er zich niets van aan.

‘Welke katten dan? Moeten we er ergens een uit de boom gaan halen? Moeten we ergens een oude dame gaan helpen oversteken? We zijn verdorie bezig met een moordonderzoek, niet met het regelen van het verkeer!’

De Kee dempte zijn stem in een vergeefse poging Van den Eynde buiten het gesprek te houden.

‘Als jij graag het verkeer wilt gaan regelen, is dat zo gefikst. En nu laten jullie deze meneer gaan, zodat hij zich met zinnige dingen kan bezighouden.’

Hij knikte naar Van den Eynde, maar die begreep niet dat hij de verhoorkamer mocht verlaten. Hij bleef gedienstig zitten. Versavel besloot de gemoederen te bedaren, nam Van den Eynde bij de arm en leidde hem naar de deur. De Kee keek Van In hoofdschuddend aan.

‘Wat ga je nog meer doen om mij in verlegenheid te brengen?’

Van In keek hem strak aan.

‘Nu u het zegt, ik zou graag een lijk laten opgraven.’

8

Toen Van In voor de deur van het huis van Pascale stond, dacht hij nog even terug aan de reactie van De Kee nadat hij had verteld dat hij graag het lichaam van Els Michiels zou laten opgraven. De stroom vloeken zou niet op één pagina van de nieuwe computers getypt kunnen worden. En hij probeerde zich De Kees gezicht voor te stellen wanneer die zou ontdekken dat hij zelfs een officiële aanvraag had ingediend, die binnenkort bij De Kee op het bureau zou belanden.

Zou dat gebeuren voor of na hij te weten kwam dat ze Van den Eynde hadden aangehouden? De Kee zou er in elk geval niet beter gehumeurd van worden. Maar ook hij moest inzien dat ze Van den Eynde niet hadden kunnen laten gaan. Wie na een moord voor zo'n spandoek zorgde, was op zijn minst verdacht. Directeur Duden was vast al aan het lobbyen om zijn leerkracht vrij te krijgen. Straks moest hij zelf nog geschiedenis aan de leerlingen geven, bij gebrek aan geschoolde leerkrachten.

Toen hij het stralende gezicht van Pascale zag dat hem verwelkomde, verdween de irritatie op slag. Plots was het onderzoek ver weg.

'Ai, politie', lachte Pascale. 'Er is toch niets gebeurd?'

Ze had een zwarte jurk aan met epauletten op de schouders en een diep uitgesneden decolleté. Van In moest even slikken.

‘Ik vrees dat ik toch even zal moeten binnenkomen, mevrouw’, zei hij ernstig.

‘Komt u verder, commissaris.’

Ze deed een stap opzij, maar liet de opening bewust klein genoeg, zodat Van In langs haar lichaam streek bij het naar binnen gaan. Onbeholpen drukte hij een kus op haar wang. Ze rook naar rozenblaadjes, of een andere bloem, Van In was niet echt thuis in de fauna en flora.

In de woonkamer stond de tafel gedekt voor twee. Grote zilveren kandelaars flankeerden de wit met blauwe porseleinen saksborden. Een soepterrine dampte uitnodigend. Van In voelde zijn maag knorren, het was al even geleden dat hij nog een fatsoenlijke maaltijd had gegeten. Pascale begeleidde hem als een volleerde gastvrouw naar de tafel, waar hij de stoel kreeg gericht naar de knusse fauteuils en niet naar de keuken. Hij wachtte geduldig tot ze terugkeerde met twee glazen schuimwijn.

‘Ben je al een beetje bekomen?’ vroeg Van In, terwijl hij met zijn glas tegen het hare tikte.

‘Nog niet helemaal. Ik snap nog steeds niet wat zo iemand bezielt.’

Van In bromde enkel. Hij wist wel wat iemand kon bezielen. Jaloezie was een venijnig beestje. Het veranderde liefdevolle echtgenoten in paranoïde stalkers, het zette oorlogen in gang en kon zelfs de braafste leerkracht geschiedenis ertoe drijven om van een serene wake een groteske voorstelling te maken.

‘Ik denk dat ik weet wie het heeft gedaan.’

Pascale liet haar glas in het rond draaien tussen haar duim en wijsvinger. Ze keek Van In niet aan terwijl ze het zei. Hij nam een slok en ging wat meer rechtop zitten.

‘O ja?’ zei hij zo onschuldig mogelijk.

Pascale boog zich wat dichter naar hem toe, waardoor het

Van In moeite kostte om niet naar haar borsten te kijken, die netjes verpakt zaten in een iets te kleine kanten beha. Hij concentreerde zich op haar ogen.

'Van den Eynde had verf aan zijn handen', fluisterde ze, alsof iemand hen kon horen.

Hij knikte. Linkte het in zijn gedachten aan de bekentenis. Maar wist dat hij er verder niets mee kon doen. Was het wel een goed idee om hier te zijn?

'Ik zal het onderzoeken', zei hij zacht.

Haar lippen bevonden zich nu op enkele centimeters van zijn mond. Hij slikte. Was dit een uitnodiging om haar te kussen? Maar ze waren nog niet eens aan de soep begonnen. Ongemakkelijk bracht hij zijn glas naar zijn mond, zodat het een natuurlijke defensie vormde, hem tijd gaf om na te denken. Tegelijk schreeuwde heel zijn lichaam dat hij niet dwaas moest doen. Pascale leunde weer naar achteren.

'Je ziet er geweldig uit', zei hij, in een poging om het gesprek weg te leiden van het onderzoek.

Pascale nam het compliment stilzwijgend aan, een tikkeltje verwonderd dat ze wel een compliment kreeg maar geen kus. Ze zette haar glas opzij en nam het deksel van de terrine.

'Een beetje soep, commissaris?'

Op slag was de sfeer veranderd. Van een sensuele, rokerige bar waren ze in een steriele brasserie beland, met personeel dat zijn best moest doen om een glimlach te produceren. Pascale schepte de soep op en ze aten zwijgend. Allerlei zinnen schoten door Van Ins hoofd, ijsbrekers om het gesprek opnieuw op gang te brengen, maar hij zweeg. Hij liet het initiatief aan zijn gastvrouw, zij bepaalde de snelheid van de avond.

Af en toe complimenteerde hij haar met het eten, verzuchtte hij enkele algemeenheden over een zware dag op het werk, over een baas met wie hij nooit zou kunnen opschieten.

Zij deed hetzelfde over haar leerlingen en haar directeur. En de hele tijd vroeg Van In zich af waarom hij haar niet had gekust toen hij de kans had.

'Wil jij voorproeven?'

Pascale had een fles rode wijn geopend en hield die uitnodigend voor zijn neus. Hij knikte en ze schonk de wijn in zijn glas. Langzaam voelde Van In de effecten van de schuimwijn naar zijn hoofd stijgen en aan haar onvaste hand merkte hij bij haar hetzelfde. Het deed haar masker van gereserveerde dame afbrokkelen. Hij glimlachte naar haar en ze knipoogde terug.

Hij besefte nu pas dat zijn weigering om haar te kussen haar onzeker had gemaakt. Ze had scenario's in haar hoofd gekregen waarbij hij enkel uit beleefdheid bij haar langskwam, of zelfs vanuit zijn dienstplicht. En daarop had ze uit zelfbehoud een dam opgeworpen, die Van In weer moest doorbreken.

'Zullen we op de bank gaan zitten?'

Van In nam hun glazen en zette ze op de salontafel. Pascale vlijde zich op een paarse leren tweezitter en legde uitnodigend haar arm op de leuning. Deze keer aarzelde Van In niet en hij liet zich naast haar ploffen. Hun benen raakten elkaar, haar zachte zijden kousenbroek zorgde voor tintelingen in zijn bovenbeen die zich langzaam maar zeker verder naar boven verspreidden.

'Ben je al lang alleen?' vroeg ze.

Die vraag had Van In niet meteen verwacht. Hij praatte er niet graag over. Lange tijd had hij zich niet als een single beschouwd, hij was een man die gewoon even moest wachten tot zijn vrouw terugkwam. Pas veel later had hij beseft dat dat niet meer zou gebeuren.

'Een tijdje', stamelde hij.

'Vind je het vervelend?'

'Nee, het went wel. Ik ben wel gesteld op mijn eigen stek.'

'Ik bedoel dat ik er vragen over stel', glimlachte Pascale.

Van In boog zich voorover en nam zijn glas van de tafel. Zo was het voor hem iets makkelijker om zich een houding te geven. Wie was die vrouw eigenlijk die naast hem zat? Ze switchte zonder probleem van verlegen naar zelfverzekerd, had de touwtjes in handen, ook wanneer dat niet zo leek. Was ze echt onzeker geweest daarnet, of was het een pose om hem uit zijn comfortzone te halen?

Hij nam een slok. Misschien moest hij niet te veel nadenken.

'Een beetje', antwoordde hij. 'Ik ben het eerder gewoon dat ik de vragen stel.'

Pascale legde haar hand op zijn been, liet ze zachtjes heen en weer gaan, net genoeg om zijn bloed te doen stromen.

'O, excuseer, meneer de commissaris. Stelt u dan maar de vragen.'

Van In ademde iets dieper in en uit dan gewoonlijk.

'Ben jij al lang alleen?'

'Sinds Lanoye het heeft uitgemaakt. Zo'n half jaar geleden.'

'Heeft hij het uitgemaakt?'

Plots slopen er vervelende gedachten door zijn achterhoofd. Als Lanoye de relatie had verbroken, was het mogelijk dat Pascale daar niet blij mee was geweest. Misschien had hij iemand anders gehad en was ook daar jaloezie in het spel geweest. Hij probeerde de gedachte te onderdrukken.

'Ja, hij kon de stress niet meer aan.'

'Welke stress?'

'Alles verborgen te moeten houden. Hij wilde uit het klooster gaan en opnieuw beginnen.'

Dat stelde Van In gerust. Geen nieuwe partner, alvast één mogelijkheid uitgesloten.

'Maar dat is niet gelukt.'

De hand van Pascale schoof iets hoger op zijn bovenbeen, haar arm lag nu rond zijn schouder.

'Nee, je verandert een leven niet van de ene dag op de andere.'

Haar wang lag nu naast de zijne. Deze keer liet Van In de kans niet meer liggen. Hij draaide zijn hoofd naar haar toe en kuste haar. Eerst zacht, liet de smaak van haar zoute lippen doordringen, daarna steeds hartstochtelijker, terwijl hij haar hoofd in zijn handen nam. Pascale legde haar hand op zijn kruis en hij voelde de warme gloed door heel zijn lichaam gaan.

Plots stopte ze, trok zich los en keek hem aan.

'Ik had eigenlijk nog dessert.'

Hij keek haar glimlachend aan, terwijl hij met zijn rechterhand naar de sluiting van haar jurk zocht. Hij ritste ze vlot naar beneden en de jurk gleed van haar lichaam. Hij keek hongerig naar haar prachtige boezem.

'Ik snoep wel van iets anders.'

Pascale bracht haar handen achter haar rug en trok de sluiting van haar beha los. Van In ademde sneller en liet haar begaan toen ze zijn glas wijn wegzette en daarna boven op hem kwam zitten. Hij bukte zich en likte aan haar tepels. Ze kreunde zachtjes, legde haar handen in zijn nek. Ze schoof heen en weer, hij sloot zijn ogen, liet de sensatie groeien.

Ze prutste aan zijn riem, opende hem behendig en trok zijn onderbroek naar beneden. Toen ze zich afzette aan de rand van de bank en hem zacht bij haar liet binnendringen, verdwenen alle gedachten aan onderzoeken, spandoeken en verklaringen. Op dat moment waren ze heel even met twee op de wereld en werd alles wazig voor zijn ogen.

Het was al midden in de nacht toen hij wakker werd in het bed van Pascale. Ze hadden hun vrijpartij na het echte dessert nog een keer overgedaan in de slaapkamer. Zelfs in het donker kon Van In de glimlach niet van zijn gezicht halen.

Op de tast zocht hij zich een weg naar het toilet, hij wilde Pascale niet wakker maken door het licht aan te doen. Hij probeerde de deur naast de slaapkamer en deed het licht aan. Fout, hier stond het bureau van Pascale. Hij wilde de deur weer sluiten toen zijn blik op een fotolijst viel waarin klasfoto's zaten. Hij bekeek ze van naderbij. Pascale als titularis met haar leerlingen, telkens in een andere outfit, telkens met een mysterieuze glimlach die haar prachtig stond. Van In was benieuwd hoeveel vaders die klasfoto lieten bijbestellen.

Naast de klasfoto's stond een cd-rek. Hij liet zijn ogen over de namen van de groepen glijden. Roxette, Clouseau, Soulsister, London Beat. De namen zeiden Van In weinig, muziek was niet meteen zijn ding, maar dan had hij alvast een antwoord klaar als ze vroeg wat zijn favoriete band was. Hij keek opnieuw naar de klasfoto's. Op elke foto werd Pascale een beetje jonger en onderaan zaten foto's waarop ze zelf nog een leerlinge was. Op slag was Van In klaarwakker. De eerste foto als leerlinge was niet op het Sint-Lodewijkscollege genomen, maar de andere foto's wel. Pascale had daar ook op school gezeten. Dat was echter niet wat hem zorgen baarde, wel de volgende foto. Pascale stond in het midden, in het centrum van de aandacht, waardoor je de neiging had niet verder te kijken naar de andere gezichten. Van In deed het wel, want hij kende die gezichten. Hij had ze onlangs nog gezien op een andere foto: rond Pascale stonden Jurgen Swerts, Els Michiels en Ken Capiau en nog andere leerlingen die op de reünie waren. Had ze niet gezegd dat ze de leerlingen niet kende?

'Alles in orde?'

Betrapt draaide Van In zich om.

'Ik zocht het toilet.'

Pascale keek hem onderzoekend aan, met slaperige ogen.

'Dat is dan niet gelukt. Ik hoop dat je niet op de grond hebt geplast.'

'Natuurlijk niet. Ik heb het in de prullenmand gedaan.'

Van In stak zijn armen naar haar uit in een poging om de aandacht van de foto's af te leiden. Maar dat lukte niet helemaal.

'Mooie foto's?'

'Absoluut. Ik kan me voorstellen dat de leerlingen wel blij zijn met zo'n mooie juf. Ze kijken meer naar jou dan naar de fotograaf.'

Pascale trok hem naar zich toe en kuste hem.

'Juf? Dat is voor de lagere school. Jij mag "mevrouw" zeggen.'

Van In nam haar hand en trok haar mee naar de slaapkamer.

'Prima, ik heb nog wat huiswerk dat ik moet afwerken, mevrouw. Ik zal het u even tonen.'

Jurgen Swerts luisterde met tegenzin naar de kalende man die tegenover hem zat. Hij had een veel te groot kostuum aan waarop een pin was gespeld, een smiley. Hij gokte dat de man de pin had gekregen van een van zijn kinderen, de kans was klein dat hij ze had verkregen bij het clubben in een discotheek.

'De deurwaarder heeft al een lijst gemaakt met de inboedel van heel ons kantoor', vertelde de man. 'Maar ik denk er niet aan om de boete te betalen!'

'De boete kost u waarschijnlijk minder dan mijn ereloon', bromde Jurgen.

'Dat kan me niet schelen. We zijn niet in fout, dus we betalen niet.'

Jurgen noteerde het op een blocnote die voor hem lag en keek op de klok om te kijken hoelang de man al in zijn kantoor zat. Bijna een uur. Tik, tik, kassa kassa. Weer een uurloon dat hij kon aanrekenen. Sommige cliënten hadden niet door dat ze zelf uren vol lulden om hun onschuld te bepleiten en hem op die manier al luisterend rijk maakten. Nog voor hij een vinger had uitgestoken, had hij al geld verdiend.

Maar was dit zijn droom geweest toen hij aan zijn rechtenstudie begon? Frauderende boekhouders verdedigen die hun balansen naar de verkeerde kant hadden doen overhellen. Toen hij afstudeerde had hij nog vol vuur gezeten, vastbesloten om lange pleidooien te houden aan de balie. Om onterecht beschuldigden vrij te pleiten, recht te doen zegevieren. Maar nu kon het hem gestolen worden of deze man met zijn smiley schuldig werd bevonden of niet. Zolang hij maar betaalde.

Sinds wanneer was hij zo lusteloos geworden? Hij had in zijn leven altijd de controle gehad. Wat er ook gebeurde, hij zat aan het stuur, bepaalde de richting die anderen uit gingen. Maar de drang om aan iedereen te laten zien dat hij zou slagen in het leven, had zich in eerste instantie geuit in statussymbolen. Slagen betekende de duurste auto hebben, de grootste villa en de knapste vrouw. Maar om al die dingen te bekostigen moest hij alles aannemen wat zich aandiende, als het maar geld opbracht. En zo was hij ironisch genoeg de controle kwijtgeraakt.

'U weet dat ze alleen niet-essentiële dingen mogen meenemen?'

De man keek hem boos aan.

'De deurwaarder gaat helemaal niets meenemen. Jij gaat ervoor zorgen dat we die zaak winnen.'

'Natuurlijk.'

Jurgen glimlachte zonder overtuiging, nam de kaft met documenten aan die de man voor hem had verzameld en legde ze op een stapel andere onverwerkte zaken. Dat werd weer overwerken vanavond. Zijn vrouw zou denken dat hij met zijn secretaresse op haar bureau aan het vozen was, maar in werkelijkheid zat hij de facturen van een saaie financiële controller uit te pluizen. Hij wilde zijn telefoon pakken om te zeggen dat hij later zou zijn, toen een volgende cliënt ongevraagd zijn kantoor binnenstapte.

'Wat doe jij hier?'

Ken Capiau zette zijn vuisten op het bureau en boog zich naar hem toe.

'Heb jij iets met Lanoye te maken?'

'Wat?'

Jurgen gebaarde naar zijn voormalige luitenant dat hij plaats mocht nemen tegenover hem. Ken gehoorzaamde bijna onmiddellijk, ondanks de starre houding waarmee hij was binnengekomen. Een reflex uit het verleden.

'Het is me net iets te veel toeval. Eerst Els die zich van kant maakt, en dan Lanoye die het loodje legt.'

Jurgen zette de kraag van zijn spierwitte hemd wat rechter, zodat de rand gelijk kwam met de revers van de zwarte kostuumjas die hij droeg.

'En wat zou ik daarmee te maken hebben?'

Ken haalde zijn schouders op. Zoals gewoonlijk had hij er nog niet over nagedacht. Daarom had Jurgen Ken altijd te vriend gehouden, hij was de ideale uitvoerder van zijn plannen. Ken dacht niet na, Ken deed.

'Weet ik veel. Misschien vond je dat Lanoye verantwoordelijk was voor de dood van Els en wilde je...'

Hij maakte zijn zin niet af, maar leunde achterover en streek door zijn haar, waarvan hij voor de gelegenheid de piekjes bovenaan blond had geverfd. Alsof er een vogel op zijn kop had gescheten.

'Denk je echt dat Els zelfmoord zou plegen vanwege een crush op haar leraar van tien jaar geleden?'

'Ze was altijd al wat gevoeliger. Weet je niet meer hoe haar ouders haar onder de knoet hielden? Zoveel flappen hadden die mensen, maar toch kreeg Els niets.'

'Ze kreeg genoeg van ons.'
'Maar ze voelde zich er wel schuldig over.'
Jurgen schudde zijn hoofd. 'Els had moeten wegblijven van die drugs. Ze kon er niet mee omgaan. Als je wilt gebruiken, moet je goed kunnen doseren.'
Onwillekeurig veegde hij met zijn hand over zijn neus. Hij was ervan overtuigd dat je de totale controle over je lichaam kon hebben. Een ijzersterke geest was in staat te bepalen hoe ver je kon gaan met drank en drugs. Op die manier kon je het leven ten volle beleven. Maar het was niet iedereen gegeven.
'Wie heeft Lanoye dan om zeep geholpen?'
'Dat vraag ik me ook af. Zo'n goed mens. Altijd bereid om te helpen.'
'Denk je dat het iets met ons te maken heeft?'
Jurgen antwoordde niet meteen. Hij had zich die vraag ook al gesteld. Meermaals. Hij had er niet van kunnen slapen en had zelfs verschillende mensen opgezocht uit het verleden om te onderzoeken wat er aan de hand was. Maar hij kon er kop noch staart aan krijgen. En hij wilde niet tonen dat hij bang was.
'Nee. Toen waren we jong. Iedereen is dat al lang vergeten.'

De foto van Pascale tussen de leerlingen van de reünie bleef door zijn hoofd spoken. Versavel reageerde opvallend rustig op zijn relaas.
'Misschien moet je de volgende keer toch maar niet met een getuige slapen.'
'Ze is geen getuige.'
Van In snoof de frisse lucht op terwijl ze de Zuidzandstraat verlieten in de richting van de Boeveriestraat. Versavel checkte of er geen auto's passeerden, Van In liet zich als een kind meeleiden en stak over zonder te kijken. Hij had niet veel geslapen, dus had Versavel voorgesteld om te wandelen naar hun

afspraak, zodat er een windje door Van Ins gedachten kon waaien. Van In had met tegenzin toegestemd.

'Strikt genomen heeft ze niet gelogen, natuurlijk', merkte Versavel op.

'Hoezo?'

'Ze heeft gezegd dat ze geen les had gegeven aan de aanwezigen, niet dat ze hen niet kende.'

Van In bleef plots staan en nam Versavel bij de arm.

'Guido. Ik heb toch niet met een moordenares geslapen?'

Versavel staarde in de verte, terwijl hij nadacht over zijn antwoord. Daarna haalde hij zijn schouders op.

'Ik heb niet het gevoel dat het hier om een liefdesdrama gaat.'

'Precies. Ik ook niet.'

Het was voor Van In belangrijk om die woorden te horen. Hij was smoorverliefd op Pascale, het had hem moeite gekost om na hun wilde nacht afscheid te nemen. Het enige waar hij aan kon denken was wanneer hij haar terug zou zien. Hij wilde boeketten rozen voor haar kopen, dozen pralines, of zelfs die lelijke Diddl-kaartjes. Dat was de melige staat waarin hij verkeerde.

Versavel leidde hen naar de Fonteinstraat, waar ze aanbelden bij een van de smalle, maar hoge huizen. Er klonk rockmuziek achter de gevel, maar de deur zelf bleef gesloten.

'Doe je mij er eens aan denken dat ik straks nog langs Devos passeer?' zei Van In.

'Je huisbaas? Wat ga je daar doen?'

'Hem uit zijn huis sleuren en hem dwingen om alles te komen herstellen.'

'Is dat een goed idee?'

'Weet jij een beter?'

'Alles is beter dan je huisbaas een pak rammel geven.'

'Ik ga hem geen pak rammel geven. Toch niet als hij gehoorzaamt.'

Versavel drukte nog een keer op de bel.
'Heb je al aan de geijkte wegen gedacht? Aangetekend schrijven? Dagvaarding?'
'Een aangetekend schrijven herstelt mijn licht niet.'
'Een pak rammel ook niet.'
'Nee, maar dat verlicht wel', grijnsde Van In. Op dat moment zwaaide de deur open en keek Wim Goris hen aan.
'Heren, kom binnen.'
Ze hadden besloten om enkele aanwezigen opnieuw te ondervragen. De avond zelf hadden ze misschien niet altijd de juiste vragen gesteld. Ondertussen hadden ze meer informatie en wilden ze enkele dingen aftoetsen. Bij Wim Goris had Van In het gevoel dat hij hen de waarheid zou vertellen. Nadat hij een biertje en Versavel een kop koffie had gekregen, boog Van In zich voorover naar Goris, die het zelf bij een glas water hield.
'We hebben nog enkele vragen voor u', zei hij terwijl hij de klasfoto van de wake naar hem toe schoof. 'Dit was uw klas in het laatste jaar, klopt?'
Goris leunde een beetje naar achteren, zijn wenkbrauwen gefronst. Op zijn zwarte T-shirt stond in grote letters *Nirvana*, wat Van In verrassend vond. Hij zag in Goris allesbehalve een boeddhist.
'Klopt, u ziet mij toch staan?'
Van In zag vanuit zijn ooghoek dat Versavel grijnsde. Hij kon het wel pruimen dat iemand zulke droge opmerkingen maakte. Het was een teken dat hij scherpere vragen moest stellen.
'Er ontbreekt iemand.'
Opnieuw kreeg hij een vragende blik.
'Kunt u iets specifieker zijn? Ik kan wel honderd mensen noemen die niet op die foto staan.'
'Pascale Lareine.'

Wim Goris begon te knikken. Eindelijk.

'Juist, die zat niet meer op onze school in het laatste jaar.'

'Maar in de andere jaren wel?'

'Van het eerste tot het vijfde. Maar dan is ze naar een andere school gegaan. Ik weet eigenlijk niet welke.'

'Weet u waarom?'

Van In had er zelf al over nagedacht. Had Pascale toen al een relatie gehad met Lanoye? Was die uitgekomen en had ze van school moeten veranderen? Hij had het haar ook zelf kunnen vragen, maar dat had hij niet gedurfd.

'Geen idee. Pascale kon nogal wispelturig zijn.'

Van In grinnikte inwendig. Goris was in elk geval opmerkzaam. Hij dronk van zijn biertje en schrok van de fletse smaak. Een blik op het etiket leerde hem dat het al een half jaar vervallen was. Hoelang zat Goris al zonder werk?

'Doe eens een gokje.'

Goris haalde zijn schouders op.

'Misschien had het iets met de pesterijen te maken.'

Versavel en Van In schoven hun stoel dichter bij de tafel.

'Pesterijen? Door wie?'

Goris tikte met zijn vinger op enkele van zijn vroegere klasgenoten op de klasfoto.

'Jurgen en Els onder anderen. Ken.'

'De favorieten van Lanoye.'

'Dat kun je wel zeggen.'

Versavel bladerde door zijn notitieboekje en stopte bij de omcirkelde naam van Jurgen Swerts. Hij schreef hem opnieuw op een lege pagina met de boodschap dat ze hem moesten bellen.

'Wat deden ze dan?'

'Ze terroriseerden de andere leerlingen. Stalen hun boterhammen, dwongen hen hun koek af te geven. Ik heb ook gehoord dat ze kinderen met hun kop in het toilet staken. En ken je *palen*?'

Van In schudde zijn hoofd.

'Dan nemen ze je elk bij een been vast, tillen je op, en laten ze je kruis tegen een paal botsen. Steeds opnieuw.'

Versavel en Van In keken vol afgrijzen naar Goris, die het vertelde op een toon alsof hij een encyclopedie voorlas. Versavels stem klonk schor toen hij na een tijdje stilte opnieuw een vraag stelde.

'Waarom heb je daar de vorige keer niets van gezegd?'

'Jullie hebben het niet gevraagd.'

Duden had verteld dat er dingen onder de mat werden geveegd, maar dat ging over het verlaten van de school zonder toestemming. Dit was van een heel andere aard. Het werd duidelijk dat er in de mand appels van Lanoye enkele flink rotte exemplaren hadden gezeten. Maar die werden niet verwijderd, integendeel. De bruine plekken werden gemaskeerd, waardoor de andere appels steeds meer aangetast werden. Wat was er allemaal gebeurd in dat college?

'Het lijkt anders wel de moeite van het vermelden waard als er een moord is gebeurd.'

Goris nipte van zijn water. Hij had een gepijnigde blik op zijn gezicht, alsof de herinneringen hem een fysiek ongemak gaven.

'Dat wisten we vorige keer nog niet. En bovendien... Het blijven pesters, weet je. Op de een of andere manier heerst er altijd een beetje schroom om hen te verlinken.'

Van In probeerde het zich voor te stellen. Een bende zorgde voor terreur op de speelplaats. Wat was dan de reactie van de meeste leerlingen? Ofwel negeerden ze de feiten, ofwel heulden ze mee met de bende. Zelden kwam er iemand in opstand, want het risico was groot dat je het volgende slachtoffer werd. Zo ging het op speelplaatsen, maar evengoed in bedrijven, op sportclubs en zelfs bij de politie.

'Werd je zelf gepest?'

Goris schuurde met zijn voet over de grond. Hij staarde naar de tafel.

'Even.'

'Maar ze zijn gestopt?'

'Ja.'

'Waarom?'

Zijn adamsappel ging snel op en neer. Van In haalde deksels van potten die al jaren gesloten waren. En Goris was niet blij met wat hij erin aantrof.

'Omdat ik betaalde', zei hij zacht.

'Wat?'

Hij sloeg met zijn vuist op de tafel. Het wit van zijn ogen was rood door de gespannen aders. Zijn lip trilde.

'Omdat ik hen geld gaf. Dan stopten ze en richtten ze zich op iemand anders. Zo eenvoudig was het. Ik ben er niet trots op, maar het maakte mijn leven gemakkelijker.'

Van In wist even niet wat te zeggen. Maffiapraktijken op een middelbare school. Geen twee kleerkasten aan je deur die ermee dreigden je zaak in de fik te steken als je niet een deel van je winst afstond, maar gewone jongens die geld eisten in ruil voor bescherming. Het klonk als een B-film, maar aan de blik van Goris te zien was het geen fictie.

'Kon iedereen dat betalen?'

Goris schudde zijn hoofd.

'Alleen de meer welgestelde kinderen. Die werden niet gepest. De armere leerlingen zagen af.'

Van In keek naar de klasfoto en naar de kleren die de leerlingen droegen. Het college trok over het algemeen geen armoedzaaiers aan, dus de tactiek van de pestkoppen moest best lucratief geweest zijn. Hij wees naar een meisje dat naast Goris op de foto stond.

'Dit meisje hier, Karen Severs. Ze vertelde ons dat ze het thuis niet breed had. Werd zij dan extra gepest?'

Goris hoefde niet naar de foto te kijken om te weten wie Van In bedoelde. Hij schokschouderde.
'Karen? Dat was juist een van de pesters!'

9

'De Zwaene heeft Els Michiels helemaal niet onderzocht.'

Vanmaele wierp een appel op, alsof hij zich klaarmaakte om hem naar iemands hoofd te gooien. Hij stond in het kantoor van Versavel en Van In om verslag uit te brengen van zijn speurtocht naar het overlijden van Els Michiels.

'Echt?'

Vanmaele nam een hap uit de appel en smakte luid.

'Ja. Dat weet ik uit mijn eigen onderzoek. Best wel leuk, speurdertje spelen. Als jullie ooit hulp nodig hebben...'

'Wij spelen geen speurdertje, wij zijn speurders', merkte Versavel op, die het verslag van hun verhoor van Wim Goris in de computer typte.

'Kom, kom', grijnsde Vanmaele. 'Niet zo gewichtig. Uiteindelijk speel ik ook nog altijd doktertje.'

'Wat heb je ontdekt?' vroeg Van In, zodat Vanmaele ter zake zou komen.

'De Zwaene is de huisarts van de familie Michiels. Hij heeft het overlijden vastgesteld.'

'Maar hij heeft het lichaam niet laten onderzoeken?'

'Nee. Zie je, de familie Michiels is nogal gesteld op haar goede naam. Papa Michiels is de directeur van een koekjesfabriek.'

'Koekjes Michiels?'

'Exact. Ze hebben niet heel lang gebrainstormd over hun naam.'

Vanmaele rukte een nieuw stuk appel los, als een leeuw die een zebra uit elkaar trekt.

'Van koekjes gesproken. Hebben jullie hier niets lekkerders liggen dan appels? Mijn vrouw laat me thuis ook alleen maar gezonde dingen eten.'

Versavel trok een la van zijn bureau open en gooide een Grany naar Vanmaele. Die wierp hem met een vies gezicht weer terug.

'Echte koekjes, bedoel ik. Niet zo'n aaneengekoekte granenrotzooi. Als ik mijn muesli 's morgens wat te lang in de melk laat staan, heb ik ook zo'n reep.'

Van In wuifde naar Vanmaele.

'Dokter De Zwaene dus?'

Vanmaele keek Van In een tijdje aan, alsof hij niet meer wist wat hij precies kwam doen. Meestal kreeg hij zo'n blik pas na elf uur 's avonds, als hij met Van In doorzakte op café.

'Juist. De Zwaene heeft van de familie Michiels de opdracht gekregen om niemand aan het lichaam te laten komen. Het was al erg genoeg dat hun dochter zelfmoord had gepleegd.'

'Is dat niet strafbaar? Elke zelfmoord is toch per definitie een verdacht overlijden?'

'Dat is het juist. Voor de familie heeft Els geen zelfmoord gepleegd. Dus hoefde het lichaam ook niet onderzocht te worden. Zo dekten de familie en De Zwaene elkaar in.'

'Ze wilden niet dat iemand wist dat Els zelfmoord had gepleegd?'

'Nee, dat zou een schande zijn voor het sterke geslacht Michiels. Zij willen geen zwakkelingen die zelfmoord plegen. Maar ze hebben de geruchten niet kunnen tegenhouden. Iedereen wist het al snel.'

Van In schudde zijn hoofd. Hij was blij dat hij een officieel verzoekschrift had ingediend. Er klopte iets niet aan die zaak, en hij moest weten wat.

‘Zet de procedure maar in gang.’

‘Heeft De Kee al getekend?’

‘Nee, maar hij kan dat elk moment doen.’

‘Ik zal in elk geval nog eens opnieuw langs De Zwaene gaan.’

‘Als je wilt, graag.’

Vanmaele maakte niet meteen aanstalten om iets te gaan doen. Hij vond het best gezellig in het kantoor, hij kreeg hier tenminste reactie op zijn denkwerk. De enige reactie die hij in zijn operatiezaal kreeg, was een zeldzame spastische samentrekking van de spieren van een overledene.

‘Hoe is het met jullie verdachte? Heeft hij al bekend?’

‘Dat wordt niets,’ zei Versavel. ‘We moeten hem vrijlaten. Zijn alibi is gecheckt, hij kan het onmogelijk hebben gedaan. Al zal zijn spandoek wel nog een staartje krijgen.’

Van In zuchtte bij de uitleg van Versavel. Hij zou willen uitschreeuwen dat iedereen behalve de dader geen domme dingen moest doen, zoals het maken van een achterbaks spandoek. Als je niet het lef had gehad om in al die jaren iets te zeggen tegen Duden of Lanoye, dan moest je nu ook je mond houden. En dan werden Versavel en hij niet nodeloos geconfronteerd met zijsporen die hen van hun speurtocht afleidden.

Er werd op de deur van hun kantoor geklopt.

‘Binnen.’

Een hoofd glipte door de opening. Tot Van Ins verbazing zag hij het fijne gezicht van Pascale verschijnen. Ze knikte beleefd naar Vanmaele en Versavel en liep dan door naar Van In. Ze droeg een nauwsluitende jeansbroek en een gebatikt T-shirt. Haar laarzen hadden zulke fijne hakken dat ze de vloer konden perforeren. Ze kuste hem op zijn mond en duwde hem op zijn stoel.

‘Wat doe jij hier?’

‘Mijn lesdag zat erop en ik kon je niet meer missen.’

Zonder zich iets aan te trekken van Vanmaele en Versavel sloeg ze haar armen om hem heen.

‘Hoe ben je binnengeraakt?’

‘Je collega’s wezen me met plezier de weg.’

Van In kon zich voorstellen hoe Pascale de mensen aan de balie zonder problemen om haar vinger had gewonden. Hoe moest hij haar duidelijk maken dat het niet de bedoeling was dat ze hem verraste op zijn werk?

‘Als jullie iets zachter kunnen kreunen’, bromde Versavel. ‘Ik heb nog wel wat werk te doen.’

De deur ging opnieuw open en hoofdcommissaris De Kee kwam zonder aankondiging binnen. Hij babbelde luidruchtig tegen iemand die in zijn kielzog volgde. Van In zag in een oogopslag om wie het ging: derde schepen Van Pamel, verantwoordelijk voor de ruimtelijke ordening en dus ook voor de ordediensten. Iemand met wie De Kee liefst op goede voet stond.

‘En hier zijn onze inspecteurs Versavel en Van In aan het werk’, vertelde De Kee. ‘En...’

Pas toen hij halfweg het kantoor was, viel hij stil. Van In probeerde niet te blozen, omhelsde Pascale en nam toen haar beide schouders vast.

‘Stil maar, mevrouw. Ik begrijp dat u veel verdriet heeft, maar de politie doet haar uiterste best om de moordenaar te pakken te krijgen.’

Van In zette haar op de stoel en streek zijn kleren glad. Hij kuchte.

‘We waren net aan de ondervraging van mevrouw Lareine bezig. Mevrouw Lareine is een collega, pardon ex-collega, van het slachtoffer in het Sint-Lodewijkscollege. En het werd haar even te zwaar.’

Schepen Van Pamel keek onderzoekend naar Van In.

‘En dit is de manier waarop jullie iemand troosten?’

Van In probeerde tijd te winnen om een antwoord te formuleren.

'Als politieman heb je verschillende taken. Wij moeten de burgers beschermen en hen zekerheid bieden. Wij kiezen graag voor de persoonlijke aanpak.'

Hij draaide een kwartslag en richtte zich weer tot Pascale.

'Laten we verdergaan, mevrouw Lareine. U wilde net iets vertellen over Karen Severs?'

Pascale keek hem niet-begrijpend aan.

'Ze had het niet breed thuis?'

De vraag was lastig voor Pascale. Van In zag dat ze niet meteen wilde antwoorden.

'Karen? Tuurlijk wel. Die droeg altijd de chicste kleren!'

Van In zweeg even. Zonder het te beseffen had Pascale toegegeven dat ze ook als leerling op het Sint-Lodewijkscollege had gezeten. Niet dat ze er ooit over had gelogen, maar hij vond het nog altijd vreemd dat ze dingen achterhield. En wat ze zei kon hij ook niet rijmen met wat Karen zelf had verteld.

'Misschien moeten we het verhoor voortzetten op een rustige plek', zei Versavel. 'Dan kunnen de hoofdcommissaris en meneer de schepen verder met hun rondleiding.'

De Kee keek hoofdschuddend in het rond. Hij had gehoopt om twee ijverig typende inspecteurs aan te treffen en geen kiekenkot met extreem aanhankelijke getuigen en van appels smullende toeschouwers. Hij duwde Van Pamel zelf de deur uit.

'Laat maar, wij zullen wel verder gaan.'

Van In vergat even dat hij boos moest zijn op Pascale om de vervelende situatie waarin ze hem had gebracht en richtte zich tot Versavel.

'Heb jij Jurgen Swerts al kunnen bereiken?'

'Nee, die neemt nooit de telefoon op.'

'Ken Capiau?'

'Ook niet.'

'Karen Severs?'

'Die is thuis deze middag.'
'Dan zijn we weg.'

Ken Capiau haalde een groot papieren bord onder de pers vandaan en zuchtte. Voor de derde keer had de machine de kleuren blauw en geel niet goed gemengd, waardoor er in plaats van felgroene letters donkere mosgroene zinnen verschenen. Weer een uur en een kostbaar bord verspild, zijn baas zou weer kwaad zijn. Niet noodzakelijk op hem, want hij wist dat zijn baas hem naar waarde schatte, en dat het niet de eerste keer was dat de machine het liet afweten. Maar het was geen mooie afsluiter van een verder productieve voormiddag in de drukkerij.

'Ken!'

Daar had je het al. Hij draaide zich om en bereidde zijn uitleg voor, maar zag meteen dat het niet nodig was. Voor hem stond Jurgen Swerts.

'Kon je me niet missen?' grijnsde Ken.

Ze hadden elkaar al een hele poos niet meer gezien en nu twee keer in enkele dagen tijd. Ken wist dat dat geen toeval was. De haviksogen van Jurgen verraadden dat hij met een welomlijnd doel kwam.

'Kom mee.'

Hij ging Ken voor naar een kantoor aan de zijkant van de drukkerij. Het was dat van Kens baas en die apprecieerde het niet als mensen zomaar zijn kantoor gebruikten, maar toch zei Ken niets. Een Jurgen op oorlogspad was gevaarlijker dan zijn baas, die uiteindelijk ook maar zat waar hij zat omdat hij de post van zijn vader had gekregen. Jurgen nam zonder schaamte de leren stoel achter het bureau in beslag. Zijn ogen schoten alle kanten uit.

'Ik heb nog eens nagedacht', zei Jurgen. 'Over wat je over Els zei.'

Het kostte Ken moeite om zich te herinneren wat hij over Els had gezegd. Hij dacht zoveel, maar hij hield niet bij wat wel en niet interessant was, zeker omdat het grootste deel eerder overhelde naar niet interessant.

'En dat was?'

'Dat Lanoye verantwoordelijk kon zijn voor haar dood.'

'Denk je dat hij haar heeft vermoord?'

Jurgen beet op zijn nagels, ook al zat hij bij enkele vingers al bijna aan de nagelriem. Hij ademde snel.

'Dat niet. Maar misschien is er iets wat wij niet weten. Kijk, toen we in het middelbaar zaten, vond Lanoye haar te jong. Maar wat als hij nu van gedachten was veranderd? Misschien had de oude bok wel zin in een groen blaadje.'

'Waarom zou ze dan zelfmoord plegen?'

'Hij kan haar gedumpt hebben.'

'Voor een nog groener blaadje?'

'Voor Pascale.'

Nu keek Ken op. Meestal was hij niet op de hoogte van andermans affaires. Grotendeels omdat dat hem niet interesseerde. Iedereen moest vooral doen waar hij zin in had. Tenzij het tegen de zin was van degene die hem aanstuurde, zoals Jurgen in het verleden. Dan trok hij het zich wel aan. Omdat hij moest. Maar dit gerucht had hij wel al opgevangen, hier was hij wel in geïnteresseerd. Omdat het over Pascale ging.

'Had Lanoye toch een relatie met Pascale?' vroeg hij, ook al was het overbodig. Jurgen knikte.

Ken probeerde enkele dingen te rijmen in zijn hoofd. Hij kon niet verhinderen dat er een kleine steek door zijn hart trok. Pascale met Lanoye. Ze was er verliefd op geweest, dat wist hij, maar dat had hij altijd afgedaan als een platonische verliefdheid, net zoals pubermeisjes verliefd waren op die verwijfde kerels van Take That. Maar een echte relatie? Hij nam een pen van het bureau en kraste ermee op de kalender die als onderlegger diende.

'Maar Lanoye was toch een priester?'

'Tja, dat hield hem blijkbaar niet tegen. En nu doet ze het met die politieagent.'

Het was alsof Jurgen de ene pijl na de andere op zijn hart afvuurde. Hij draaide met zijn stoel in het rond. Ken keek even achter zich naar het magazijn, om er zeker van te zijn dat zijn baas er niet aankwam.

'Heb je het gehoord van dat spandoek bij de wake van Lanoye?' vroeg Jurgen.

'Ik was er niet bij', antwoordde Ken snel. Te snel.

'Ik zeg niet dat jij het hebt gehangen', grijnsde Jurgen. 'Al zou het wel kunnen. Als ze weten dat jij wist dat Pascale een relatie met Lanoye had, dan zouden ze hun conclusies wel eens kunnen trekken.'

Ken voelde het zweet onder zijn oksels prikken. Kon het waar zijn wat Jurgen zei? Hij balde zijn vuisten.

'Ik heb er niets mee te maken!'

Jurgen stond op uit de stoel en zette zijn handen op de tafel. Hij boog zich voorover.

'Dat weet ik wel. Maar de vraag is: wie dan wel? Misschien heeft het toch iets met het verleden te maken.'

Ken wist waar Jurgen op doelde. Maar dat was allemaal al zo lang geleden. En gebeurde dat niet op elke school?

'Dat waren gewoon kwajongensstreken. Daar ga je toch geen priester om vermoorden?'

'Het is wel gebeurd.'

Ken wist niet goed wat hij met al die nieuwe informatie aan moest. Hij was het niet gewend om zelf na te denken. Dus keek hij naar Jurgen, wachtend op het antwoord, of op nieuwe instructies. Vanuit zijn ooghoek zag hij zijn baas door het magazijn lopen. Moest hij zich zorgen maken om het verleden of om de heel nabije toekomst?

'Kijk, degene die dat spandoek heeft gehangen wilde een

boodschap brengen', ging Jurgen verder. 'Maar wat als die boodschap niet alleen voor Lanoye was?'

Hij liet een stilte vallen. Ken luisterde nauwelijks nog. Hij keek over zijn schouder en zag hoe zijn baas bijna het kantoor zou binnenvallen. Jurgen zag het ook gebeuren en stapte naar de deur. Hij greep Ken stevig bij de schouder en ging op fluisterende toon verder.

'Wat als de boodschap ook voor ons bedoeld was?'

Karen Severs woonde in de Groenestraat op de bovenste verdieping van een bouwvallig huis dat was omgeturnd tot meerdere appartementen. Van In keek naar de bakstenen die door het stucwerk heen kwamen.

'Als ze vroeger niet arm was, is ze dat nu toch wel', merkte Van In op.

Ze hadden Vanmaele en Pascale achtergelaten en waren halsoverkop vertrokken. Het was een goed idee om zich die dag niet meer op kantoor te laten zien, dan kon De Kee een beetje kalmeren. Van In bereidde zich al voor op een preek over de voorbeeldfunctie die ze hadden en dat ze een schande waren voor het korps. Zouden de ouders van Els Michiels ook zo over hun overleden dochter hebben gedacht?

Severs ontving hen in een kleine woonkamer die was volgestouwd met meubels die niet bij elkaar pasten. Van de stoelen om haar tafel waren er geen twee dezelfde. Ze bood Van In en Versavel niets aan.

'Bedankt dat u ons zo snel kon ontvangen', zei Versavel.

Ze knikte alleen maar, waarop Versavel aarzelend verder ging. Hij schoof de klasfoto over de tafel.

'We hebben het vorige keer gehad over een groep leerlingen die veel contact had met meneer Lanoye. U hebt toen gezegd dat ze vooral veel voordelen kregen.'

Opnieuw een knik. Met haar wijsvinger maakte ze cirkels

op de tafel. Een witte ronde klok aan de muur tikte hoorbaar.

'Maar er bleek meer aan de hand te zijn. Jurgen en zijn vrienden terroriseerden de speelplaats.'

Haar hoofd bleef op en neer gaan, haar ogen waren strak op de tafel gericht. Wist ze wat er ging komen?

'En u deed daar aan mee.'

Versavel liet nu bewust een stilte vallen. Soms was het beter om even te zwijgen. Niet alle gaten in een gesprek moesten opgevuld worden. Als mensen zich ongemakkelijk voelden, flapten ze er gemakkelijker dingen uit. Het getik van de klok leek nu sneller te gaan.

'Ik had geen keuze', mompelde ze.

'Waarom niet?'

'Jurgen bepaalde wat we moesten doen.'

Van In liet zich achteroverzakken. Hij moest moeite doen om zijn mond te houden, want hij had een hekel aan mensen die hun paraplu opentrokken. Niemand had ooit iets gedaan, het waren altijd de anderen die pestgedrag vertoonden. Het leek soms of de hele wereld uit meelopers bestond. Gelukkig was Versavel diplomatischer.

'Waarom hebt u daar vorige keer niets over gezegd?'

Nu keek Severs wel op. Een traan welde op in haar ooghoek.

'Omdat het niet bepaald iets is om trots op te zijn. Het is niet het eerste wat ik zeg als ik iemand tegenkom. Hallo, ik ben Karen en ik heb vroeger kinderen gepest.'

'Wat deden jullie dan zoal?'

'De klusjes die Jurgen zelf niet wilde doen. Geld innen van kinderen en dat aan Els geven, want zij hield de rekeningen bij. Kinderen bedreigen in de toiletten als ze niet betaalden.'

'En was er niemand die daar tegen optrad?'

Severs snoof, een lachje in haar mondhoek. 'De jongens hadden Lanoye als beschermheer. Zolang hij hen verdedigde, gebeurde er niets.'

Van In besefte dat ze aan Wim Goris te weinig hadden gevraagd over de rol van de leerkracht in dit verhaal. Het was tenslotte hij die vermoord was.

'Waarom deed hij dat?'

Ze haalde haar schouders op.

'Hij had hen graag. Ze konden in zijn ogen niets verkeerd doen. Misschien beschouwde hij hen als de kinderen die hij nooit had kunnen hebben.'

'Hoe maakten ze de afspraken?'

'Alles ging via Jurgen.'

'Kreeg Lanoye een deel van het geld?'

Daar moest Karen even over nadenken. Ondertussen trok ze het bandje van haar staart los en maakte een nieuwe wrong.

'Ik denk het niet. Maar het zou kunnen, want Jurgen, Ken en Els waren niet bepaald de armste kinderen.'

'Ik heb horen zeggen dat u ook meestal chic gekleed was', haakte Van In daarop in. 'Terwijl u de vorige keer vertelde dat u het niet breed had thuis.'

Ze balde haar vuisten en kreeg een verbeten trek op haar gezicht. Ze boog zich voorover en keek Van In recht aan.

'Weet je hoe het is om arm te zijn?'

Van In probeerde niet te antwoorden, maar merkte dat hij zijn hoofd zacht heen en weer bewoog.

'Arme mensen krijgen geen kansen. En omdat ze geen kansen kunnen grijpen, blijven ze arm. Ze raken niet uit die vicieuze cirkel, omdat ze geen geld hebben om in zichzelf te investeren. Dus doen ze vaak niets en blijven ze werken voor een hongerloon, elke maand hun portefeuille uitschrapend om rond te komen. Ik had gezworen dat ik wel uit die cirkel zou breken.'

Van In durfde niets te zeggen. Als hij om zich heen keek, kende hij het vervolg van het verhaal al. Ook Karen Severs was er duidelijk niet in geslaagd om uit de armoede te komen. Hij vroeg zich af of ze ook had gelogen over haar beroep. Dit zag er niet uit als het appartement van een bediende.

'Ik wilde wel kansen krijgen. Dus zorgde ik ervoor dat niemand wist dat ik arm was. Ik wilde niet dat iemand me iets gunde uit medelijden, of omgekeerd, me iets ontzegde omdat het toch vergeefse moeite was.'

'Hoe deed u dat dan?' vroeg Versavel, zijn hoofd een beetje schuin, zoals mensen wel vaker doen wanneer ze een triest verhaal horen.

'Ik kluste bij. Deed studentenjobs op elk moment van de week en heel het weekend. Daardoor kon ik een ander beeld creëren, een kunstmatige ik. Zodat niemand zich ooit vragen zou stellen over mijn afkomst.'

Van In bewonderde de strijdlust in haar ogen. Tijdens haar betoog flakkerde er iets op uit het verleden, een drang om te slagen in het leven. Maar tegelijkertijd had datzelfde leven het vuur alweer gedoofd.

'Dat beeld, die andere ik', vroeg hij voorzichtig. 'Hoe hield u dat dan in stand?'

'Door te liegen. Door te doen alsof. Je wordt er goed in na een tijdje.'

Ze wees zichzelf aan op de klasfoto.

'Zie je die kleren? *Power dressing* noemden ze dat.'

Van In keek naar de jonge Karen Severs in haar blazer met schoudervullingen en haar witte lange broek. Rond haar hals waren blinkende sierraden gedrapeerd.

'Als je dure dingen draagt, denken mensen automatisch dat je geld hebt. Ze vroegen zich niet af waar ik die kleren vandaan haalde, ik had ze, en dat was genoeg. Niemand zag hoe ik elke ochtend het huis uit glipte in een joggingbroek en een veel te grote trui uit de kringloopwinkel. Hoe ik me achter een elektriciteitshokje omkleedde, zodat ik met de chicste kleren naar school kon.'

'Waarom deed u ze niet gewoon thuis aan?' vroeg Versavel.

'Omdat mijn ouders ze niet mochten zien. Ze zouden niet begrijpen dat ik geld uitgaf aan kleding, terwijl we tijdens de laatste dagen van de maand telkens moesten overleven op brood en margarine. Ze zouden mijn chique outfits achter mijn rug verkocht hebben. Maar ik had alles zelf verdiend, dankzij al mijn jobs. Ze moesten er met hun poten afblijven.'

'Ze wisten ook niet dat u die jobs deed?'

'Nee. Dat interesseerde hen niet. Hoe meer ik weg was, hoe beter. Dat was weer een maag minder die kon beginnen te knorren.'

'En wat als er vrienden op bezoek kwamen?'

'Dat is al de makkelijkste vraag die je vandaag hebt gesteld. Regel één als je arm bent: geen vrienden uitnodigen bij je thuis. Nooit. Mensen kunnen daar niet mee om. Ze komen één keer en dan nooit meer.'

Van In keek om zich heen, nam de woonkamer opnieuw in zich op. Zijn blik bleef even rusten op een houten staketsel dat in de hoek van de kamer stond. Het leek een soort parasolvoet, die Severs zelf in elkaar had getimmerd. Als je geen geld had, moest je zelf creatief zijn. Maar was dat echt zo erg? Als Karen Severs nu een vriendin van hem was geweest, zou hij haar dan laten vallen omdat ze geen twee dezelfde stoelen had en er vlekken op de bank zaten? Hij kon het zich niet voorstellen. Maar tegelijk moest hij ook toegeven: hij had geen arme vrienden. Dus het betoog van Karen hield wel degelijk steek.

'Ook uw vrienden van het clubje niet?'

'Welk clubje?'

'De bende van Lanoye.'

Van In had de naam ter plekke bedacht. Hij vond het best goed klinken.

'Dat waren mijn vrienden niet.'

'O nee?'

De zelfverzekerde Karen Severs was even helemaal terug, plots leek ze weer op de stralende jonge vrouw op de klasfoto.

'Ik had hen nodig, om hoger in de pikorde te staan. En dat lukte aardig.'

Van In en Versavel waren nog onder de indruk van het verhaal van Karen Severs toen ze in café Vlissinghe drankjes bestelden. Omdat ze zich niet meer op kantoor durfden te vertonen, hadden ze besloten om op locatie te werken. Wat in essentie neerkwam op bier drinken op café en ondertussen babbelen over de zaak. Ze konden de computer van kantoor immers niet mee naar de bar nemen. Al kon Van In zich niet voorstellen dat iemand dat ooit zou willen doen.

'Doe anders maar eens een Duvel', zei Van In, in de hoop dat hij daar iets langer over zou doen en minder vaak de eigenaar zou moeten roepen. Herman knikte en noteerde de bestelling in zijn hoofd.

Van In vond het best aangenaam om in een ontspannende setting een zaak te doorlopen. Maar dat deed hij best maar één keer. Wat zou De Kee ervan zeggen? Ach, hij moest hen maar vertrouwen. Van In kende genoeg collega's die de hele dag op kantoor waren, maar toch geen klap uitvoerden. Daar was je als baas veel slechter mee af. Maar hij twijfelde er sterk aan of De Kee dat besefte.

'We zitten dus met vier pesters en één leerkracht die hen de hand boven het hoofd hield', vatte hij alles nog eens samen. Hij noteerde zijn gedachten op een bierviltje. Het was er een van een bekend biermerk, dat het geniale idee had gehad om er moppen op te drukken. Hij hief zijn pen op en las in stilte. *'Hoe maakt u het?' 'Dat zeg ik niet, want dan maakt u het ook.'*

'En van de vijf zijn er al twee dood', vulde Versavel aan.

'Die overlijdens hebben niet noodzakelijk iets met elkaar te maken.'

‘Dat zal Vanmaele zo meteen bevestigen of ontkennen.’

Ze hadden aan Vanmaele gevraagd om ook verslag uit te brengen in café Vlissinghe. Die had daar meteen enthousiast op gereageerd.

‘Het zou ons in elk geval op een spoor kunnen zetten. Want nu heb ik niet het gevoel dat we ver komen.’

Herman kwam aanlopen met een plateau waarop een Duvel, een kommetje met nootjes en een glas rode wijn stonden. Versavel had de eerste rondjes geweigerd om iets met alcohol te drinken, maar Van In was blijven aandringen. Hij vond het gezelliger om met twee te drinken. En het gaf hem iets minder schuldgevoel. Op hetzelfde moment rinkelde de bel aan de deur van het café.

‘Als je van de duvel spreekt’, lachte Van In, die gretig zijn glas pakte en tegelijk Vanmaele in het oog hield die zijn hand naar hen opstak. Hij gooide zijn jas over een stoel en schoof aan bij zijn collega’s.

‘Zijn we al aan de Duvels bezig?’ vroeg hij. ‘Dan doe ik mee.’

Hij knipoogde naar Herman, die zijn duim opstak en weer naar de toog liep.

‘Wat voor nieuws, Vanmaele?’

‘Eerst het goede of eerst het slechte?’

‘Doe maar het slechte.’

Vanmaele nam een nootje uit het kommetje en mikte het in zijn mond.

‘De Kee weigert te tekenen.’

Hoewel het niet als een verrassing kwam, was Van In toch ontgoocheld. Een onderzoek op het lichaam van Michiels zou zoveel kunnen ophelderen.

‘Wat is dan het goede nieuws? Heb je haar stiekem opgegraven?’

‘Daarom was ik wat later’, grinnikte Vanmaele.

Hij helde een beetje naar achteren om Herman door te laten

met zijn glas Duvel. Hij nam een grote slok, het schuim bleef op zijn bovenlip staan.

'Daar was ik aan toe na een dag hard werken.'

'Je bent nog aan het werk', merkte Versavel op.

'Juist. Dan verdien ik er straks nog een.'

Vanmaele nam een nieuwe slok om het vooruitzicht op zijn tweede Duvel te versnellen. Versavel bracht hem weer bij de les.

'Dus? Het goede nieuws?'

Vanmaele zette zijn glas neer, keek om zich heen en dempte zijn stem. Het nadeel aan vergaderen in een café was dat je moest opletten met confidentiële informatie. Al hadden de meeste cafébezoekers waarschijnlijk geen behoefte aan de details van het onderzoek op een mensenlichaam. Mocht Vanmaele iets vertellen over Miss België die in de cel had gezeten, zouden er wellicht meer luisteraars zijn.

'Ik ben opnieuw bij De Zwaene geweest. Ik zei hem dat er waarschijnlijk een nieuw onderzoek naar Michiels kwam. Toen werd hij wat loslippiger.'

Vanmaele tastte in zijn zak en haalde er een foto uit. Die was genomen net na het overlijden van Els Michiels. Van In wierp er een korte blik op. Zelfs van foto's van dode mensen was hij geen fan. Maar het schuim op de mond van de jonge vrouw triggerde hem.

'Overdosis?'

'Precies.'

'Dat is toch geen natuurlijke dood? De Zwaene riskeert wat.'

Vanmaele propte een handvol nootjes in zijn mond en spoelde die weg met het laatste restje van zijn Duvel. Met zijn vingers knipte hij naar Herman.

'Ik weet het. Maar de familie Michiels kan blijkbaar nogal… aandringen.'

'Hij durfde niet anders.'

Van In keek tegen zijn zin opnieuw naar de foto en liet zijn ogen over de achtergrond op de foto glijden. Het was de werkplek van een schoolmeisje, met posters aan het prikbord, een lavalamp in de hoek en een beschreven leren rode pennenzak. Alsof ze nooit ouder was geworden. Daarna stak hij de foto in zijn zak. Een meisje neemt zoveel drugs dat haar lichaam het niet meer aankan. Haar familie gelooft dat ze het met opzet heeft gedaan en zwijgt in alle talen over het voorval, alsof het een eenvoudige winkeldiefstal betreft. Zelfmoord is al erg genoeg, drugs helemaal een schande voor de familie. En daarom glipt de gebeurtenis bijna tussen de mazen van het net.

'Oké, maar dat brengt ons toch geen stap verder?' vroeg Versavel. 'Of dat meisje nu zelfmoord heeft gepleegd met een pistool of door te veel pillen te slikken, dat verandert niets aan onze zaak.'

Van In en Vanmaele schudden bijna tegelijkertijd hun hoofd. Het was Vanmaele die hun beider gedachten onder woorden bracht, terwijl hij zijn tweede Duvel aannam.

'Net wel. Een overdosis, dat is de makkelijkste manier om ongezien een moord te plegen.'

10

Jurgen liep zenuwachtig door de woonkamer, terwijl zijn vrouw An op de bank naar een film probeerde te kijken. Ze had al drie keer gezegd dat hij moest gaan zitten, maar Jurgen kon zich niet inhouden. Hij werd gek van de onzekerheid in zijn hoofd. Als hij nuchter was, beeldde hij zich allerlei dingen in, die hij probeerde te bestrijden door high te worden, maar op die manier kwamen er nog meer hallucinaties in zijn hoofd. Hoe minder er gebeurde, hoe banger hij werd, hoe verschrikkelijker de dingen die zouden kunnen gebeuren.

Hij keek om zich heen, naar de prachtige villa die hij had laten bouwen, naar de mooie vrouw die hij had laten verbouwen. Niemand zou dit alles van hem kunnen afnemen, hij zou het niet laten gebeuren. Strategie was altijd zijn sterkste kant geweest, hij voorzag problemen die er nog niet eens waren, bespeurde opstanden voor ze plaatsvonden. Hij had op voorhand geweten welke leerlingen geneigd waren om thuis te gaan klikken. Die benaderde hij dan met de zachte hand, met een beloning voor hun stilzwijgen. En als dat niet werkte ging hun hoofd in de toiletpot. Op elke manier bleven ze zwijgen. Maar nu wist hij niet welk hoofd in welke toiletpot moest.

De telefoon verstoorde zijn gedachten.

An nam niet meteen op, omdat ze niets van haar film wilde missen, een of andere actiekomedie waar ze zo van hield. Twee politieagenten die niet bij elkaar pasten moesten samen een zaak oplossen en raakten verstrikt in een serie van vuurgevechten, ontploffingen en achtervolgingen, die ze telkens met een kwinkslag verteerden. *Lethal Weapon*. Ergens was er ook een dodelijk wapen op zoek naar hem, wist Jurgen.

Hij werd gek van de telefoon die bleef rinkelen.

'Neem alsjeblieft op!' snauwde hij.

An rolde met haar ogen, stond op van de bank zonder haar blik van het scherm af te wenden en liep naar het hoge tafeltje waar de telefoon stond. Ze nam de hoorn van de haak en produceerde een ongeïnteresseerd 'hallo', terwijl ze haar fijn gemanicuurde rode nagels bestudeerde. Haar uitdrukking veranderde toen ze hoorde wie er aan de andere kant van de lijn hing.

'Dat is mijn man, ja.'

Jurgen keek gealarmeerd op. Hij zag dat ze ongerust was.

'Of u die kunt spreken?' vroeg An.

Jurgen begon onmiddellijk met zijn hoofd te schudden en met zijn armen te zwaaien. Ze keek hem niet-begrijpend aan.

'Natuurlijk. Mag ik vragen waar het mee te maken heeft?'

Jurgen sloeg met zijn vuist op de eikenhouten eettafel. Hij liep naar zijn vrouw en legde zijn hand over het mondstuk van de hoorn.

'Ik ben er niet', siste hij.

Ze leek bang te worden, wat niet onlogisch was, aangezien ze net ontdekt had dat haar man zich probeerde te verstoppen voor de politie. Als advocaat kwam hij wel vaker in aanraking met het gerecht, maar dat was altijd voor zijn cliënten, nooit voor hemzelf.

'U zult het later nog eens moeten proberen', zei ze zo kalm mogelijk. 'Hij is nu niet thuis.'

Jurgen kneep in haar schouder. Dat deed ze prima. Een luide knal klonk uit de televisie, hopelijk beschouwde de agent aan de andere kant van de lijn dat niet als een teken dat er iets aan de hand was.

'Ik weet niet wanneer hij thuiskomt. Mijn man is advocaat. Die draait vaak late uren.'

An leek er plots schik in te hebben om de beller aan het lijntje te houden. Het zorgde voor afwisseling in haar voor de rest vrij monotone bestaan.

'Is er iets mis misschien? Er is toch niets met hem gebeurd?'

Van de onwetende huisvrouw schakelde ze naadloos over op de ongeruste liefhebbende echtgenote. Jurgen had nooit geweten dat ze zo goed toneel kon spelen. Ze deed dat op andere momenten toch ook niet? Hij weerde de stemmetjes in zijn hoofd en stak bemoedigend zijn duim op.

'Prima. Als ik iets van hem hoor, laat ik hem u meteen bellen. Kunt u het nummer nog eens herhalen?'

Terwijl de agent aan de andere kant van de lijn cijfer per cijfer het telefoonnummer dicteerde, deed An niet de moeite om het op te schrijven. Haar ogen waren alweer gefixeerd op de televisie, waar Danny Glover aan Mel Gibson vertelde dat hij te oud werd voor dat gedoe. Het ontlokte een glimlach op haar gezicht.

Jurgen zuchtte diep. An legde de hoorn op de haak en vlijde zich weer op de bank. Voor haar was de kortstondige opwinding voorbij, voor Jurgen nog lang niet. Hij was ervan overtuigd dat Pascale alles uit de doeken aan het doen was tegenover Van In. Het verleden hoefde niet weer naar boven te komen. Hij moest te weten komen wat ze allemaal vertelde.

'Wil jij zout op je frietjes?'

Van In staarde naar de kartonnen bakjes vol frieten, geflankeerd door bitterballen, een cervela, een saté, twee vleeskroketten en een viandel. Hij propte het papier bij elkaar waarin alle lekkernijen hadden gezeten en wierp de prop van een afstand naar de vuilnisbak in de keuken. Hij miste.

'Ik denk dat er al zout op is', merkte Pascale op, terwijl ze een friet in de lucht stak die meer witte spikkels had dan een plant met bladluizen.

'Ik had nochtans mijn best gedaan', zuchtte Van In.

Hij keek naar het fornuis in de keuken, waarop nog een pan met water en half gekookte boontjes stond, naast een pan met een rauw stuk lamskroon. Hij was goed begonnen, die avond. Er was opnieuw een wake geweest voor Lanoye, deze keer zonder dat iemand die kwam verstoren. Hij wist dat Pascale een zware dag zou hebben en hij wilde haar afleiden met een romantische avond. Hij had mooie kleren aangetrokken, was langs de slager geweest voor een lekker stuk vlees, bij de lokale kruidenier had hij verse groenten gekocht en een dure fles wijn, een barolo, een van zijn lievelingswijnen. Alle elektriciteit had hij nog eens getest en goedgekeurd – zijn huisbaas had alles wel hersteld, maar gezien zijn gebruikelijke niveau van afwerken was dat geen garantie op succes. Hij had de tafel gedekt voor twee en was beginnen te koken. En toen had het gasfornuis het begeven.

Hij nam een friet uit het bakje en doopte hem in de mayonaise. Dat smaakte, maar het was niet het culinaire hoogstandje waarmee hij Pascale had willen verrassen.

'Het is de gedachte die telt', grijnsde Pascale.

Ze at gretig van de frieten die Van In dan maar was gaan halen. Het was een reden voor Van In om haar nog liever te hebben. Een vrouw die van een goed pak friet kon genieten, was een vrouw voor hem.

'Prima, dan denk ik volgende keer aan een sterrenrestaurant, maar vergeet ik het te boeken.'

Pascale moest lachen.

'Oké, het is niet altijd de gedachte die telt. Anders slaap jij straks maar op de bank en denk je eens aan hoe ik naakt in jouw bed lig. Eens kijken hoe blij je daarvan wordt.'

Van In lachte mee, maar kon het niet laten om op dat moment inderdaad aan haar blote lichaam te denken. Hij werd er op slag opgewonden van. Die gedachte kon tellen.

'Nog altijd behoorlijk blij, hoor. Misschien moet je het eerst nog eens tonen, dan weet ik zeker dat het goed in mijn gedachten zit.'

Ze legde haar hand op zijn been en wreef erover.

'Denk jij ook soms aan iets anders?'

'Soms. Ik denk ook vaak aan eten.'

Hij voegde de daad bij het woord en nam een hap van zijn vleeskroket. De vulling droop langs zijn kin omlaag. Erg smakelijk zag dat er vast niet uit. Maar Pascale deed of ze het niet merkte.

'Toen ik op school zat, ging ik elke vrijdagmiddag frietjes halen', zei Van In. 'Het hielp me door de week, altijd was ik aan het uitkijken naar vrijdag.'

'Vond je school zo erg?'

'Ja. Ik kon er niet tegen dat ik regels moest volgen die ik onzin vond. Dat geen enkele leerkracht tegenspraak duldde. Ik bedoel maar, wie zegt dat ze altijd gelijk hadden?'

'Zijzelf.'

'Precies. Alsof de zon rond hen draaide. Als ik enkele eeuwen vroeger was geboren, was ik vast op de brandstapel beland.'

Hij nam de fles barolo en schonk hun glazen nog eens vol. De verkoper in de winkel had gezegd dat de wijn prima bij lamskroon zou passen, maar Van In vond hem minstens even goed smaken bij bitterballen.

'Ging jij graag naar school?'

Ergens knaagde het aan hem dat hij die vraag stelde. Hij zat aan tafel met een mooie, slimme vrouw. En toch greep hij de gelegenheid aan om haar uit te horen over haar schooltijd, over dingen die zijn zaak vooruit zouden kunnen helpen. Terwijl hij gewoon moest genieten van het moment en zijn werk achter zich laten. Gelukkig had Pascale de overgang niet in de gaten.

'In het begin wel. Maar tegen het einde van het middelbaar was ik het beu.'

'Dat hoor je wel vaker. Na een tijd ben je moegeleerd.'

'Ja, maar bij mij had het niet met het leren te maken. Ik studeerde eigenlijk wel graag.'

'Wat werd je dan beu?'

'Het gedoe.'

Ze dronk van haar glas en staarde voor zich uit. Van In gaf haar de ruimte en de tijd om verder te vertellen. Dit was geen verhoor, ze hadden alle tijd.

'De verhoudingen veranderen in de laatste jaren van het middelbaar. Ik zie dat nu nog steeds bij mijn leerlingen. De sociale ladder speelt steeds harder mee. Hoe cool ben je? Hoe rijk ben je? Welke kleren draag je? Het gaat niet meer om wie je bent, maar om hoe je je presenteert. En dat is behoorlijk vermoeiend.'

Van In begreep wat ze bedoelde. Zelf had hij er nooit een moer om gegeven hoe hij zich moest presenteren. De anderen deden wat ze niet laten konden, hij zou zichzelf niet veranderen. Maar van Pascale zou het hem verbaasd hebben dat ze er niet bijhoorde als tiener. Ze had haar verfijnde kledingsmaak toch niet op latere leeftijd gekregen?

'Had jij veel last van die sociale druk? Ik kan het me moeilijk voorstellen.'

'In het begin niet. Tot het pesten begon.'

Van In schuifelde op zijn stoel. Hij nam een slok en keek naast zich, een reflex wanneer hij wist dat er belangrijke informatie zou komen. Maar Versavel zat er niet om alles te noteren, hij zou zijn geheugen moeten aanspreken. En opnieuw ging er een rilling over zijn rug, een signaal dat dit geen normale situatie was. Al kon dat ook door de kou komen. Want als het gasfornuis niet meer werkte, dan was de verwarmingsketel vermoedelijk ook afgeslagen. Het werd langzaam kouder in het appartement.

'Door wie?'

'Door Jurgen en zijn kameraden.'

Het klonk heel logisch uit haar mond, maar tegelijk had ze nog nooit aan Van In verteld dat ze op het Sint-Lodewijkscollege had gezeten. Ging ze ervan uit dat hij dat wist? Of wist ze gewoon niet meer wat ze wel en niet had verteld?

'Waarom kozen ze jou uit?'

Pascale speelde met een friet tussen haar vingers. Pas na een tijd stak ze hem in haar mond. Ze kauwde peinzend.

'Geen idee. Ze moesten gewoon iemand hebben, denk ik.'

Van In durfde niet door te vragen. Meestal was er wel een reden waarom pesters hun slachtoffer uitkozen. Wist Pascale het niet of wilde ze het niet vertellen? Hij prentte het in zijn geheugen.

'En wat deden ze dan?'

'Bij mij was het vooral subtiel. Ze bonden me niet vast aan een paal of zo, maar ze zetten me wel te kijk voor de hele school. Ze verspreidden allerlei roddels, zoals dat ik al met tien jongens naar bed was geweest. Of dat je voor vijfhonderd frank eens aan mijn borsten mocht voelen. Elke dag voelde ik al die blikken op mij gericht, het was een vernedering om naar school te gaan.'

Tranen welden op in haar ogen. De gedachte aan het verleden was al even pijnlijk als dat verleden zelf. Van In voelde een tomeloze haat woekeren in zijn binnenste. Waarom dachten zulke jongeren nooit aan het leed dat ze veroorzaakten?

'Op een dag hadden ze een brief uit mijn boekentas gehaald', ging Pascale verder. 'Hij was gericht aan Lanoye.'

'Wat stond erin?'

'Dat ik hem een fantastische leerkracht vond. Dat ik door

hem graag naar school ging. Maar ook dat ik hem een knappe man vond.'

'O nee.'

'O ja. Dat laatste vonden ze natuurlijk heel interessant. Toen hebben ze kopieën van die brief laten maken en die over heel de school verspreid.'

Van In wist even niet wat hij moest zeggen. Het was al geen sinecure als je gevoelens voor iemand aan de grote klok werden gehangen, maar het moest nog lastiger zijn als die ander jouw leerkracht was.

'Had je toen ook al een relatie met hem?'

Pascale schudde haar hoofd.

'Nee, enkel een goede band.'

Van In keek haar wat langer aan. Sprak ze de waarheid of niet? Misschien wilde ze niet toegeven dat ze als studente een relatie met een leerkracht had gehad. Mocht hij wel zo aan haar twijfelen? Ze legde haar ziel bloot en hij reageerde als een flik.

'En toen?'

'Ik durfde niet meer naar school te gaan. Mijn ouders hebben dan besloten om me van school te laten veranderen.'

'Dat moet een opluchting geweest zijn.'

'Ja en nee. Daardoor kon ik ook Lanoye niet meer zien. Ik zou nooit meer bij hem in de klas zitten.'

Ze staarde in het ijle. Van In merkte dat er een steek jaloezie door hem heen ging als hij haar over Lanoye hoorde praten. Hij zou het kunnen afdoen als een kalverliefde, maar het feit dat ze jaren later een relatie hadden gehad, bewees het tegendeel.

'Ben je daarom op het Sint-Lodewijkscollege gaan lesgeven?'

'Hoezo?'

'Om weer dichter bij hem te zijn?'

Hij probeerde het zo neutraal mogelijk te vragen, ze mocht

niet denken dat hij haar verdacht van obsessief gedrag. Ze lachte en schudde haar hoofd.

'Wat denk je zelf? Natuurlijk niet! Het is niet dat je zomaar kunt kiezen op welke school je les wilt geven. Ik heb gesolliciteerd en had geluk dat er een plaats vrijkwam.'

De manier waarop ze antwoordde deed vermoeden dat het toch niet geheel toeval was, maar Van In liet het rusten. Misschien was hij zelf harder bezig met Lanoye dan zij. En daarbij, Lanoye was er niet meer, waarom voelde hij zich bedreigd door een dode ex?

Hij stond op en liep naar de koelkast, op zoek naar een dessert. Hij was van plan geweest om pannenkoeken te bakken in de vorm van een hartje, maar ook dat was in het water gevallen. Hij ontdekte nog twee chocoladepuddinkjes liégeois en zette die op tafel. En besefte toen dat hij eerst de frietjes had moeten opruimen.

'Wie nog meer werd er gepest door de bende van Lanoye?' vroeg hij terwijl hij de folie verwijderde en aflikte.

'Wie niet?'

'Was het zo erg?'

'Ja, in het begin hadden ze het gemunt op Wim en Tom, dat weet ik nog. Maar na een tijdje stopte dat weer.'

'Wim Goris?'

'Ja, en Tom Houben.'

Van In wist waarom die pesterijen waren gestopt. Omdat Wim had betaald. Pure cash in ruil voor gemoedsrust. De naam van Tom Houben probeerde hij te onthouden, hij meende hem te herkennen uit de verslagen van de getuigenissen die op de reünie waren afgenomen. Hij had ook op de lijst van deelnemers aan de rondleiding gestaan die Wim Goris had opgemaakt.

'En Annelies heeft ook vaak afgezien, dat herinner ik me nog.'

'Moeyersoon?'

Pascale keek op toen hij voor de tweede keer probleemloos de achternaam aanvulde. Het herinnerde er haar weer aan dat ze op bezoek was bij een inspecteur. Van In besefte dat hij te ver ging in zijn speurtocht naar bruikbare informatie. Maar tegelijkertijd wilde hij niet stoppen.

'Voor de rest weet ik het niet zo goed', zei Pascale, waarbij het niet duidelijk was of ze het echt niet meer wist, of wilde aangeven dat het onderwerp voor haar afgesloten was. 'Ik heb achteraf gehoord dat het pesten in het zesde jaar veel erger was. En daar was ik niet meer bij.'

Ze legde haar hand op zijn schouder en liet ze langzaam naar zijn handen glijden. Daarna ging ze weer terug. Van In voelde tintelingen door zijn lichaam gaan.

'Wat ik wel weet, is dat je dicht tegen elkaar moet kruipen als het koud is.'

Ze schoof haar stoel dichter bij de zijne en sloeg haar been om zijn middel. Vanuit die houding trok ze zich op en ging op zijn schoot zitten. Van Ins gedachten schoten alle kanten uit.

'Deed Karen eigenlijk mee als ze jou pestten?'

Hij zag de teleurstelling op haar gezicht. Kon hij werkelijk de zaak niet loslaten? Ze prutste aan de knopen van zijn hemd.

'Nee, dat was een vriendin van mij.'

Karen had zich vermoedelijk later bij de bende aangesloten, concludeerde Van In. Toen ze besefte dat het voor haar status beter was om mee te doen dan om te riskeren een slachtoffer te worden. En Lanoye? Wanneer zou die er bij betrokken zijn geweest?

Hij voelde de lippen van Pascale in zijn hals. Ze zoog aan zijn vel. Hij kneep zijn ogen dicht en probeerde te genieten. Maar het beeld van Lanoye schoot voortdurend door zijn hoofd. Hij pestte toch geen kinderen? Wat had hij dan met het hele gedoe te maken? Ja, hij had al eens iets onder de mat geschoven, maar was dat een reden om hem een kopje kleiner te maken?

Pascale schoof zijn hemd over zijn schouders, liet zich van hem afglijden. Haar mond kuste zijn borst en zijn tepels en ging langzaam omlaag. Van In probeerde de laatste gedachten op een rijtje te zetten, voordat al het bloed uit zijn hersenen naar andere plekken in zijn lichaam trok.

Hij moest meer aandacht hebben voor de slachtoffers van het pesten, daar lag de sleutel. Maar tegelijk waren dat er zoveel dat hij niet wist waar hij moest beginnen. Misschien toch eerst focussen op de pesters. Jurgen en Ken moesten nog aan de beurt komen.

Pascale had zijn broek bereikt en zipte zijn rits open. Jurgen en Ken konden wachten. Eerst was hij zelf aan de beurt.

11

De cijfers op de wekkerradio knipperden vrolijk, alsof ze wilden aangeven dat ze vroeg waren opgestaan om de dag goed in te zetten. 01:34. Van In glimlachte toen hij het uur zag. Het was nog midden in de nacht, hij kon nog lang slapen. Maar toen hij zich omdraaide en het ochtendlicht onder de gordijnen zag piepen, wist hij dat er iets niet klopte. Flikkerende cijfers, dat was geen standaardgedrag van de wekker. En licht om halftwee 's nachts, dat was geen standaardgedrag van de zon.

De elektriciteit had het weer eens laten afweten.

Van In sprong uit bed en zocht naar zijn horloge. Hij had het ergens weggegooid toen Pascale hem had uitgekleed. Daar, in een van zijn pantoffels, waar Pascale hem nog mee had uitgelachen omdat hij in die pantoffels op een oud mannetje leek. Hij keek naar de wijzers. Halftien. Verdorie. Versavel had om tien uur een verhoor geregeld met Ken Capiau.

Hij raapte zijn kleren van de grond en schoot haastig in zijn broek. Zijn voet bleef haken in de broekspijp, hij verloor zijn evenwicht en belandde op zijn bed. Waar Pascale lag te slapen. Ze schrok wakker en keek met waterige ogen hoe Van In in een ongemakkelijke positie op bed lag.

'Ochtendgymnastiek?' lachte ze.

'Ochtendrush', antwoordde Van In. 'De wekker doet het niet. Het is al halftien.'

Pascale ging met een ruk rechtop zitten.

'Wat? Ik moet om twintig over tien lesgeven.'

Van In keek nog eens op zijn horloge, alsof hij hoopte dat hij zich de eerste keer had vergist. Als ze zich nog moest klaarmaken en dan van hier te voet naar school, zou ze het nooit halen. Als hij haar bracht misschien wel. Maar dan zou hij nooit de afspraak met Capiau halen.

'Ik breng je wel.'

'Eerst naar mij thuis. Mijn schoolspullen liggen daar nog.'

In een recordtempo kleedden ze zich aan, ontbeten ze – Pascale een appel, Van In het overschot van de frieten – en sprongen ze op de fiets van Van In om door de straten te racen naar het huis van Pascale in de Calvariebergstraat. Hij hijgde nog na toen ze hem een kus had gegeven en haar huis binnenliep. Hij oefende alvast de verontschuldiging die hij bij Versavel zou moeten opdissen. Hij zette zich op de trappers en reed naar het einde van de straat. Daar bleef hij wachten, hopend op nog één kus van Pascale voor hij zijn dag begon.

Aan de andere kant van de straat liep iemand met stevige tred in zijn richting. Een man in een zwart kostuum, met een wit hemd eronder. Hij was breedgeschouderd en zijn haar was met dikke klodders gel naar opzij gekamd. Van In herkende hem van de ondervraging op het Sint-Lodewijkscollege. Jurgen Swerts.

Hij stopte aan de deur van Pascale. Wat kwam hij doen? Van In wist dat hij als politieman de zaken op hun beloop zou moeten laten. Dat hij moest observeren, kijken welke gebeurtenissen zich zouden ontwikkelen en dan ingrijpen wanneer nodig. Maar hij was nog niet wakker genoeg om als politieman te handelen. Of misschien te verliefd. En dus handelde hij als geliefde.

'Hé!'

Hij duwde op zijn pedalen en zette een spurt in naar het huis van Pascale. Swerts had al op de bel gedrukt. Hij keek verbaasd op naar de fietser die schijnbaar de afsluitende spurt op de Champs-Elysées probeerde te winnen. De deur zwaaide open en Pascale verscheen in de deuropening. Van In had het huis bereikt.

'Wat doe jij hier?' snauwde hij.

Swerts keek van Pascale naar Van In, zette zich schrap en gaf Van In een duw. Die denderde van zijn fiets en belandde met zijn buik op het stuur. Een scherpe pijn sneed door zijn binnenste, de fiets smakte hard op de grond.

'Verraadster', siste Swerts tegen Pascale en zette het vervolgens op een lopen.

Pascale boog zich onmiddellijk over Van In.

'Gaat het?'

Van In kuchte, verbeet de pijn en zette zijn fiets recht. Hij moest erachteraan. Hij wilde vertrekken, maar zijn fiets gaf geen kik. De ketting was van het tandwiel gevallen. Met een vloek smeet hij het oude gevaarte tegen de gevel en begon hij te voet aan de achtervolging. Hij zag Swerts nog net de hoek omdraaien naar de Sint-Claradreef.

'Niet doen!' riep Pascale nog, maar hij luisterde niet. Hijgend bereikte hij het begin van de Sint-Claradreef. Swerts liep vijftig meter voor hem uit.

'Swerts, blijf staan!'

Het kwam er krampachtig uit, een iele kreet die meer een wens dan een bevel uitdrukte. Van In voelde de steken in zijn buik, deels een gevolg van de val op zijn stuur, deels van de fles wijn die hij de avond ervoor met Pascale naar binnen had gekieperd. Zijn basisconditie was normaal gezien meer dan oké, maar die ochtend voelde hij zich als een oude man met een kunstheup. Toch gaf hij niet op en bleef hij op Swerts jagen, die ondertussen het Sincfalpark had bereikt en als een volleerde jogger over de paden liep. Een dame die haar hond uitliet keek verbaasd op naar de chique kledij die de loper droeg, zeker toen er even later een puffende man in stadskledij in zijn kielzog volgde.

Van In kwam op geen enkel moment dichterbij. Integendeel, hij verloor terrein, en zat al diep in zijn zuurstofreserves. Toen Swerts ook nog eens het wandelpad verliet en zich zonder pardon in de struiken wierp, gaf Van In het op.

'Meneer had een halve dag vrij genomen?'

Versavel stond hem met gekruiste armen op te wachten, zijn voet tikkend op het voetpad. Hij deed zijn best om zijn boosheid te verbergen, maar dat lukte niet. Zijn rechteroog knipperde, zijn tanden waren onnatuurlijk hard op elkaar geklemd. Van In hief zijn armen in de lucht, zijn handen, zwart van de kettingolie, naar Versavel gericht.

'Excuses, Guido. Ik ga zelfs niet proberen uit te leggen waarom ik te laat ben.'

Hij had geen zin om Versavel te vertellen dat hij was teruggelopen naar het huis van Pascale, om daar te ontdekken dat Pascale ook al weg was. Hij nam het haar niet kwalijk, anders kreeg ze Duden op haar dak. Hij had ook geen zin om te vertellen dat hij zijn ketting op zijn fiets had proberen te leggen, om dan te beseffen dat hij helemaal geen verstand had van fietsen herstellen, waarna hij het op een drafje had gezet naar de Brugse-Mettenstraat waar Capiau woonde, wat toch een slordige twee kilometer moest zijn geweest, een afstand die hij niet meer had gelopen sinds zijn opleiding als rekruut.

'Je hoeft het niet uit te leggen', bromde Versavel. 'Je draagt nog dezelfde kleren als gisteren en je hebt je niet gewassen of geschoren. Dus ofwel ben je met Vanmaele gaan doorzakken, ofwel ben je bij Pascale blijven slapen.'

Hij drukte hard op de deurbel bij Ken Capiau.

'Je hebt het helemaal mis', schudde Van In hijgend zijn hoofd.

'Echt?'

'Ja. Pascale is bij mij blijven slapen.'

Versavel rolde met zijn ogen en keek naar de deur die opening. Capiau keek hen allesbehalve uitnodigend aan. Hij ging als de portier van een nachtclub in de deuropening staan, maakte zich breed.

'Ja?'

'Inspecteur Versavel en commissaris Van In', groette Versavel beleefd. 'Ik heb u gisteren gebeld.'

'Ja?'

Van In wist nu al dat dit een moeilijk gesprek zou worden. Capiau bleek de woordenschat van een holbewoner te bezitten, die een perfecte match was met de dommige uitdrukking op zijn gezicht.

'Mogen we even binnenkomen?'

'Waarom?'

'Omdat we enkele vragen hebben voor u.'

'Stel maar.'

Van In bewonderde Versavel erom zijn eeuwige attente zelf te blijven in alle omstandigheden. Als het aan Van In had gelegen, had hij de man al na twee antwoorden gevraagd om mee naar het bureau te komen, in plaats van als een verpleegster tegen een dementerende bejaarde alles beleefd uit te leggen.

'Het lijkt me makkelijker dat we daar even voor binnenkomen.'

Capiau zuchtte, twijfelde, maar haalde uiteindelijk zijn schouders op. Hij knikte dat ze mochten meekomen en draaide zich om de gang in. Van In en Versavel volgden hem naar de woonkamer en even waande Van In zich in de showroom van Ikea. Hij herkende de Billy-boekenkast, de Poäng-fauteuil en een rood Lack-tafeltje naast een blauwe Ektorp-bank. Capiau had geen enkele moeite gedaan om er enige persoonlijke touch aan toe te voegen. Zelfs in de Ribba-fotolijsten zaten nog de foto's die er standaard bij wijze van voorbeeld in werden gestoken. Capiau gebaarde dat ze mochten gaan zitten.

'U was ook op de reünie?' viel Versavel met de deur in huis. Hij had uit de introductie aan de deur geleerd dat ze niet te veel tijd moesten verspillen aan beleefdheden.

'Klopt.'

'We hebben u toen niet kunnen spreken.'

'Nee.'

'Waarom was u zo vroeg weg?'

'Ik had de vroege.'

'Hebt u gehoord wat er daarna gebeurd is?'

Capiau knikte.

'Hoe was uw relatie met meneer Lanoye?'

Capiau nam een kussen van de bank en bokste ertegen. Op zijn gezicht lag een diepe frons.

'Wij hadden geen relatie.'

Van In slikte een zucht in.

'Uiteraard had u geen relatie. Mijn collega wil weten of u kon opschieten met uw leerkracht.'

'Gewoon, het was mijn leraar.'

Van In wisselde een blik met Versavel. Ze moesten hun vragen anders stellen, zo kwamen ze nergens.

'Meneer Capiau, we weten dat u in de middelbare school een begenadigd pester was. U terroriseerde de school en troggelde leerlingen geld af in ruil voor bescherming. Klopt dat?'

'Ach, dat waren geintjes.'

'Ik denk niet dat iemand met zijn kruis tegen een paal duwen een geintje is', siste Versavel.

'Ik heb nooit klachten gekregen', zei Capiau. 'Als iemand het echt erg vond, dan zou die dat zeker hebben gezegd.'

Het totale gebrek aan schuldbesef deed Van In huiveren. Dit was niet iemand die probeerde zijn inbreng te minimaliseren, dit was iemand die geen idee had van wat zijn daden hadden aangericht.

'Hoe kozen jullie je slachtoffers?'

'Jurgen bedacht meestal het spelletje. Hij bepaalde wie er meespeelde.'

'Het was een spelletje?'

'Natuurlijk.'

Het werd nog maar eens duidelijk dat Capiau niet het meesterbrein achter de pesterijen was. Hij deed wat hem opgedragen werd. En hij stelde vooral geen vragen. Van In pulkte een draad van de bank los en speelde ermee tussen zijn duim en wijsvinger.

'Kunt u zo eens een spelletje beschrijven?'

Capiau dacht na. Of speelde een man die nadacht, dat was niet helemaal duidelijk. Het duurde even voor hij met een antwoord kwam. Van In en Versavel gaven hem de tijd. Pas na drie nieuwe losgepeuterde draadjes, begon Capiau te vertellen.

'Ik herinner me dat we Tom eens te grazen hebben genomen.'

Versavel keek in zijn notitieboekje.

'Tom Houben?'

'Ik denk het. Die potter in elk geval.'

'Die potter?'

'Je weet wel. Een prins van de bruine dreef. Dat was overduidelijk.'

Versavel ging wat rechter zitten. Deze keer was het zijn beurt om zwaar te fronsen. Van In raakte even zijn bovenarm aan om aan te geven dat hij kalm moest blijven.

'Een homoseksuele man dus?'

'Ja! Een homo, dat zeg ik toch? Tenminste, dat dachten we. Nu ja, we waren er zeker van. Met zijn strakke jeans altijd en zijn lange haren. Echt, die moesten we eens een lesje leren.'

Versavel maakte een grommend geluid.

'Waarom precies?'

'Gewoon omdat hij homo was. Die mannen zijn vies.'

Het had weinig gescheeld of Versavel was uit de fauteuil gekomen. Van In nam nu zijn arm vast en duwde hem naar beneden. Hoe weerzinwekkend ook, ze moesten Capiau laten praten. Van In wilde weten wat de bende van Lanoye allemaal op haar kerfstok had.

'En wat hebben jullie dan gedaan?'

Capiau grinnikte, nog voor hij begon te vertellen.

'We hadden uit een van de lokalen een Jezusbeeld gehaald. Je weet wel, zo eentje waarbij Jezus halfnaakt aan het kruis hangt.'

'We weten wat een Jezusbeeld is.'

'Wel, we hadden zo'n exemplaar mee naar de speelplaats gesmokkeld. Dat beeld hebben we dan vol lijm gespoten en daarna op de mond van Tom gekleefd.'

Van In probeerde het zich voor te stellen, maar dat lukte niet.

'Hoe precies?'

'De lijm zat vooral op de buik van Jezus. En als je dan die buik op de bovenlip van Tom kleefde, dan was het net of hij...'

Capiau maakte er een obsceen gebaar bij, waarbij hij met zijn gebalde hand naast zijn mond bewoog en zijn tong tegen zijn wang tikte. Versavel sloot zijn ogen.

'We hebben hem met dat ding over de hele speelplaats gesleurd. Iedereen heeft het gezien!'

Als een stand-upcomedian debiteerde Capiau het voorval in geuren en kleuren. Maar het scheelde niet veel of zijn publiek had hem in plaats van een staande, een slaande ovatie gegeven.

Versavel trilde nog na toen ze weer op straat stonden. Van In nam hem bij de arm.

'We gaan een koffie drinken.'

Versavel schudde zijn hoofd.

'Nee, ik moet het verslag van het verhoor nog maken. En ik moet de andere getuigen nog proberen te bereiken.'

Van In trok Versavel met zich mee. Zijn collega stribbelde niet tegen.

'We gaan nú een koffie drinken.'

In restaurant Den Dyver werden ze begroet door Fons. Van In bestelde twee koffies en bracht ze naar het tafeltje in de hoek. Ze roerden in hun koffie en slurpten ervan zodra hij een beetje was afgekoeld.

'Wat een verschrikkelijke vent', zei Van In om de stilte te doorbreken. 'Maar ik denk niet dat hij Lanoye heeft vermoord. Tenzij in opdracht van iemand anders.'

'Ik zou hem anders graag arresteren.'

'Ik ook.'

Ze zwegen weer. Versavel staarde in de verte, dronk niet meer van zijn koffie. Met zijn blik naar buiten gericht begon hij plots te praten.

'Het zijn zulke jongens die alles zo moeilijk maken. Het zijn die klootzakjes die ervoor zorgen dat jongeren hun gevoelens niet durven te uiten. In elk jaar zit er wel een jongen zoals Tom Houben, die niet weet wat hij moet doen. Die niet kan inschatten of het normaal is dat hij gevoelens heeft voor zijn klasgenoot. Die zwijgt, omdat hij weet dat er om hem gelachen zal worden.'

Het was alsof er een koude wind door het café trok. Van In bestreed zijn rillingen door zijn handen rond zijn kop te leggen.

'En dat terwijl we net zouden moeten experimenteren. Want alleen op die manier kun je weten hoe het zit, alleen op die manier kun je ontdekken of er andere jongens zijn zoals jij.'

Dit ging niet meer over Tom Houben, wist Van In. Hij liet Versavel praten.

'Maar iedereen was als de dood voor wat er kon gebeuren. Niemand wilde zijn geaardheid te grabbel gooien. Dus deden we maar alsof.'

Versavel keek Van In nu recht aan.

'Een school vol jongens, dat maakt het nog dubbel zo erg. Meer kansen op andere homo's, maar ook meer kansen op bullebakken.'

Van In dacht aan Capiau en Swerts, en hoe ze hun toxische gedachten over de speelplaats hadden verspreid. Wie durfde er na Tom Houben nog uit de kast te komen?

'Een keer betrapte een leerkracht mij met een andere jongen, Tim. We hadden gekust in de toiletten.'

Om de mond van Versavel lag een glimlach, de mooie herinnering aan de kus lag nog fris in het geheugen. Maar ook de verschrikking die erna kwam, want zijn glimlach werd snel vervangen door een angstige blik.

'En in plaats van zijn mond te houden, heeft die leerkracht dat overal rondgebazuind. Ze hebben Tim in elkaar geslagen.'

Van In wendde even zijn blik af. In een flits zag hij de scène voor zich, met Capiau als de knokploeg van dienst, en Swerts als lachende aanstoker, ook al kon dat uiteraard niet.

'En hebben ze jou iets aangedaan?'

Hij twijfelde of hij dat had mogen vragen. Wilde Versavel dat wel vertellen? Wilde hij het zelf wel weten? Versavel keek naar zijn kop koffie terwijl hij verder ging.

'Op een middag werd ik omsingeld in de toiletten. Ze waren met vier en ze hadden een kaars gestolen in de kapel. Ik riep om hulp, maar natuurlijk kwam er niemand. Ze rukten mijn broek naar beneden en dwongen me op handen en knieën te gaan zitten. Ik schreeuwde, ze zeiden dat ik moest zwijgen. Dat ze me een plezier deden, want dat had ik toch graag?'

Versavel dronk zijn koffie in één teug leeg.

'Ik heb het nooit tegen iemand verteld. Ik durfde niet.'

Van In zei niets, wist dat troostende woorden hier niet zouden helpen. Hij legde enkel zijn hand op die van Versavel. Hij was er voor hem, dat moest hij weten, dat moest hij voelen.

En hij zou er verdomme voor zorgen dat hij te weten kwam wat die pesters op het Sint-Lodewijkscollege allemaal hadden uitgespookt en hoe hij hen er alsnog voor kon straffen.

12

Het Sint-Lodewijkscollege begon er vertrouwd uit te zien voor Van In. Hij wandelde door de grote poort alsof hij er al jaren kwam en begaf zich naar de receptie. Hij glimlachte breed naar de vrouw die achter de balie zat. Ze had kort rood haar en een pen achter haar oor gestoken. Ze boog zich over een stapel kopieën waaraan een instructiebriefje met een paperclip was vastgemaakt. Ze hief haar hand op naar Van In om te zeggen dat hij even moest wachten, draaide van hem weg en legde de stapel op een kopieermachine. Ze tikte de juiste aantallen in en zette de machine in gang.

'Hoe kan ik u helpen?'

Van In toonde zijn politiebadge. Hij wist niet of ze hem al op school had gezien.

'Ik heb een afspraak met mevrouw Lareine.'

De vrouw keek verschrikt naar de politiebadge, een effect dat het ding wel vaker had op mensen. Zodra er politie in de buurt was, hadden de meeste mensen de neiging om extra hard te laten zien dat ze niets verkeerds deden.

'Natuurlijk, meneer. Ik loop even met u mee.'

'Dat is niet nodig, mevrouw', knipoogde Van In. 'Of is het juffrouw?'

De vrouw bloosde licht, ook al probeerde ze dat niet te laten merken.

'Zeg maar Cindy.'

'Ik ken mijn weg hier al, Cindy', zei Van In. 'Ik weet waar de leraarskamer is.'

Dat was niet helemaal waar. Het Sint-Lodewijkscollege was groot en hij was al een keer bijna in de gangen verdwaald. En het was ook niet waar dat hij een afspraak had met Pascale. Hoewel hij haar dolgraag wilde zien, want ze had een en ander uit te leggen over Jurgen Swerts die plots aan haar deur stond, had hij nu een ander plan.

'Ik mag eigenlijk niemand zomaar door de school laten lopen.'

'Cindy, ik ben van de politie', zei Van In. 'Ik ben niet van plan hier iets te stelen.'

Hij knikte naar de stapels kopieën die naast haar op haar bureau lagen.

'En ik denk dat je wel wat beters te doen hebt dan mensen rond te leiden.'

Ze knikte. 'U hebt gelijk. Gaat u maar.'

Van In liep de gang in met een zelfverzekerde tred, alsof hij echt wist waar hij naartoe ging. Hij herkende de plaats, maar had geen idee hoe die in verbinding stond met de rest van de school. Iets wat hem ook vaak overkwam wanneer hij zich in een stad bevond buiten Brugge. Gelukkig kwam hij al snel bij het kantoor van de directeur terecht. Hij stopte even, keek om zich heen. Het was de deur tegenover het kantoor waar hij moest zijn. Op de toppen van zijn tenen sloop hij door de gang en legde zijn hand op de klink. Voorzichtig duwde hij tegen de deur en glipte het archief binnen.

Hij haalde zijn zaklamp uit zijn jas en scheen op de stoffige rekken. Hier wist hij wel waarheen Duden hen had geleid. Welke dozen de directeur wel had geopend en welke bewust niet. Hij legde de zaklamp op een ander rek en tilde het deksel van de doos die Duden had afgeschermd.

De directeur had niet gelogen, ze bevatte rapporten, examens en verslagen over gebeurtenissen van tijdens het jaar. En het waren die notities die niet gezien mochten worden. Maar waarom bewaarde Duden ze dan? Had hij ze niet beter kunnen laten verdwijnen? Van In zag maar één mogelijkheid: Duden hield ze achter de hand om zijn eigen betrokkenheid te kunnen minimaliseren. Als er klachten waren gekomen, kon hij die altijd doorschuiven naar Lanoye. De school had ze behandeld, maar Lanoye had ze onder de mat geveegd. Als de klachten effectief zouden verdwijnen, was de school aansprakelijk, en dus ook de directeur, als hoofd van de school. Van In opende een map met verslagen en begon te lezen.

Verschillende leerkrachten hadden geklaagd over alcoholgebruik in de klas van Lanoye. Ze beweerden dat er jongeren waren die jenever in hun boekentas hadden zitten en daar tussen de lessen door van dronken. Daardoor waren ze vervelend in de les, luid, onbeleefd en soms zelfs agressief. Lanoye had erop gereageerd dat de leerlingen van het zesde jaar de school mochten verlaten tijdens de middag en dat niemand hen dan kon tegenhouden om op café te gaan. Hij had er een gesprek over gehouden met de bewuste leerlingen en ze hadden toegegeven dat ze wel eens een pintje dronken tijdens de middag. Maar over drank in de klas werd met geen woord meer gerept. De leerlingen hadden beloofd om erop te letten en daarmee was de kous af. Geen opvolging, geen straffen.

Een ander dossier had het over een brand in een houten hok dat op de speelplaats stond. Vanuit dat hok verkochten de leerlingen van het zesde jaar snoep aan de andere leerlingen om zo geld te verdienen voor hun eindejaarsreis. Het hok was in brand gevlogen en al het snoep en het geld waren verdwenen. Opgegaan in de brand, zo werd beweerd, ook al waren er geen resten van snoep of geld terug te vinden in de asresten. Lanoye had de zaak mee onderzocht en was tot de conclusie gekomen dat een elektrische verwarming met een slecht contact een kortsluiting en dus de brand had veroorzaakt.

Van In schudde zijn hoofd bij het lezen van de feiten. Het toonde aan hoe driest Jurgen Swerts en zijn kompanen te werk gingen. Ze hadden ook gewoon snoep en geld kunnen stelen, maar ze vonden het leuker om ineens alles in de fik te steken.

Ook de afpersing kwam aan bod. Ouders die klaagden dat hun kinderen thuis geld stalen om op school aan de grote jongens te geven. Hier kwamen ook namen terug die Van In kende: Wim Goris en Tom Houben. Er werd een onderzoek beloofd, maar Van In zag nergens dat dat werkelijk gebeurd was. Hij gokte dat Lanoye het had tegengehouden. Het was een corruptiezaak, die elders in de samenleving streng bestraft zou worden, maar in de afgeschermde omgeving van de school geen gevolg kreeg. Als Lanoye nog had geleefd, had Van In hem graag eens duchtig aan de tand gevoeld.

Het pesten van Tom Houben kwam nergens aan bod. Van In zou denken dat iemand die met een Jezusbeeld op zijn neus gelijmd moet rondlopen, daar wel iets van zou zeggen. Maar niet dus. Versavel had gelijk, het was een traumatische gebeurtenis geweest, die Houben liever doodzweeg dan er gerechtigheid voor kreeg.

De ergste zaak was die van Annelies Moeyersoon. De klachten die zij had ingediend gingen crescendo. Het begon met het verstoppen van haar turnkleren. Een onschuldig grapje op het eerste gezicht, ware het niet dat het week na week gebeurde. En omdat de turnleraar na de zoveelste keer niet meer geloofde dat ze weer haar turnkleren thuis had vergeten, had hij haar gedwongen om mee te turnen in haar ondergoed met slechts een T-shirt erover. Het moment dat de feiten bij Lanoye kwamen, verlegde die de focus van de pestende leerlingen naar de turnleraar. Het was schandalig dat hij een leerling in haar ondergoed liet opdraven.

Na de turnkleren waren haar gewone kleren aan de beurt. In haar jas werden regelmatig gaten geknipt en ze kon als het wat te warm werd geen trui ergens neerleggen of ze vond die terug met mouwen die er nog half aanhingen. In het verslag stond dat Annelies beter moest letten op de kwaliteit van de kleding die ze aanschafte. Het waren vreselijke pesterijen, zo irritant dat ze iemand gek konden maken.

En nog was het niet gedaan. Aan het einde van het schooljaar was de bende zover gegaan dat ze een stuk van het haar van Annelies hadden afgeknipt. Ze waren de klachten van Annelies beu en wilden haar nog een keer een lesje leren. Tijdens een tweedaagse bezinning waren ze haar kamer binnengedrongen en hadden ze in haar slaap enkele lange lokken gekortwiekt. Tenminste, dat was de versie van Annelies, want Jurgen en de zijnen ontkenden uiteraard alles. Annelies werd afgedaan als een aandachtzoekster, als iemand die haar persoonlijke problemen op anderen probeerde af te wentelen.

Van In zocht verder in de doos naar de rapporten. Hij was niet verbaasd om te zien dat Annelies dat jaar niet geslaagd was in juni. Ze had herexamens nodig gehad om alsnog te kunnen afstuderen. Op haar herexamen geschiedenis had ze honderd procent. Goed gestudeerd of een leerkracht met schuldgevoel?

Want die vraag bleef Van In door het hoofd spoken: waarom beschermde Lanoye die jongeren? Hij wist toch dat hij zich problemen op de hals zou halen? En hij wist waarschijnlijk donders goed wat de ware toedracht was van de klachten. En toch leidde hij zijn protegés elke keer naar de vrijspraak. Voor het geld? Kreeg hij een deel van de winst? Van In kon het nauwelijks geloven. Geen enkele leerkracht zette zijn baan op het spel voor wat centen. Was hij dan niet bang om ontslagen te worden? Of kon dat niet met die vaste benoemingen? Konden priesters wel ontslagen worden?

Toen het licht in het archief plots aanfloepte, wist hij meteen dat hij de perfecte gelegenheid kreeg om al die vragen te stellen. Alleen zou zijn respondent niet scheutig zijn om informatie te verschaffen. Het gezicht van directeur Duden stond op onweer.

Pascale was zenuwachtig toen ze naar huis liep. Van In was bij haar op school geweest, dat had Cindy van het secretariaat gezegd. Hij was naar haar op zoek geweest. Natuurlijk was hij naar haar op zoek. Hoe kwam het dat ze hem niet had gezien?

Waarom had Jurgen opnieuw voor haar deur gestaan? Was hij weer dronken of high geweest? Ze had angst in zijn ogen gezien, net zoals de vorige keer. Angst dat het verleden hem zou inhalen. Zou er eindelijk een greintje moreel besef in dat meedogenloze brein van hem zijn gesijpeld? Of was het eerder het gegeven dat hij voor een keer niet zelf de touwtjes in handen had?

Ze keek om zich heen, bang dat Jurgen weer zou opduiken. Deze keer was Van In er niet om haar te beschermen. Ze trok haar tas dichter tegen zich aan en versnelde haar pas. Hoe sneller ze de deur achter zich dicht kon trekken, hoe beter. En toen voelde ze een hand op haar arm.

In een reflex haalde ze uit naar haar belager. Ze zwiepte de tas naar achteren en trof de man die haar had vastgegrepen in zijn gezicht. Ze keek om. Van den Eynde tastte met zijn hand naar zijn wang.

'Jezus, Pascale!'

Pascales hart bonkte in haar borst, haar handen trilden.

'Waarom besluip je me?'

'Besluipen? Ik probeer je gewoon in te halen. Je leek wel naar huis te rennen!'

'Je kunt ook roepen.'

'Dat heb ik gedaan. Je hoorde het niet.'

Haar ademhaling vertraagde. Had hij geroepen? Ze wist het niet. Ze zat opgesloten in haar eigen hoofd, waar de meest uiteenlopende gedachten om haar aandacht smeekten.

'Wat wil je?'
'Ik wil het uitleggen.'
Pascale draaide zich om, liet hem staan. Ze wilde naar huis.
'Er valt niets uit te leggen.'
Maar Van den Eynde liet zich niet afschepen. Hij huppelde om haar heen, zocht haar blik.
'Jawel. Ik ben dom geweest.'
'Dat is het minste wat je kunt zeggen.'
Ze had niet mogen reageren. Van den Eynde klampte zich vast aan haar antwoord, ook al was het niet dat waarop hij had gehoopt. Maar er was nu tenminste een conversatie.
'Ik heb het spandoek opgehangen omdat ik jaloers was.'
Nu had hij toch haar aandacht. Ze wist al langer dat hij de voordelen van Lanoye benijdde, maar het was de eerste keer dat ze het hem zo openlijk hoorde zeggen. Er was echter een verschil tussen gewoon jaloers zijn, en een verwijtend spandoek ophangen tijdens een wake.
'Was zijn dood dan niet genoeg voor jou? Wat moet er nog meer gebeuren om die jaloezie te stoppen?'
Een oude dame met twee grote boodschappentassen probeerde hen te passeren op het voetpad. Ze hield haar hoofd naar beneden gericht om zich vooral niet te bemoeien met de discussie. Als het kinderen waren geweest, had ze misschien wel iets gezegd, volwassenen waren oud genoeg om te leren leven met hun stommiteiten.
'Ik was niet alleen jaloers op hem', zei Van den Eynde zodra de dame buiten gehoorafstand was. 'Maar ook op wat hij had. Wie hij had.'
Pascale keek op. Waar wilde hij naartoe? Was dit het moment om zijn gevoelens naar buiten te brengen? Toch won de nieuwsgierigheid het van haar argwaan.
'Wat bedoel je?'
'Ik was verliefd op jou.'

Hij keek haar ernstig aan, streelde voorzichtig met één vinger haar pols. Ze liet het gebeuren, verrast door de plotselinge bekentenis.

'Ik bén verliefd op jou', ging Van den Eynde verder.

Zijn lippen trilden, zijn ogen knipperden, alsof hij elk moment in tranen kon uitbarsten. Het had een mooi emotioneel moment kunnen zijn. Van wederzijds begrip, van vergiffenis. Een moment van liefde zelfs, als Pascale ook maar enige gevoelens had gehad voor Van den Eynde.

Dat werd het dus niet.

'Rot op, Geert.'

Ze wrong zich langs hem heen, schudde de arm van zich af die haar nog probeerde tegen te houden. Ze versnelde toen ze hem achter zich aan voelde komen. Opnieuw keek ze naar de grond, om de werkelijkheid niet te hoeven zien. Zo zocht ze zich een weg door de straten, in de hoop snel thuis te zijn. En toen stopte ze.

Dit kon ze niet laten gebeuren. Niet opnieuw. Flashbacks van haar vijfde jaar middelbaar schoten door haar hoofd. Ook toen liep ze voorovergebogen naar school, zonder oogcontact te maken, want ze moest Jurgen of Ken maar eens kruisen. Het was nooit een irrationele angst geweest, want ze hadden haar wel degelijk het leven zuur gemaakt. Maar het niet weten of er iets ging gebeuren, maakte haar gek. Op school had ze zich alleen nog op plaatsen begeven waar veel anderen waren, in de klas gaf ze geen antwoorden meer en op straat probeerde ze dicht achter iemand aan te lopen, tot ze thuis was. Ze was een bang vogeltje geworden, dat elk moment in de klauwen van de jagende katten kon vallen. Ze had meer dan eens gefantaseerd over hoe ze die katers kon castreren, maar in werkelijkheid durfde ze hen niet eens aan te kijken.

Ze was geen tiener meer. Ze was niet meer dat angstige meisje dat niet voor zichzelf durfde op te komen. Ze bleef staan, in het midden van een straat en keek om zich heen of Van den Eynde haar nog gevolgd was. Een fietser kon haar maar net ontwijken.

'Kijk uit!'

Hij stak zijn vuist op en Pascale kromp in elkaar. Ze kon niet goed omgaan met boze mensen, ze wilde altijd graag gezien worden. Waarom kon ze niet gewoon foert zeggen? Zoals tegen Van den Eynde daarnet. Het was haar gelukt, hij was haar niet gevolgd. Ze ademde diep in en uit. Een auto toeterde, ze stond in zijn weg. Ze kneep harder in de riem van haar tas, tot het leer een rode striem in haar vel trok.

Niet opnieuw.

Ze draaide zich om, stak haar middelvinger op naar de bestuurder van de auto en liep naar het voetpad. Ze vervolgde niet haar weg naar huis, maar koos een andere richting. Terwijl ze daar liep, sprak ze zichzelf moed in. Ze zou komaf maken met de demonen uit haar jeugd, de regie zelf in handen nemen. En daarvoor wist ze precies wat ze moest doen.

'Heb je verdorie nooit van regels gehoord?'

De Kee brieste. Speekseldruppels belandden op de wang van Van In. In plaats van ze af te vegen deed hij alsof er niets aan de hand was. Het was niet het moment om zijn baas te confronteren met zijn gebreken.

'Als je een onderzoek wilt doen, dan passeer je langs mij, begrepen?'

Van In had kunnen weten dat Duden meteen naar De Kee zou bellen zodra hij de school had verlaten. Hij had nog geprobeerd te veinzen dat hij de weg kwijt was geraakt en dat hij echt op zoek naar Pascale was geweest. Maar de geopende doos vol bewijsmateriaal en de strategisch geplaatste zaklamp ondermijnden zijn betoog. Even had hij nog geprobeerd om de rollen om te draaien en Duden te vragen wat de klachtenrapporten te betekenen hadden, maar hij was niet het soort directeur dat zich liet bedreigen. Hij had Van In persoonlijk naar de uitgang begeleid, om dan naar zijn kantoor te spurten en de telefoon van de haak te nemen.

'Ik was toevallig in de buurt. Het was een ingeving van het moment.'

'Toevallig in de buurt? Volwassen mannen die te vaak toevallig in de buurt zijn van scholen, vliegen de bak in, Van In.'

'Ik was op zoek naar Pascale.'

De Kee hief zijn handen ten hemel.

'Juist. Die juffrouw. Je maakt het alleen maar erger. Ik moet zeggen dat je wel heel ver gaat om je in te werken in een dossier. Hoe zit dat met jou en die lerares?'

Van In twijfelde. De Kee was zijn baas, dus werd hij geacht de waarheid te vertellen.

'Ik kijk graag naar mooie dingen. Meer niet.'

De waarheid was voor later.

De Kee bleef hem star aankijken. Hij prutste langzaam de knoopjes van zijn manchetten los en schoof zijn hemdsmouwen naar boven.

'Luister. Er is een moord gepleegd en die moeten we onderzoeken. En zoals jullie geleerd hebben op de politieschool ligt de oplossing vaak voor de hand. Die priester heeft iets mispeuterd en iemand heeft hem daar nu voor gestraft. Ik ga niet beweren dat dat een goed idee is, maar ergens begrijp ik het wel. Dus ofwel komen jullie met een uitstekende theorie dat er iets helemaal anders is gebeurd, ofwel onderzoeken jullie verder het spoor dat ik heb aangegeven.'

Van In zocht oogcontact met Versavel. Hoe moesten ze op dat dreigement reageren? Versavel was de meest diplomatische van de twee, maar hij gaf geen kik. Hij liet zijn baas de kastanjes uit het vuur halen.

'Lanoye heeft niemand misbruikt,' zei Van In. 'Het zit ingewikkelder in elkaar.'

De Kee kalmeerde een beetje en ging op de stoel voor Van Ins bureau zitten.

'Leg het mij dan eens uit.'

'Hij beschermde een groep jongeren op zijn school. Jongeren die andere leerlingen het leven zuur maakten.'

'En?'

'Dat heeft iets te maken met zijn dood.'

'Wat dan?'

Van In zuchtte. Legde zijn rechtervoet op zijn linkerknie. Dit was het vervelende deel.

'Dat weten we nog niet.'

'En wat weten jullie dan al wel?'

'We weten hoe de pesters te werk gingen en wie hun slachtoffers waren.'

De Kee begon op zijn stoel te schuiven. Dat deed hij vaker als hij niet het antwoord kreeg dat hij wilde horen.

'En wat heeft dat met die dode priester te maken?'

'Alles!'

'Waarom zie ik het verband dan niet?'

Omdat hij het verband nog niet zag tussen een gebroken ruit en een bal die tussen de scherven lag, dacht Van In, maar hij zweeg wijselijk.

'We vermoeden dat iemand wraak wilde nemen', schoot Versavel hem te hulp.

'Vanwege wat plagerijtjes op school?' lachte De Kee schamper. 'Het Sint-Lodewijkscollege is een oerdegelijke school. Ik geloof nooit dat ze pesterijen niet terdege zouden aanpakken.'

Van In dacht aan de inhoud van de dozen in het archief. Als hij daar beslag op zou kunnen leggen, dan zou zijn zaak sterker staan.

'Als u ons een huiszoekingsbevel geeft, zorgen we voor de bewijzen.'

'Geen sprake van. Je zaak is niet sterk genoeg.'

De band tussen De Kee en Duden duidelijk wel. De kans was groot dat ze elkaar vaak zagen binnen hetzelfde netwerk en dat ze elkaar hielpen waar nodig. Van In moest De Kee aan zijn kant krijgen.

'Een jongen heeft rondgelopen met het kruis van Jezus tegen zijn mond! Omdat ze dachten dat hij homo was. Vindt u dat niet sterk genoeg?'

'En heeft die jongen daarom de priester vermoord?' vroeg De Kee. 'Omdat hij sindsdien een afkeer had van het christendom?'

Van In zweeg. Ondanks zijn intrinsieke afkeer voor De Kee, moest hij toegeven dat hij gelijk had. Het was nog te vaag. Ze moesten meer hebben, dieper graven. Een verdachte eruit pikken en die grondig onderzoeken. Wat zagen ze over het hoofd?

De Kee keek van Versavel naar Van In en stond op.

'Bon, ik heb genoeg gehoord. Vergeet wat ik daarnet zei, vergeet mijn spoor. Zolang er geen nieuw bewijs opduikt, wil ik niet dat jullie nog tijd besteden aan deze zaak. Zet die pesterijen maar even uit jullie hoofd. Jullie zijn politieagenten, geen kleuterleiders.'

Terwijl hij de deur uit liep, botste hij bijna op een agent die haastig kwam aanrennen. Zijn gezicht blonk en de puistjes op zijn wangen lieten zien dat hij nog niet lang aan de slag was.

'Sorry, hoofdcommissaris.'

'Kijk een beetje uit', bromde De Kee.

De jongen liep naar Versavel en legde een met de hand beschreven post-it op zijn bureau.

'We hebben een oproep gekregen van een moord in de Minnezangerlaan.'

Van In kwam overeind en liep naar het bureau van Versavel. Die draaide de post-it naar hem toe. Van In schrok.

'Neem je jas, we zijn weg.'

Versavel knikte en liep achter Van In aan. Ze stapten zwijgend door de ouderwetse gangen van het gebouw. Sommige collega's vonden het niet leuk dat ze in zo'n gedateerde omgeving moesten werken, maar Van In vond dat juist leuk. Hun werk draaide om wat ze deden, niet waar ze zich bevonden. Hoe soberder de omgeving, hoe beter hij zijn werk kon doen.

Niet veel later hadden ze De Kee ingehaald.

'Waar gaan jullie naartoe?'

'We hebben een oproep gekregen', zei Van In vaag.

'Ik heb jullie net gezegd dat jullie niet meer met de zaak bezig mogen zijn.'

Van In stopte en draaide zich naar zijn baas.

'Maakt u zich geen zorgen. We laten de zaak voorlopig liggen. Dit is een nieuw geval, waar we al onze tijd aan zullen spenderen.'

De Kee knikte tevreden, blij dat zijn speech effect had gehad. Zelfs moeilijke gevallen als Van In konden door hem in toom gehouden worden.

'En wat is de nieuwe zaak?'

'Een moord.'

'Wat? Alweer?'

'Helaas, ja.'

'En kennen we de naam van het slachtoffer al?'

Van In zette de kraag van zijn jas goed en maakte een kwartslag om snel verder te kunnen.

'Hij heet Jurgen Swerts.'

13

Versavel parkeerde zijn auto voor een gloednieuwe Spaanse villa. De oranje dakpannen en de ronde structuren moesten het geheel een zuiderse sfeer geven, samen met de palmbomen die in de voortuin stonden. Maar het huis mocht dan een stuk buiten het centrum van Brugge staan, het bevond zich nog altijd in België, dus als de inwoners zongebruind bij hun stulp wilden passen, zouden ze het grootste deel van het jaar gebruik moeten maken van de zonnebank die er vast in een van de vele kamers stond.

Van In knikte naar de agent die aan de deur stond. Hij had zijn schoenen uitgedaan om de marmeren vloer niet vuil te maken.

'Je doet alsof je thuis bent?'

De agent bloosde.

'Gewoonte. Strenge opvoeding gehad.'

'Beter te streng dan te laks.'

Van In floot bewonderend tussen zijn tanden. Het interieur van de villa was tot in de puntjes afgewerkt. Een reusachtige luchter die de hal verlichtte, gouden klinken aan de deuren en een schoenenkast van duur eikenhout. En dit was alleen nog maar de entreehal. Jurgen Swerts had niet op een frank gekeken bij de inrichting van zijn huis. Hij zou er helaas niet meer van kunnen genieten.

'Situatie?' vroeg Van In.

'Iemand vond het vreemd dat meneer Swerts de deur niet kwam opendoen, terwijl hij overduidelijk thuis was. Zijn auto stond op de oprit en de rolluiken waren naar boven. Ze is rond het huis gelopen en zag door een van de ramen het lichaam van Swerts liggen. Toen heeft ze alarm geslagen.'

'En waar is die vrouw?'

'Ze zit in de woonkamer.'

Van In wist niet of hij blij moest zijn met zulke oplettende buurtbewoners. Hij zou het niet fijn vinden als iemand door zijn ramen begon te kijken waar hij was. De dag dat al zijn rolluiken omhoog waren en hij toch de deur niet opendeed, was hij ofwel in slaap gevallen op de bank, ofwel had hij door het raam gekeken en besloten dat de bezoeker het niet waard was om voor hem de deur te openen.

Maar toen hij samen met Versavel de woonkamer betrad en een blik op de witte leren fauteuil wierp waarop de vrouw in kwestie zat met een agente die haar enkele vragen stelde, bevroren zijn gedachten. Het was geen buurtbewoner die de vreselijke ontdekking had gedaan.

Het was Pascale.

Hun blikken kruisten elkaar. Van In had al veel vragen voor haar gehad na het onverwachte bezoek van Jurgen Swerts, en nu kwamen er alleen maar meer bij. Maar bij het zien van haar trieste bruine ogen, haar starende blik, haar pruilende lippen en haar vingers die krulletjes maakten in haar haren, wilde hij haar alleen maar omarmen en troosten. En dat was geen goed idee. Hij duwde Versavel terug naar de hal.

'Ik kan haar niet ondervragen.'

'Je moet', siste Versavel. 'Ze heeft een dode gevonden. En niet zomaar een, Swerts is een spilfiguur in de hele zaak.'

'Hij is in elk geval geen verdachte meer', bromde Van In.

'We moeten weten waarom ze hier was. En of ze misschien iets anders verdachts heeft opgemerkt.'

'Ik zal haar achteraf wel ondervragen.'

'Dat is te laat, dat weet jij ook.'

'Wat stel je dan voor?'

'Dat je haar ondervraagt. Je bent in de eerste plaats commissaris.'

Van In wist dat Versavel gelijk had en toch was hij niet geneigd om toe te geven. Hij had bij al zijn ontmoetingen met Pascale gebalanceerd op de dunne lijn tussen geliefde en onderzoeker. Maar nu werd het evenwicht wel erg abrupt verstoord.

'Stel jij haar de vragen. Ik ga naar Swerts kijken.'

Het was niet zijn gewoonte om spontaan naar een lijk te gaan kijken, maar in dit geval maakte hij een uitzondering. Hij wachtte het antwoord van Versavel niet af en wenkte de agent aan de deur.

'Waar is het lichaam gevonden?'

De agent ging hem voor naar een slaapkamer op de begane grond. Het grote raam bood uitzicht op de tuin. Opnieuw moest Van In toegeven dat Jurgen Swerts dat goed had gezien, de groene omgeving had een enorm rustgevend effect. Tenzij bezorgde lieden door het raam kwamen kijken natuurlijk.

Swerts lag naakt op zijn buik op het bed, zijn hoofd voorovergebogen op zijn kussen, zijn armen naast hem met gebalde vuisten. De houding zag er erg onnatuurlijk uit, Van In begreep waarom Pascale de politie had gebeld. Maar waarom was ze hier geweest? Wat was de link tussen haar en Jurgen? Hij had haar jaren geleden voor schut gezet, waarom zocht ze hem dan op?

Hij hoopte dat Versavel al die vragen zou stellen, maar hij wist dat hij vroeg of laat de confrontatie toch zou moeten aangaan. Hij keek er minder naar uit dan naar een discussie met De Kee over overuren.

'Hij ligt er vredig bij, niet?'

Vanmaele stond voorovergebogen over Swerts en bestudeerde enkele vlekken op het hoofdkussen.

'Ik heb hem nog nooit zo kalm gezien', antwoordde Van In. 'Ik zou hier ook wel rustig slapen.'

Vanmaele wees naar het bed dat een hoofdeinde van zijde had en naar de statige mahoniehouten wandkasten die aan de randen verguld waren.

'Lijkt op een van die hotelkamers uit *Pretty Woman*. Hier betalen mensen tienduizend frank per nacht voor.'

'Heb je de film toch moeten uitkijken?'

'Ja. Die verdomde videorecorders. Toen ik hem aanschafte was dat om programma's te kunnen bekijken die ik gemist had, niet om naar films te kijken die ik al tien keer heb gezien.'

Van In had zelf nog geen videorecorder. Hij was van het principe dat als een programma op televisie niet de moeite waard was om voor thuis te blijven, het ook niet de moeite zou zijn om achteraf te bekijken.

'Al moet ik zeggen dat ik de film anders ben gaan bekijken', ging Vanmaele verder terwijl hij in de mond van Swerts keek. 'Eigenlijk is *Pretty Woman* een metafoor voor het leven.'

'Niet voor dat van mij', glimlachte Van In.

'Toch wel. Het draait om het feit dat we altijd iets anders willen. Of denken dat we iets anders willen. Waarom moet een prostituee een fatsoenlijke vrouw worden? Is ze dat dan al niet? Kan hij niet gewoon van haar houden om wie ze is?'

Van In keek naar Vanmaele, die nu met een wattenstaafje in de mond van Swerts pulkte. Was het wel een goed idee om altijd met dode lichamen te werken? Vanmaele had duidelijk veel tijd om na te denken. En hij was op dreef.

'Stel dat mijn vrouw vond dat een wetsdokter te min voor haar was. Dan zou ik toch nooit met haar getrouwd geweest zijn? Want dan had ik niet meer kunnen doen wat ik graag doe.'

'Ik weet niet of Julia Roberts in de film graag doet wat ze doet.'

'Ze lijkt toch gelukkig. Ik vind dat we er niet op voorhand van mogen uitgaan dat ze haar werk maar minnetjes vindt. Dat zegt meer over ons dan over haar.'

'Je weet dat het maar een film is?'

'Het is meer dan een film. Het is een spiegel van de maatschappij.'

Vanmaele stopte het wattenstaafje in een proefbuis in zijn tas. Hij noteerde enkele dingen op een blocnote.

'Straf', mompelde hij.

'Wat?'

'Deze kerel is gestikt. Vermoedelijk in zijn eigen hoofdkussen.'

'En niet tijdens zijn slaap, gok ik?'

'Nee, iemand heeft het kussen op zijn mond gedrukt en hem daarna zo op het bed gelegd.'

Van In bestudeerde het lichaam van Swerts. Het was alsof iemand hem in een onderdanige positie had willen leggen, om hem eindelijk een lesje in nederigheid te geven.

'Swerts was een stevige kerel, een behoorlijk opvliegend baasje. Degene die hem heeft vermoord moet zelf ook sterk zijn geweest.'

Op een stoel in de hoek van de kamer lagen Swerts' kleren, keurig opgevouwen. Had hij die daar zelf gelegd of had de moordenaar geen rommel willen maken? Plots werd hij overvallen door een gedachte: wat als er niet één moordenaar was? Wat als er mensen hadden samengewerkt om Swerts aan te pakken?

Van Ins gedachten werden verstoord door tumult aan de deur. Er klonk geroep en gekrijs, hij haastte zich naar de hal. De jonge agent worstelde met een blonde vrouw in een lange felgroene jurk met flapjes op haar schouders, anders kon Van

In het niet omschrijven. De vrouw schreeuwde hysterisch, wilde naar binnen glippen.

Dat moest mevrouw Swerts zijn.

'Wat gebeurt er hier?'

'Ze wil naar binnen', stamelde de agent. 'Maar ik heb gezegd dat hier geen toegang is voor onbevoegden.'

'Onbevoegden?' riep de vrouw, terwijl ze hem een mep met haar handtas gaf. 'Dit is verdorie mijn eigen huis! Waar is Jurgen?'

Van In zette een stap naar voren, maar zorgde ervoor dat hij de gang naar de slaapkamer afschermde.

'Kom binnen, mevrouw Swerts.'

De agent keek verbaasd op. Hij had duidelijke instructies gekregen over wie er wel en niet toegang kreeg tot een plaats delict. Familieleden moesten te allen tijde weggehouden worden van de plaats van de feiten. Maar hij durfde ook niet tegen een commissaris in te gaan.

'Het is mevrouw Daelemans.'

Van In grijnsde onopvallend. Hij kon het wel pruimen als vrouwen niet zomaar de naam van hun man overnamen. Ook al had het er alle schijn van dat ze voor de rest wel alles van haar man had gekregen. Inclusief een nieuw paar borsten.

'Is er een plaats waar we rustig kunnen praten?'

Mevrouw Daelemans knikte naar de keuken. Door haar de controle te geven over de gebeurtenissen, kon hij haar helpen kalmeren. Ook al wist ze dat de politieauto's en de bewaking aan de deur weinig goeds voorspelden. Van In sommeerde de agent om Slachtofferhulp te waarschuwen en volgde dan Daelemans naar de keuken, klaar om haar arm te grijpen als ze toch in de richting van de slaapkamer wilde gaan.

'Koffie?'

Daelemans verviel onmiddellijk in haar rol als gastvrouw. Van In liet haar doen. Ze konden allebei een goede kop koffie gebruiken. Hij wachtte met praten tot de dampende kop voor zijn neus stond, zo was de adrenaline in het lichaam van de vrouw alvast een beetje gezakt.

'Ik heb slecht nieuws, mevrouw. Uw man is overleden.'

Hij was niet helemaal zeker waarom hij het neutrale 'overleden' gebruikte, want het was op zijn minst een verdacht overlijden. Maar hij wilde de schok een beetje verzachten, haar niet helemaal laten instorten. Het bleek vergeefse moeite, want haar koffiekop vloog van tafel, spatte in duizenden stukken uit elkaar terwijl de koffie zich over de witmarmeren vloer verspreidde. Ze barstte in tranen uit, het was een langgerekte luide snik, een oerkreet die vanuit haar binnenste kwam. Van In beet op zijn lip. Dit was het deel van zijn werk dat hij verafschuwde. Dat en bij het onderzoek van dode mensen aanwezig zijn.

'Is hij hier?'

Ze keek schichtig in het rond, besefte nu pas goed waarom ze was tegengehouden aan de deur. Van In legde zijn hand op haar arm.

'Blijf even zitten.'

Ze gehoorzaamde, in shock. Van In schoof haar zijn kop koffie toe en stond op om de kan te nemen en een nieuwe voor zichzelf in te schenken. Daelemans vouwde haar handen rond haar kop, maar dronk er niet van.

'Hebt u iets gemerkt aan uw man de laatste tijd?'

Hij vond het niet leuk om met de deur in huis te vallen, maar hij wist dat dit het beste moment was om vragen te stellen. Nu zou Daelemans nog niet nadenken over de gevolgen van haar woorden. Het enige waar ze nu mee in haar hoofd zat, was het verlies van haar man. Dat zorgde voor een eerlijker relaas van de feiten.

'Nee.'

Van In kon het zich niet voorstellen. De Swerts die hij aan

de deur van Pascale had aangetroffen, was allesbehalve een kalme voorname jongeheer geweest. Tenzij hij natuurlijk ook bij zijn vrouw voortdurend een opgefokte terriër was, had ze het verschil moeten merken.

'Zeker?'

'Of ja. Hij leek wel wat zenuwachtiger. Dat kwam door zijn werk. Soms heeft hij zaken die onder zijn huid kruipen, die hij niet kan loslaten.'

'Heeft hij verteld welke zaak dat was?'

Ze dronk voor de eerste keer van haar koffie en staarde voor zich uit.

'Nee, dat doet hij zelden.'

Van In vermoedde dat Swerts zijn werk als alibi gebruikte voor alles. Goed gehumeurd, slecht gehumeurd, zenuwachtig, opvliegend, hij kon het altijd wel op een zaak steken. Maar deze keer zou mevrouw Daelemans zelf naar antwoorden op zoek moeten gaan.

'Sprak hij soms over vroeger?'

'Vroeger?'

'Over zijn schooltijd in het middelbaar.'

'Wat is daar belangrijk aan?'

Van In twijfelde over hoe hij het gesprek moest aanpakken. Moest hij rechtdoor gaan of voor een omweg kiezen?

'Jurgen en zijn vrienden hebben een tijdlang de hele school in hun greep gehad. Ze waren op zijn zachtst gezegd niet lief voor de andere leerlingen.'

Hij had geen tijd te verliezen, want zodra Slachtofferhulp er was, zou mevrouw Daelemans helemaal blokkeren. Ze reageerde echter niet.

'Heeft hij daar ooit iets over verteld?'

Ze schudde zacht haar hoofd.

'Jurgen was een lieve man. Toen ik hem leerde kennen, was hij een gevoelige en onzekere jongen. Hij durfde nauwelijks mijn hand vast te houden.'

Dat was niet meteen het beeld dat Van In via de andere leerlingen had gekregen. Had Jurgen ook een andere kant, of had hij zich anders voorgedaan om Daelemans te verleiden?

'Hij heeft nooit iets gezegd over de pesterijen?'

'Nee.'

Het kwam er fel uit. Niemand mocht de herinnering aan haar man besmeuren. Over vroeger zou hij van haar niet te veel te weten komen.

Op dat moment hoorde Van In iemand zijn naam fluisteren. Vanmaele stond in de deuropening van de keuken. Van In stond op en wenkte de agent aan de deur, zonder zijn ogen van Daelemans af te houden. Hij beval de agent bij haar te blijven en volgde Vanmaele naar de slaapkamer.

'Kijk hier.'

Vanmaele wees naar de gebalde vuist van Swerts. Hij had de vingers opengepeuterd en een klein stuk papier werd zichtbaar. Met een pincet haalde hij het eruit en stak het in een plastic zakje. Daarna gaf hij het aan Van In, die de gedrukte letters bestudeerde.

You sit around getting older.
There's a joke here somewhere, and it's on me.
I'll shake this world off my shoulders.
Come on, baby, the laugh's on me.

Van In las het drie keer, maar had geen idee wat het kon betekenen.

'Het is een gedicht, denk ik.'

Vanmaele kwam bij hem staan, las mee en begon te lachen.

'Een gedicht? Dat komt uit een liedje!'

'Jij kent dat?'

'*Dancing in the Dark*. Van Bruce Springsteen.'

Vanmaele begon te neuriën, Van In herkende het vaag, hij

was geen grote muziekkenner. Waarom stopte iemand een briefje met een liedjestekst in de hand van een dode? Dit was iets dat hij aan Versavel moest laten zien. Hij liep met het zakje naar de woonkamer, bleef aan de deur staan en wenkte Versavel. Pascale zat gelukkig met haar rug naar hem toe.

Terwijl Versavel zijn gesprek afrondde, haalde Van In de foto van Els Michiels uit zijn zak, die hij de week ervoor van Vanmaele had gekregen. Zijn blik ging naar de rode pennenzak op haar bureau. Net wat hij dacht. Hij wees Versavel op de foto toen die de hal binnenkwam.

'Kijk eens naar die pennenzak.'

Versavel viel uit de lucht.

'Wat? Waarom?'

'Er staat iets op geschreven. Waarom zou Els dat doen?'

Versavel keek wat langer naar de foto.

'Omdat dat waarschijnlijk de pennenzak is uit haar tienerjaren. En dat is wat tieners doen. Wat staat erop?'

Some aren't pretty and not even bright.
But they've got money.
And that makes it all right.

Ze keken elkaar aan. Versavel knikte.

'Het is een liedjestekst.'

'Dat denk ik ook. En niet zomaar een liedjestekst.'

Van In hield triomfantelijk het zakje omhoog met de tekst die ze in Swerts' hand hadden gevonden.

'Bruce Springsteen.'

'Sinds wanneer ken jij Bruce Springsteen?'

'Sinds een moordenaar ons aanwijzingen probeert te geven via liedjesteksten. Dit stak in de vuist van Jurgen Swerts. En ik ken dan misschien weinig van muziek, ik ken voldoende van moordonderzoeken om te weten dat dit geen toeval is.'

14

De tas met boodschappen gleed af naar haar elleboog. Karen Severs nam de riem en wipte de tas weer op haar schouder. Die was zwaar, maar toch was het geen hoge rekening geweest. Ze was een kei geworden in het uitzoeken van de goedkoopste artikelen die toch de meeste waarde opleverden. En ze gebruikte nooit de plastic tassen van de discountwinkel zelf, maar nam haar eigen tas mee, zodat haar buren niet konden zien waar ze ging winkelen. Ook na al die jaren was ze nog steeds erg bedreven in het creëren van een ander personage.

Alleen was ze er nooit meer in geslaagd om de Karen van in het middelbaar na te bootsen. Het succesvolle, populaire meisje, naar wie iedereen opkeek. Ze kon het niet meer opbrengen, ook al droomde ze er vaak van: opnieuw een extra baantje zoeken, met die opbrengsten mooie kleren aanschaffen en daarmee gaan solliciteren. Maar daar eindigde haar droom altijd, dan werd ze zwetend wakker in haar duffe appartement en kon ze niet meer zeggen of het nu een droom of een nachtmerrie was geweest.

Net voor ze haar sleutel in het slot van de voordeur kon steken, zakte de tas weer naar beneden. Deze keer omdat iemand die vasthad. Ze zette zich schrap en draaide zich om naar de overvaller. Ken Capiau.

'Verdorie, Ken. Kom jij altijd zo bij mensen op bezoek?'

De magere man met het geblondeerde haar had iets angstaanjagends en zieligs tegelijk. Het was zo'n jongen die nooit voor zichzelf had leren denken, dat had Karen in het verleden vaak gezien. Het zorgde ervoor dat je medelijden met hem had, maar tegelijk ook dat je nooit wist wat er in dat hoofd omging. Op een dag konden zijn stoppen zomaar doorslaan en dan was niemand nog veilig. Nu leek het zo'n moment.

'Kom, we gaan naar binnen.'

Karen twijfelde. Was het een goed idee om Ken binnen te laten in haar appartement? Dan kon ze niemand te hulp roepen als hij kwaadaardige plannen had. Maar hier blijven staan en ruzie maken op straat was ook geen goed idee. Haar zorgvuldig opgebouwde imago van sympathieke buurvrouw zou in één klap weer tenietgedaan worden.

'Vooruit', drong Ken aan.

Hij keek zenuwachtig om zich heen. Had hij iets te verbergen? Met tegenzin opende ze de deur en leidde hem haar appartement in. Het was er rommelig, ze hield haar façade enkel buiten haar woning op. Binnen had het geen zin om zichzelf wat voor te liegen.

Ze zette haar boodschappen in de keuken en laadde op haar gemak uit wat er in de ijskast moest. Ze was niet van plan haar zorgvuldig uitgezochte koopjes te laten bederven door het onverwachte bezoek. Ze keek even achterom. Ken ijsbeerde door de woonkamer en keek om de haverklap uit het raam, alsof hij nog meer bezoek verwachtte.

Haar hand ging naar de besteklade. Moest ze zich verdedigen? Even nam ze een scherp mes in haar handen. Maar ze legde het al snel weer weg. Iemand in haar eigen appartement doodsteken met een mes was al helemaal niet iets dat een sympathieke buurvrouw zou doen. Toch legde ze het mes op het aanrecht. Als ze het nodig had, zou ze er sneller bij kunnen.

'Vertel eens', zei ze, leunend tegen de deurlijst van de keuken. 'Wat kom je nu eigenlijk doen?'

Ken stopte abrupt met rondlopen en keek haar aan.

'Jurgen is dood.'

'Wat?'

'Vermoord.'

'Dat kan niet.'

Ken knikte hevig met zijn hoofd. Karen kwam los uit de deuropening en keek hem paniekerig aan.

'Iemand heeft het op ons gemunt', zei ze.

'Op ons?' vroeg Ken. 'Wie is ons?'

Karen ging aan de tafel zitten en steunde met haar hoofd op haar handen. Moest ze hem nu werkelijk alles uitleggen?

'Wie denk je? Eerst Els, dan Lanoye, en nu Jurgen. Iemand is wraak aan het nemen.'

Ken nam een van de kussens van de versleten bank en bokste er met zijn vuist in.

'Dat zei Jurgen ook al. Dat iemand een boodschap voor ons had. Dat het ons verdiende loon was.'

'Misschien is het ook ons verdiende loon', zuchtte Karen.

Ze dacht terug aan alle kinderen van wie ze geld had afgetroggeld. Aan alle kinderen die ze had aangemaand om even naar het toilet te gaan, goed wetende dat Ken hen daar stond op te wachten. Aan het Christusbeeld dat ze uit een klas had gestolen, zonder te weten dat het aan Tom Houbens gezicht zou worden gehangen.

'We hebben veel slachtoffers gemaakt', zei ze. 'Ik zou het zelfs begrijpen als ze nu wraak willen nemen.'

Ken was het daar niet mee eens. 'Dat is lang geleden. We waren nog kinderen toen.'

'We waren zeventien jaar. We waren geen kinderen meer.'

'Het was toch maar om te lachen?'

Ze sloot even haar ogen. Ken begreep het echt niet, vroeger niet, en nu niet. Hij zag zichzelf als een puberende kwajongen die wat onschuldige geintjes uithaalde met zijn medeleerlingen.

'Ik denk niet dat er iemand om moest lachen. Zou jij lachen als er een beeld op je gezicht werd gelijmd?'

Er verscheen spontaan een glimlach op Kens gezicht. Hij ging zitten op een houten staander in de hoek van de kamer, wat gezien het puntige karakter ervan niet erg comfortabel kon zijn.

'Ha, Tom. De homo.'

'Het was verkeerd, Ken.'

Ken gaf opnieuw enkele meppen op het kussen. De naad scheurde, kleine pluimpjes kwamen uit de opening.

'We moeten te weten komen wie ons heeft verraden.'

Karen besloot niet meer te proberen om hem een schuldgevoel aan te praten. Het had geen zin. Zelfs als Ken betrapt was geweest terwijl hij een andere leerling bij zijn voeten vasthad en de toiletpot in duwde, had hij het nog afgedaan als een amicaal onderonsje.

'Wat bedoel je met verraden?'

'Iemand heeft geklikt.'

'Aan wie dan?'

'Aan de moordenaar.'

Het kwam er onbeholpen, maar gemeend uit. Karen probeerde de kronkels in het hoofd van Ken te ontwarren.

'Dus je denkt dat iemand over onze daden heeft verteld en dat daarop iemand anders moorden is beginnen te plegen?'

'Ik weet het niet.'

'Het klinkt niet erg logisch.'

Ken keek haar vragend aan, zoekend naar hulp om zich een mening te vormen. Iemand moest hem vertellen hoe alles in elkaar zat, hem aangeven wat hij moest doen. Zo werkte dat bij hem. Als hij er zelf probeerde uit te raken, liep hij vast in zijn hoofd.

'Ik denk eerder dat iemand na al die jaren wraak probeert te nemen,' zei Karen.

'Dat zei ik toch ook?'

Hij kruiste zijn armen als een verongelijkte tiener.

'De vraag is wie.'

'Jurgen had daar een theorie over', zei Ken fluisterend, alsof er nog mensen in het appartement waren. 'Pascale heeft het gedaan met Lanoye.'

'Wat?'

'Ja, ik vond het ook raar. Die priester was van niets vies. Maar het zou wel de dood van Lanoye en van Els kunnen verklaren.'

'Denk je dat Pascale het gedaan heeft?'

Ken knikte. Het waren de gedachten van Jurgen, maar hij had ze met plezier overgenomen. Zijn blik stond op onweer door de gedachte aan Lanoye en Pascale. Karen keek hem een tijdlang aan.

'Ik kan me voorstellen dat ze ook wraak wilde nemen op Jurgen, na alles wat hij haar heeft aangedaan.'

Ken kreeg een bezorgde uitdrukking op zijn gezicht.

'Dan zijn wij de volgenden.'

De muziek schalde door het kantoor van Van In en Versavel. Om het verband te kunnen zoeken tussen de liedjesteksten was Van In naar de platenwinkel geweest en had hij de drie singles gekocht. Hij had het best veel geld gevonden voor drie kleine plaatjes. Als dat zo door bleef gaan, wie zou dan nog vinyl kopen als er cd's waren? Hij had zich onlangs een cd-speler aangeschaft en hij vond het een prima investering. Ook al was hij doorgaans meer verknocht aan oude technologieën en nogal allergisch voor nieuwe, het gemak van een cd-speler woog voor hem harder door dan de betere luisterervaring van een platenspeler.

Versavel had zijn platenspeler meegebracht en liet de naald voorzichtig op de single van Bruce Springsteen zakken. De gitaren knalden meteen door de ruimte. Terwijl Bruce zong, noteerde Versavel de tekst op een flipchart.

'Het gaat over lachen met oude mensen', bromde Van In. 'Zou dat over Lanoye gaan?'

Versavel schudde zijn hoofd en schreef enkele woorden op.

'Ik denk het niet. Swerts had die tekst in zijn hand.'

'Dus iemand wil Swerts uitlachen?'

'Misschien. Maar wat is dan de grap? Dat hij vermoord is?'

'Dat zou wel een morbide grap zijn.'

'Dus ook toepasselijk.'

Versavel pauzeerde de muziek even, schreef verder en liet de naald opnieuw op de plaat zakken. Op dat moment stak De Kee zijn hoofd door de deuropening.

'Gaat het hier een beetje? Het lijkt wel een discotheek!'

'We leven ons in in het onderzoek', zei Van In.

'Je kunt je ook in stilte inleven', bromde De Kee. 'Het hele gebouw davert ervan.'

Van In draaide het volume van de versterker wat zachter.

'De volgende keer zullen we wat meer uw stijl draaien. Iets van Willy Sommers?'

De Kee rolde met zijn ogen en verdween weer.

'Ik denk dat ze in de jeugd van De Kee nog Weense walsen dansten', knipoogde Versavel en hij zette de muziek weer wat luider. Daarna draaide hij een blad van de flipchart om. 'Laten we eens kijken wat de andere teksten willen zeggen. Bij Lanoye stond er dit.'

Hey teacher, why did you leave them kids alone?

Van In ging voor de flipchart staan. Over die tekst had hij al vaker nagedacht. Het was de omgekeerde wereld. Lanoye had kinderen met rust gelaten en dat werd hem hier verweten. Maar als hij de theorie van De Kee zou volgen, zou hij de kinderen juist niet met rust hebben gelaten. Een reden te meer om niet het spoor van De Kee te volgen en verder te gaan op zijn eigen ideeën.

'De tekst toont nog maar eens aan dat het niets met een pedofiele priester heeft te maken. Maar waarmee dan wel?'

'Kan het naar Pascale verwijzen?' vroeg Versavel.

'Hoe dan?'

'Die was toch verliefd op hem? Misschien vond ze het maar niets dat hij haar met rust liet.'

'Lijkt me sterk. Ze heeft later nog een relatie met hem gehad. Waarom zou ze hem dan nu nog iets verwijten?'

'Misschien waren er nog andere meisjes?'

Van In ijsbeerde door de kamer. Ze waren het te ver aan het zoeken. Ze zochten verbanden die er niet waren. Ze moesten opletten dat ze niet in een wormgat van overdreven theorieën werden gezogen.

'Dan nog staat er dat hij hen met rust liet. Niemand gaat na tien jaar iemand vermoorden omdat hij niet op de liefdesbetuigingen van tienermeisjes inging.'

'Kan het iets met de groep te maken hebben? Pink Floyd.'

Van In bestudeerde de hoes van *Another Brick in the Wall*. Veel viel er niet uit af te leiden. Een tekening van een bakstenen muur, veel toepasselijker kon artwork niet zijn.

'Betekent dat iets, Pink Floyd?'

'Nee, het zijn de voornamen van twee bluesmuzikanten.'

Van In keek verbaasd op naar Versavel.

'Jij weet dat zomaar?'

'Stond in de *Winkler Prins*.'

Hij had niet het gevoel dat ze veel vooruitgang maakten. Ze moesten verder zoeken. Of zochten ze een verband dat er niet was?

'En de tekst bij Els Michiels?'

Versavel toonde de single waarop een vierkoppige band

stond afgebeeld. Van In bestudeerde de gezichten, maar hij kon geen van hen linken aan de leerlingen van het Sint-Lodewijkscollege. Misschien was dat ook een brug te ver. Bruce Springsteen had immers ook nooit bij de priesters in Brugge op school gezeten.

'*Poor, Stupid & Ugly*, van Pitti Polak,' zei Versavel. 'Een Belgische band.'

Van In keek opnieuw naar de hoes. Zo vergezocht was zijn idee dan toch niet. Al zouden de leden van de band hem dat misschien niet in dank afnemen.

'Ze lijkt wel jaloers op rijke mensen,' zei Van In. 'Maar de familie Michiels is zelf steenrijk. Ik wed dat als Els een speelgoedautootje vroeg voor haar verjaardag ze een echte Mini Cooper kreeg.'

De song van Springsteen was afgelopen, de stilte plots ongemakkelijk, alsof die benadrukte dat ze niet meer wisten waar te beginnen. Van In trok aan de naald om ze aan de buitenkant terug te zetten.

'Ho, voorzichtig!' riep Versavel. Hij tikte Van In op de vingers en controleerde de plaat op krassen. Daarna legde hij uiterst omzichtig de naald weer op haar plaats. *Dancing in the Dark* begon opnieuw met de aanstekelijke beat en het synthesizerdeuntje. Versavel bewoog ritmisch heen en weer.

'Misschien ligt er een hint in de clipjes?'

'De clipjes?'

'De videoclips. Die ze uitzenden op MTV.'

Van In knikte zonder overtuiging, wat bij Versavel een brede glimlach tevoorschijn toverde.

'Soms vraag ik me af in welk tijdperk jij leeft, Pieter. Speel jij je muziek nog af op zo'n grammofoon met hoorn?'

Ook al had Versavel een terecht punt, Van In liet zich niet zomaar als ouderwetse jongere wegzetten.

'Pardon? Wie gebruikt er hier nog een platenspeler? Ik heb tenminste al een cd-speler thuis!'

'Proficiat. Kun je hem ook bedienen?'

Van In mikte een pen in de richting van Versavel. Die ving ze met gemak op in zijn rechterhand en stak ze in zijn borstzak.

'Die clipjes dus', bracht Van In hen weer bij de les. 'Moeten we daar tijd in stoppen?'

'Ik denk het niet. Bij *Dancing in the Dark* is Bruce Springsteen gewoon de hele tijd aan het dansen. En op het einde springt Courtney Cox mee op het podium.'

'Courtney Cox?'

'Een actrice. Speelt nu mee in de serie *Friends*. Ken je... Nee, laat maar.'

Ze staarden naar de flipchart en beseften dat ze geen stap verder waren gekomen. Van In besloot even ergens anders op te focussen en nam een blad van zijn bureau. Hij hield het voor de neus van Versavel.

'Kun jij dit eens ondertekenen?'

'Ik? Waarom?'

'Omdat ik het zelf niet kan doen.'

Versavel keek hem argwanend aan. Sinds wanneer moest hij documenten van Van In ondertekenen? Hij las de tekst op het blad.

'Dit is een arrestatiebevel.'

'Ik zou het eerder een waarschuwing noemen', grijnsde Van In. 'Devos zal dan wel twee keer nadenken voor hij me nog eens negeert.'

Versavel gaf hem het blad terug.

'Ik teken geen nepbevel voor jouw huisbaas.'

'Het ís nog geen arrestatiebevel', verdedigde Van In zich. 'Het zegt gewoon dat als hij zijn klanten niet binnen twee dagen helpt, hij het risico loopt op fikse dwangsommen.'

'En als hij dat niet doet, kan hij in de cel vliegen', bromde Versavel.

'Misschien moet ik dat eruit laten?'

'Misschien moet je alles eruit laten.'

Van In legde het blad op Versavels bureau en tikte erop met een pen.

'Kom, teken nu maar gewoon. Niemand zal het te weten komen.'

Versavel hief zijn handen in de lucht.

'Het mag niet, Pieter. Ik teken niet.'

'Natuurlijk mag dat wel. Het is gewoon een extralegaal voordeel van mijn job.'

Van In zag echter in dat Versavel niet te vermurwen was. Hij nam een dossier van Versavels bureau, opende het op de plek waar er getekend moest worden en bestudeerde Versavels handtekening. Een beetje schuin naar boven geschreven, krulletje erboven en streep eronder, dat moest lukken. Met een zwierig gebaar bootste hij de handtekening na.

'Voilà, die kan op de post.'

Versavel probeerde het papier nog uit Van Ins handen te trekken, maar die hield hem makkelijk af met een hand. Hij gooide het blad op zijn eigen bureau en zette met zijn andere hand de muziek weer aan. Daarna sloeg hij zijn arm om Versavel en danste met hem door de kamer. Versavel stopte met tegenstribbelen en liet zich lachend leiden. Ze merkten nauwelijks dat de deur openging en Vanmaele hun kantoor binnenstapte. Hij sloeg hen tegelijk op de schouders.

'Is het hier feest? Waarom ben ik niet uitgenodigd?'

'Als er te veel volk meeluistert, moeten we aan Sabam betalen', grinnikte Van In.

'En dan nog mijn favoriete muziek', ging Vanmaele verder. 'Ik ben een grote fan van The Boss.'

'Van wie?'

'The Boss. Bruce Springsteen?'

Van In en Versavel keken elkaar aan. Het was Versavel die het eerst reageerde.

'Jurgen was ook The Boss. Hij leidde de bende. Zou het kunnen dat de moordenaar laat weten wat hun rol in de bende was?'

Vanmaele keek hen verbaasd aan.

'Wat zijn jullie aan het doen? Ik dacht dat het een fuif was. Ik wilde net een biertje vragen.'

Van In wees naar de flipchart.

'De moordenaar laat boodschappen achter, zoals je zelf hebt ontdekt. We proberen die al een hele tijd te ontcijferen en jij hebt dat net in tien seconden gedaan.'

Vanmaele likte aan zijn duim en streek dan over zijn borst.

'Ik zou een goede inspecteur zijn, maar ik wil niet onder jullie duiven schieten. Heb ik dan nu dat biertje verdiend?'

'Als je de andere teksten ook kunt oplossen, trakteer ik in café Vlissinghe', zei Van In.

'Ik kwam eigenlijk vertellen dat we bij Jurgen Swerts ook carfentanil hebben teruggevonden', zei Vanmaele. 'De kans is groot dat het om dezelfde dader gaat als bij die priester.'

Van In keek op. 'Dat zou verklaren waarom een sterke kerel zoals Swerts zich laat overmeesteren.'

Versavel tikte met zijn stift tegen zijn kin en stak dan zijn hand op, als een ijverige leerling in de klas.

'Zou het kunnen dat Els Michiels dat spul ook heeft binnengekregen? Maar een te grote dosis?'

Vanmaele knikte. 'Dat zou heel goed kunnen. Alleen zullen we dat nooit te weten komen. Maar Van In ging trakteren, niet? Dus kom maar op met die songs.'

Versavel liet de tekst van *Poor, Stupid & Ugly* en *Another Brick in the Wall* zien. Vanmaele bestudeerde de tekst, maar had niet meteen een nieuwe geniale ingeving.

'Die Michiels had iets met money, zoveel is duidelijk. Thuis had ze er in elk geval genoeg van, maar misschien deed ze er op school ook iets mee.'

Nu was het Van Ins beurt om te knikken. Hij knipte enkele keren met zijn duim en middelvinger.

'Dat was haar rol! Karen Severs heeft dat verteld. Michiels hield alle inningen bij. Zij had een overzicht van wie betaalde en wie niet.'

'Ze was de penningmeester', knikte Versavel.

Vanmaele keek vragend naar zijn collega's.

'Heb ik dat nu ook opgelost?'

'Ongeveer', zei Versavel. 'Doe maar verder.'

Vanmaele glimlachte en draaide met zijn hoofd en zijn schouders, als een sportman die klaarstaat om een topprestatie neer te zetten. Hij las de tekst van Pink Floyd en sloot zijn ogen.

'De priester is de teacher in de tekst. Maar geen idee waarom hij de kinderen met rust liet.'

Hij keek wat teleurgesteld, balend dat hij geen drie op drie kon scoren. Maar toch klapte Van In in zijn handen.

'Natuurlijk. Lanoye liet Swerts en de anderen met rust. Dat is wat de moordenaar hem verwijt. Hij had moeten ingrijpen toen hij de kans had, maar hij deed het niet. Hij had geen rol in de bende, maar hij speelde wel een belangrijke rol in het slagen van hun activiteiten.'

Als je het wist, lag het voor de hand. Zonder het te beseffen, bevestigde de moordenaar alles wat ze tot nu toe ontdekt hadden. Hij maakte duidelijk dat de reden van de moorden bij de bende van Lanoye gezocht moest worden. En dat wilde zeggen dat ze nu ook zeker wisten wat het motief was: wraak. Wraak op de pesters.

Van In liep naar zijn bureau en haalde uit een van zijn laden de klasfoto die was rondgedeeld op de wake van Lanoye. Hij legde de foto voor zich en nam een dikke viltstift erbij. Hij zette een kruis op de hoofden van Lanoye, Els Michiels en Jurgen Swerts.

'Zij zijn dood', gaf hij wat begeleidende uitleg. 'Vermoord. En zij...'

Hij trok nu cirkels rond de hoofden van de andere leerlingen, behalve die van Karen Severs en Ken Capiau.

'Zij zijn de mogelijke daders.'

Vanmaele tikte op de gezichten van Severs en Capiau.

'En wat zijn zij?'

Van In zuchtte diep.

'Zij zijn mogelijk de volgende slachtoffers. We hebben geen tijd te verliezen. We moeten hem vinden voor hij weer kan toeslaan.'

Van In schoof de klasfoto weg en wilde naar de kapstok lopen om zijn jas te nemen. Hij wilde iedereen gaan ondervragen. Met wat ze nu wisten in het achterhoofd, was hij ervan overtuigd dat ze de dader zouden herkennen als ze hem ondervroegen. Maar Versavel hield hem tegen. Hij wees naar de klasfoto, nam de stift en tekende er nog een meisje bij, met lange haren en een rok.

'Er is één iemand die niet op deze foto staat, maar die het jaar ervoor wel bij hen zat.'

Van In sloot even zijn ogen. Versavel had gelijk, ook al klonk de waarheid hard. Hij tekende een cirkel rond het hoofd van het meisje.

'Ook zij is vanaf nu een verdachte.'

15

'Konden jullie me niet missen?'

Wim Goris liet hen binnen en begeleidde hen net als de vorige keer naar de woonkamer. Maar deze keer weigerde Van In het biertje. Hij wilde meteen aan het verhoor beginnen, want hij had verschillende ploegen tegelijk op pad gestuurd om alle alibi's van de vroegere klasgenoten van Jurgen Swerts te controleren.

'Waar was u deze ochtend?'

'Thuis.'

'Kan iemand dat bevestigen?'

De blik van Goris veranderde. Hij had onmiddellijk in de gaten dat het menens was. Hij zuchtte.

'Oké, ik was niet thuis. Ik zat bij de RVA.'

Versavel noteerde het in zijn boekje.

'Dan zullen zij wel het tijdstip kunnen bevestigen. Waarom zei u dat niet meteen?'

Goris staarde in de verte, alsof de vraag niet tot hem doordrong. Maar dan keek hij Versavel recht aan.

'Ik weet niet of u ooit werkloos bent geweest? Daar word je niet vrolijk van. Elke keer als die zuur kijkende bedienden een stempel op je kaart zetten, voelt het alsof ze die meteen ook op je hoofd drukken. Alsof je nergens meer kunt komen zonder dat mensen naar je kijken, naar je wijzen. Daar is die meneer die geen werk heeft. De loser.'

Van In moest toegeven dat hij geen idee had hoe dat voelde. Hij was na zijn studies meteen bij de politie begonnen en had zich nog geen dag zorgen hoeven te maken over werkzekerheid. Wim Goris was nog niet uitgepraat, schijnbaar blij dat hij eindelijk een klankbord had gevonden om te klagen over zijn wedervaren.

'De troosteloosheid van het lokaal waar je moet wachten, dat is nog het ergste. Ze laten je met opzet lang wachten, zodat je ziet dat je aan de onderkant van de maatschappij zit, tussen drugsverslaafden en sukkelaars. Het is de bedoeling dat het je motiveert om meteen weer ergens aan de slag te gaan, maar zonder het te beseffen duwen ze je nog meer de dieperik in. Na elke stempel wil ik enkel nog in bed kruipen en de rest van de dag slapen.'

Van In liet Goris uitpraten, maar luisterde niet echt. De klaagrede van Goris zette hem aan het denken. Was er een verband met vroeger?

'Waarom bent u bij uw vorige werk gestopt?'

Goris schrok van de vraag. Hij friemelde aan de ovale onderlegger die op de tafel lag.

'Ik werd gepest.'

'Net als op school', vulde Van In aan.

Hij had verwacht dat Goris boos zou worden om zijn opmerking, maar dat gebeurde niet. Hij leek te berusten.

'Ja. Ik kan nog steeds niet goed met mensen omgaan. Ik wantrouw collega's, want ik denk dat ze me wel eens zouden kunnen gaan pesten.'

'Waardoor u zich buiten de groep zet. En uiteindelijk echt wordt gepest.'

Van In bespeurde net als bij Karen Severs een vicieuze cirkel. Goris had sinds zijn schooltijd moeite om zich aan te passen aan de maatschappij, misvormd door zijn ervaringen in de middelbare school. En door het feit dat hij zich niet kon aanpassen, werd hij een outcast, een einzelgänger die geen aansluiting vond bij de anderen.

'Precies. En daar kon ik geen bescherming afkopen.'

Van In kreeg haast medelijden met Goris. Zijn werkloosheid verschafte hem een alibi voor de moord op Jurgen Swerts, maar tegelijk zorgde die ook voor een motief. Het was niet ondenkbaar dat Goris de bende van Lanoye verantwoordelijk achtte voor alles wat misging in zijn leven en nu gerechtigheid eiste.

'Als ik het me goed herinner, hebt u de rondleiding gevolgd tijdens de reünie?'

'Klopt, dus ik heb niets te maken met de dood van Lanoye.'

Van In wenkte Versavel, die zijn boekje dichtklapte en overeind kwam. Bij de deur draaide Van In zich nog even om.

'Dat zullen wij wel bepalen. Voor de rondleiding hebt u tijd genoeg gehad om hem te vermoorden.'

'Denk je echt dat Goris er iets mee te maken heeft?' vroeg Versavel, terwijl ze naar het volgende adres reden. Van In schudde zijn hoofd.

'Nee, maar hij heeft wel alles om een verdachte te zijn.'

'Hij niet alleen. We hebben een hele klas vol.'

Ze stopten in de Peterseliestraat voor een halfopen bebouwing. Deze was onlangs gerenoveerd en had uitzicht op Park Kruisvest en de oude Sint-Janshuismolen. Voor het huis stond een BMW cabrio. Van In floot tussen zijn tanden.

'Meneer Houben heeft goed geboerd. Zo lang werkt hij toch nog niet?'

'Hij zal de juiste job hebben gekozen', lachte Versavel.

Tom Houben ontving hen in een casual outfit, tenminste, wat voor hem als casual outfit moest doorgaan. Hij droeg een joggingbroek met daarop een vlekkeloos wit hemd. Aan zijn pols hing een dure Rolex en zijn lange bruine haren zaten in een hip staartje. Hij leidde hen naar de woonkamer, waar in een witte designerfauteuil een blonde vrouw in een magazine zat te bladeren. Ze keek niet op toen ze binnenkwamen. Van In knikte naar een foto aan de muur waarop Houben en de vrouw als bruidspaar stonden. Versavel haalde zijn schouders op. Na een korte intro kwam Van In meteen ter zake.

'Waar was u deze ochtend?'

'Op mijn werk', antwoordde Houben.

'En wat doet u voor werk?'

'Ik ben consultant.'

Van In vroeg niet verder. Het verklaarde in elk geval het mooie huis en de chique auto. Houben was dus waarschijnlijk iemand die mooie presentaties maakte voor bedrijven, waarin hij hen voorspiegelde welke acties ze moesten ondernemen. En voor die mooie presentaties factureerde hij een bedrag waarmee datzelfde bedrijf ongetwijfeld nuttigere dingen had kunnen doen. Zou de politie geen consultant kunnen gebruiken? Dan kon Van In ook knappe dossiers maken die uitlegden hoe ze het best boeven konden vangen. Hij zou lekker achter zijn bureau kunnen blijven zitten en dubbel zoveel verdienen.

'Kan iemand dat bevestigen?'

Meteen wist hij ook: hij zou nooit alleen maar achter zijn bureau willen blijven zitten. Hij had actie nodig in zijn leven, hij wilde goede dingen doen met zijn denkwerk, geen artificiële behoefte creëren.

'Mijn collega's.'

'Kunt u hun naam en nummer even opschrijven?'

Terwijl Houben pen en papier nam, wandelde Van In door de woonkamer. De vrouw van Houben bleef ongeïnteresseerd door haar magazine bladeren, alsof het doodnormaal was dat twee politiemannen op bezoek waren voor een moordonderzoek. Was het echt of was het een pose?

'Zijn jullie al lang getrouwd?' vroeg Van In.

'Bijna een jaar', antwoordde Houben, die niet opkeek van zijn papier.

'Veel volk uitgenodigd?'

'Veel te veel', grinnikte Houben. 'Het is zo moeilijk kiezen.'

'Had u Ken Capiau ook uitgenodigd?'

Nu verdween de glimlach van het gezicht van Houben. Hij deed alsof hij nadacht over welke collega's er bij hem op het werk waren geweest, maar Van In wist dat hij nu het gezicht van Capiau voor zich zag. En dat was geen prettige gedachte.

'Nee.'

'Waarom niet?'

'Omdat hij een klootzak is.'

'Ik heb hem onlangs ontmoet', zei Van In. 'Hij leek me een deftige heer.'

Vanuit zijn ooghoek zag hij Versavel een stap vooruit zetten. Hij wist wat Van In van plan was en hij was het er niet mee eens. Maar dit was een moordonderzoek, geen therapeutische sessie, hij moest Houben dwingen om het achterste van zijn tong te laten zien.

'Zullen we het gesprek op de veranda voortzetten?'

Houben nam hen mee naar een glazen uitbouw die uitzicht had op de tuin. Houben liet zich in een van de vier iconische Egg Lounge Chairs zakken en gebood hen hetzelfde te doen. Als Houben nu ook nog een sigaar opstak en whisky uitschonk, zou Van In zich meteen weer in de jaren zestig hebben gewaand.

'Waarom mag uw vrouw ons niet horen?' vroeg Van In.

Hij ging in een van de eivormige stoelen zitten en begreep onmiddellijk waarom ze zo'n sensatie waren. De stoel bood geborgenheid, het gevoel even van de drukke wereld afgesloten te zijn.

'Ze hoeft niet te weten wat er op school allemaal is gebeurd', antwoordde Houben. 'Want uit uw vragen kan ik afleiden dat u al een en ander te weten bent gekomen?'

Van In knikte, maar zei niets. Houben was slim genoeg om te weten waarom ze hier waren, hij moest hem laten vertellen.

'Capiau en Swerts waren de grootste eikels die je je maar kon indenken. Ze hebben een hele generatie leerlingen een trauma bezorgd.'

'Wat hebben ze met u gedaan?'

'Dat weet u ongetwijfeld al.'

Versavel bladerde door zijn boekje, naar de getuigenis van Capiau, ook al kende hij die waarschijnlijk uit het hoofd.

'Ze pestten u met het feit dat u homoseksueel bent.'

Houben sloeg met zijn rechtervuist in zijn linkerhand. Hij keek Versavel recht aan.

'Ik ben geen homo! Dat was wat ze iedereen wilden wijsmaken. Swerts wilde mij belachelijk maken.'

Versavel noteerde even niets, maar zijn hoofd schudde licht heen en weer, als een ouder die zijn teleurstelling niet kan verbergen. Van In nam het weer over.

'Swerts is deze ochtend vermoord.'

Hij lette op de reactie van Houben, maar kon er weinig uit afleiden. Was hij verrast of niet? Zijn blik bleef emotieloos.

'Goed zo.'

'Waar was u tijdens de rondleiding op de reünie?'

'Ik nam deel aan de rondleiding.'

'En daarvoor?'

'Ik kwam van mijn kantoor, ik had laat door moeten werken. Toen ik aankwam, ging de rondleiding net beginnen.'

Van In kruiste zijn benen en ging wat rechter zitten, wat moeilijk was in de bolvormige stoel.

'Dat is wel toevallig.'

'Waarom?'

'Lanoye wordt vermoord en even later sluit u aan bij de rondleiding. En niemand heeft u daarvoor gezien.'

Houben antwoordde niet. Slim, soms was het beter om niet te praten.

'Kan een van uw collega's bevestigen dat u toen nog zo laat aan het werk was?'

Houben liet zijn tanden over elkaar knarsen. Hij wendde zijn blik af en staarde naar de tuin.

'Nee, ik was alleen op kantoor.'

'Klassiek', zei Versavel, toen ze weer in de auto zaten. 'En tragisch tegelijkertijd.'

'Wat bedoel je?'

'Je ziet het zo vaak. Homo's die hun geaardheid niet durven toegeven. Vaak ligt er zo'n trauma aan de oorzaak van.'

Van In begreep waar Versavel naartoe wilde.

'Jij denkt dat Houben wel op mannen valt?'

'Nog geen beetje.'

'Waarom is hij dan getrouwd met de levende versie van Barbie?'

'Omdat hij aan iedereen wil tonen dat wat er in het middelbaar gebeurd is, onzin was. Hij herinnert zich ongetwijfeld nog de lachende gezichten van zijn medestudenten, de vernederende momenten die hij toen, maar ook daarna, op de speelplaats moest ondergaan. Het heeft ervoor gezorgd dat hij vastberaden was om het tegendeel te bewijzen. En wat is er overtuigender dan trouwen met een oer-heteroseksuele vrouw? En dan heb ik het nog niet over de machosymbolen die hij zichzelf toe-eigent om de goegemeente toch maar wijs te maken dat hij zich conformeert aan de traditionele idealen.'

De uitleg van Versavel zinderde even na in de auto. Net zoals na de ondervraging van Capiau had hij het moeilijk om zijn persoonlijke emoties erbuiten te houden. Van In probeerde het samen te vatten.

'Dus hij valt op mannen, maar trouwt wel met een vrouw. En die vrouw heeft dat niet door?'

'Soms. Vaak vermoeden die vrouwen wel iets, maar ontkennen ze de signalen. Ik kan me voorstellen dat mevrouw Houben meer kijkt naar de auto op de oprit dan naar de gevoelens van haar man.'

'Dat is wel heel cliché', merkte Van In op. 'Dat had ik niet van jou verwacht.'

Versavel hield zijn ogen op de weg en haalde zijn schouders op.

'Clichés zijn clichés omdat ze meestal een vorm van waarheid bevatten.'

Van In staarde naar buiten en liet alle informatie tot zich doordringen. Als wat Versavel zei klopte, dan liep Houben al tien jaar gefrustreerd rond. En hij wist donders goed waar die frustratie vandaan kwam. Had hij dan eindelijk besloten om de bron van zijn frustratie aan te pakken? Als zijn collega's niet konden bevestigen dat hij die ochtend op kantoor was geweest, had hij een groot probleem.

Hun laatste stop was bij Annelies Moeyersoon. Van In was benieuwd wat de bevindingen van de andere teams zouden zijn. Het zou een hele puzzel worden om alle getuigenissen, alibi's en motieven samen te leggen. Hopelijk vonden ze snel een patroon.

Moeyersoon had gevraagd om af te spreken op haar werk, ze was een vroedvrouw in het AZ Sint-Jan en had een late shift. Het ziekenhuis was sinds 1977 naar een plek buiten het centrum verhuisd om te kunnen voldoen aan de snel veranderende geneeskundige eisen, wat ervoor zorgde dat Van In en Versavel makkelijk hun auto kwijt konden, in tegenstelling tot in de binnenstad.

Van In herinnerde zich Moeyersoon als een huilende, haast hysterische dame, maar daar was nu niets meer van te merken. Ze ontving de inspecteurs met een grote glimlach en leidde hen naar een ziekenhuiskamer die nog leegstond. Ze bood hen water aan uit de typische glazen flessen en legde zelfs verpakte koekjes klaar. Als ze nog lang bleven, zouden ze waarschijnlijk ook nog fletse aardappelpuree met een te lang gebakken hamburger onder een plastic stolp krijgen.

'Hoe kan ik jullie helpen?'

Ze zat nog volledig in haar rol als vroedvrouw, want ze sprak hen aan als een net bevallen vrouw die nog geen idee had hoe ze plots met dat kleine schepseltje moest omgaan. Van In keek naar het lege bed op wielen dat naast het ziekenhuisbed stond. Hij kon zich niet voorstellen dat daar ooit een miniversie van hemzelf in zou liggen. Hij kon nauwelijks een goudvis in leven houden, hoe zou hij dat dan doen met een baby?

'Commissaris?'

Van In schrok op uit zijn gedachten. Moeyersoon nam zelf een koekje, pakte het uit en stak het in één keer in haar mond. Kruimels bleven op haar bovenlip kleven, maar ze veegde ze niet weg. Van In vond het lastig om er niet naar te staren.

'We voeren nog steeds onderzoek naar de dood van priester Lanoye', legde hij uit.

'Hebben jullie de dader nog niet gevonden?'

'Dan zouden we hier niet zijn.'

Moeyersoon nam een fles bruiswater en schonk een glas voor zichzelf in. Versavel zette zijn glas ernaast, om aan te geven dat ze dat ook mocht vullen. Toen ze klaar was, dronk ze langzaam.

'Precies. Al maakt het niet veel uit of jullie de dader vinden. Hij is dood. Klaar.'

Versavel keek naar zijn notities van de eerste ondervraging. Hij dronk van zijn water en keek haar ernstig aan.

'De vorige keer was u helemaal ondersteboven van zijn dood. U lijkt er nu wonderwel overheen.'

Moeyersoon moest hardop lachen, een schelle klank die pijn deed aan Van Ins oren. Hij hoopte dat ze dat niet deed bij de pasgeboren baby's, of ze zouden opgroeien met tinnitus.

'Ik schrik nogal snel van dingen. Als er iets onverwachts gebeurt, dan raak ik geëmotioneerd. De reünie was in dat opzicht nogal overweldigend. Maar het was niet huilen wat ik deed, het waren meer tranen van blijdschap.'

Het werd stil in de kamer. In de verte hoorden ze een baby huilen, onmiddellijk gevolgd door het sussen van de ouders.

'U vindt het goed dat Lanoye is vermoord?'

'Die klootzak had al veel eerder mogen sterven.'

Van In had even problemen met beeld en geluid. De klank die uit haar mond kwam, matchte niet met haar uiterlijk van ogenschijnlijk lieve vroedvrouw. Wanneer dat gebeurde bij zijn televisietoestel loste hij dat meestal op door er een klap op te geven. Dat zou hier niet het beste idee zijn.

'Waarom?'

'Omdat hij zoveel miserie heeft veroorzaakt. Hij komt nooit de hemel binnen, neem dat maar van me aan, maakt niet uit hoeveel gebedjes hij in zijn leven heeft gedaan.'

Van In dacht aan de klachten die Moeyersoon had ingediend op school. Die waren vooral gericht tegen de bende van Swerts, niet tegen Lanoye. Of waren er zaken die Duden voor hen verborgen had kunnen houden?

'U had een herexamen voor geschiedenis in uw laatste jaar.'

Ze haalde haar schouders op. 'Lanoye had me proberen om te kopen. Hij had me beloofd goede punten te geven.'

'Waarom?'

'Als compensatie. Hij zou me door de examens loodsen, voor alle klachten die hij had laten opzijschuiven.'

Ze was inderdaad weggezet als een aandachtzoekster met persoonlijke problemen. Het gevoel van niet gehoord te worden moest ongelooflijk frustrerend zijn geweest. Van In vond het knap dat deze vrouw niet verbitterd leek, maar haar vrolijkheid had weten te behouden.

'Waarom had u dan nog een herexamen?' vroeg Versavel.

Moeyersoon grijnsde. 'Omdat ik niets had ingevuld. Hij kon me er niet door laten. Dan kwam hij in de problemen bij de inspectie.'

'Dat begrijp ik niet', zei Van In.

'Ik wilde laten zien dat hij niet altijd de macht had. Hij kon niet beslissen over recht en onrecht.'

'Hoe kwam u dan aan die honderd procent bij het herexamen?'

'Dat was mondeling. Ik heb niets moeten zeggen. Zodra ik kwam opdagen, gaf hij aan dat het een perfect examen was. Zo kon meneer zijn schuldgevoel alsnog afkopen.'

Van In greep nu ook naar een koekje. Kauwen hielp hem om zijn gedachten te ordenen. Hij had Moeyersoon altijd als een slachtoffer beschouwd, maar dit gesprek bracht verandering in de rol die ze mogelijk had gespeeld.

'U beseft dat wat u zegt u verdacht maakt?'

'Ja. Maakt niet uit. Ik was de dag van de reünie de hele dag in het ziekenhuis, dat kunt u nagaan. Maar ik zou het met plezier zelf hebben gedaan. Mensen zouden me dankbaar zijn.'

Van In schrok van de forse uitspraak. Sinds wanneer stelden mensen zich kandidaat om als verdachte aan te treden? Hij knikte naar Versavel, ook al was dat overbodig, zijn collega had ongetwijfeld al genoteerd dat ze het alibi van mevrouw Moeyersoon moesten controleren.

'Waar was u deze ochtend?'
'In mijn bed. Ik had gisteren ook de avondshift.'
'Kan iemand dat bevestigen?'
'Mijn vriendin. Waarom vraagt u dat?'
Van In twijfelde even of hij haar de nieuwe informatie zou vertellen. Maar hij was te benieuwd naar haar reactie om het voor zich te houden.
'Jurgen Swerts is vermoord.'
Een brede grijns ontplooide zich om haar lippen. Alsof iemand een ingewikkelde mop had verteld en de pointe langzaam tot haar begon door te dringen.
'Kijk eens aan. Dat wordt weer champagne deze avond.'

'Wat een vreemde dag', bromde Van In na het gesprek in de auto. 'Straks gaan ze nog in de rij staan om als verdachte in aanmerking te komen. En dan hoeven wij alleen nog maar uit te kiezen wie de moord heeft gepleegd.'
Versavel stuurde de auto weg van de parking en glimlachte.
'De Kee zou dat fantastisch vinden. Jij houdt dat geen dag vol, veel te saai.'
Van In probeerde zich voor te stellen dat politiewerk echt een ambtenarenbaan werd. Dat elke inspecteur aan een loket zat en alle daders zich moesten aanmelden. Afhankelijk van de misdaad die ze hadden gepleegd, kregen ze een stempel en konden ze naar het volgende loket. 'Sorry, meneer, u staat hier bij de dienst "moorden", terwijl u overduidelijk bij "onvrijwillige doodslag" moet zijn. Ik vrees dat u opnieuw achteraan in de rij zult moeten aansluiten.'
'Waar ga je naartoe?' vroeg Van In, toen hij zag dat Versavel aan de Ezelpoort niet rechts afsloeg in de richting van het politiekantoor in de Hauwerstraat, maar links de ring opreed.
Versavel keek hem niet aan, maar bleef nauwlettend voor zich kijken.

'Je spreekt van een rij verdachten. Maar er ontbreekt nog iemand in de rij.'

'Hoe bedoel je?'

'We zijn al de hele dag verdachten aan het ondervragen, maar we zijn nog één iemand vergeten.'

Hij zette zijn richtingaanwijzers aan om af te slaan naar de Walweinstraat. Van In herkende de buurt en besefte plots waar ze naartoe reden.

'Dat moest ooit gebeuren, ja', zei hij zacht.

Hij zweeg tot ze de Calvariebergstraat inreden. De opwinding die hij de laatste tijd had gevoeld bij het binnenrijden van deze straat, veranderde nu in zenuwachtigheid. Hoe graag hij ook verhoren afnam, dit gesprek had hij liever aan zich voorbij laten gaan.

Maar hij wist dat dat niet kon.

Versavel stopte voor het huis van Pascale.

'Zal ik meegaan?' vroeg Versavel, terwijl hij hem een klein apparaat voorhield.

Van In schudde zijn hoofd, terwijl hij het toestel aannam.

'Ik vrees dat ik dit alleen moet doen.'

Hij stapte echter niet uit. Hij bleef zitten waar hij zat, zijn gordel nog om. Wachtend, hopend op een manier om hier alsnog aan te ontsnappen. Een onverwachte oproep, het bericht dat de dader al gevat was en dat het dus onmogelijk Pascale kon zijn geweest. Maar er kwam helemaal niets. Versavel wachtte geduldig naast hem, dwong hem nergens toe, liet hem zijn tijd nemen.

Na een kwartier klikte hij zijn gordel los. De korte pijn, dacht hij. Zoals je een pleister er ook beter in één keer aftrok in plaats van die voorzichtig af te pulken. Misschien was ze niet thuis, zat hij even snel weer in de auto naast Versavel. Maar er brandde licht binnen, hij hoefde zichzelf geen valse hoop te geven. Versavel knikte hem toe vanachter het stuur, als een be-

zorgde vader die wachtte tot zijn kind zeker binnenraakte.
Van In stond nog zeker vijf minuten besluiteloos voor de deur. Met zweterige handen drukte hij uiteindelijk op de bel.

16

Pascale schrok niet toen ze de deur opende. Integendeel, ze vloog hem om zijn nek, knuffelde hem hartstochtelijk. Haar greep verstevigde, ze liet zich niet tegenhouden door de apathische houding van Van In, die zijn armen slap naast zich liet hangen. Hij rook haar parfum en sloot even zijn ogen. Die geur associeerde hij tot voor kort met erotische verlangens, hij riep zonder pardon flarden op van haar prachtig gebeeldhouwde lichaam. Hij keek hulpeloos om naar Versavel, die een teken gaf dat hij naar binnen moest gaan. Hij nam Pascale bij de schouders, duwde haar zacht van zich af en leidde haar door de deuropening.

Ze zag er geweldig uit, ook al droeg ze een eerder sportieve outfit, met een ruime grijze capuchontrui en een rode joggingbroek. Op de keukentafel stonden een lege pot Häagen-Dazs en een halfvol glas wijn. Pascale had behoefte gehad aan een opkikker na een bewogen dag. Ze nam een extra glas uit de kast, vulde het en gaf het aan Van In. Hij keek naar de fles en zag dat ze ook een barolo in huis had gehaald. Het vertederde hem, het gaf hem het gevoel dat ze dat speciaal voor hem had gedaan. Hij nam het glas aan en rook eraan. Het aroma in zijn neusgaten was voortreffelijk.

Professioneel blijven, Van In, vermaande hij zichzelf. Hij mocht zich niet opnieuw laten leiden door zijn gevoelens. Hij was hier met een ander doel. Maar het bleef moeilijk om zich daar op te focussen.

'Ik ben zo blij dat je gekomen bent', zei Pascale.

Ze vlijde zich op de bank en zette haar glas op de salontafel. Van In bleef in het midden van de woonkamer staan, twijfelde over wat hij moest doen. Bij haar gaan zitten? Dat was de kat bij de melk zetten. Op een stoel gaan zitten? Dat kwam vreemd over. Dus bleef hij gewoon staan, houterig, alsof er gips door zijn bloed was gestroomd, dat nu langzaam hard werd.

'Ik heb je proberen te bellen, maar je was niet thuis.'

Van In schudde zijn hoofd, zijn nek kraakte.

'Ik was verhoren aan het afnemen.'

'Natuurlijk', knikte Pascale. 'De zaak wordt alleen maar ingewikkelder.'

Zoals ze daar zat, in haar joggingoutfit, met haar glas wijn, met haar onschuldige blik, leek ze zich van geen kwaad bewust. Alsof ze niet die ochtend een lijk had aangetroffen. Het lichaam van een ex-klasgenoot bovendien, die haar in het verleden van haar school had verjaagd, en die ook nu aan haar deur had gestaan. Ze was gewoon een geïnteresseerd lief, dat wilde weten hoe de dag van haar vriend was geweest.

'Dat kun je wel zeggen', zei Van In zacht.

Misschien moest hij dit toch aan Versavel overlaten. Hoe kon hij nog objectief oordelen? Hoe kon hij iemand ondervragen als hij zich bij elke vraag afvroeg of het al het moment was om haar trui over haar hoofd te trekken en haar beha los te peuteren? En toch bleef hij binnen. Hij wilde zichzelf ervan overtuigen dat hij dit aankon, dat hij een vakman was, die gevoelens en rede kon scheiden.

Hij liep naar de salontafel, zette zijn glas erop en legde er de bandrecorder naast die hij van Versavel had gekregen. De reactie van Pascale loog er niet om.

'Wat ben je van plan?'

'Het is beter zo, Pascale.'

'Beter? Meen je dat echt?'

Ze had een verbeten trek om haar mond, ze voelde zich verraden. Van In slikte, probeerde haar niet recht aan te kijken.

'Ik moet wel. Om jou te beschermen. Om mezelf te beschermen.'

Zijn woorden misten hun effect, Pascale geloofde hem niet. Ze draaide zich een beetje van hem weg, om niet alleen mentaal, maar ook fysiek een barrière te vormen. Van In voelde zich onmiddellijk schuldig, hij wilde het weer goedmaken. Maar tegelijk wist hij dat hij niet in die val mocht trappen. Nu de sfeer toch al onder het nulpunt was gezakt, kon hij net zo goed op een stoel gaan zitten en eraan beginnen. Hij plofte neer, wreef even over zijn slapen en vatte de koe bij de hoorns.

'Waarom stond Jurgen Swerts hier aan de deur?'

Pascale antwoordde niet. Als een mokkend kind keek ze naar de grond. Ze dronk van haar wijn en gunde hem geen blik. En ook al had Van In zelf geen kinderen, hij wist dat de slechtste tactiek was om boos te worden. Het was beter om het kwaadwillige gedrag te negeren.

'Heeft hij al vaker voor de deur gestaan?'

Het glas wijn van Pascale ging nu in één teug naar binnen. Ze snoof, om haar afkeuring te laten merken. Van In hoopte dat ze niet op de grond zou gaan liggen en in het rond stampen.

'Had jij een relatie met Jurgen?'

Hij gebruikte bewust Jurgens voornaam, om het persoonlijker te maken. Nu keek Pascale wel op. Hij had een gevoelige snaar geraakt.

'Natuurlijk niet.'

Van In zei niets, hij nam enkel haar woorden in zich op. Op de een of andere manier voelde het ook als een opluchting, maar dat zei hij niet. Hij wachtte geduldig af en nam de kamer in zich op. Het was verrassend hoe weinig hij in de woonkamer herkende. Toen hij de vorige keer hier was, had hij alleen maar oog gehad voor zijn gastvrouw, het interieur was niet meer dan de setting voor hun liefdesspel geweest.

'Jurgen is een eikel, ik zou nooit iets met hem beginnen.'

Op de een of andere manier had ze zijn stilzwijgen als een teken van ongeloof opgenomen. Dat hadden verdachten wel vaker. Ze beschouwden stiltes als afkeuring, waardoor ze geneigd waren om meer te vertellen, zichzelf te verdedigen.

Had hij nu net Pascale vergeleken met een verdachte? Was ze dat?

'Ik geloof je.'

Ze beet op haar lip. Zijn goedkeuring deed haar deugd. Ook dat was een psychologisch mechanisme. Wanneer iemand streng is en de hele tijd negatief gedrag vertoont, ga je het extra hard appreciëren als je een positief signaal ontvangt. Het was het sein voor Van In om door te vragen.

'Maar waarom stond hij hier dan?'

Haar lichaam ontspande. Ze zette het lege glas aan haar lippen, perste de laatste druppel eruit en draaide zich, zodat hun blikken elkaar weer kruisten.

'Omdat het verleden altijd terugkomt.'

Van In stond op, liep naar de tafel en nam de fles wijn. Zonder iets te vragen schonk hij haar glas bij. Niet om haar dronken te voeren, al had hij dat wel vaker bij getuigen willen doen, gewoon om hen wat loslippiger te maken, wel om haar houvast te geven. Zo had ze iets omhanden, kon ze haar focus ergens op leggen terwijl ze vertelde. Ze knikte dankbaar.

'Jurgen had schrik gekregen.'

Van In had de figuur van Jurgen nooit geassocieerd met het woord schrik. De opvliegende advocaat leek hem eerder iemand om schrik van te hebben.

'Voor wie?'

'Dat was het net, dat wist hij niet. En dat boezemde hem angst in. Jurgen had altijd alles onder controle, alles wat hij kende tenminste. Het onbekende had hij niet in de hand.'

'Hij had schrik voor de moordenaar van Lanoye?'

'Ja en nee. Hij wist niet of hij er bang voor moest zijn. Hij wist niet wat de reden van de moord was. Dus ging hij zelf op zoek naar een verklaring.'

'Jurgen had dus niets te maken met de moord?'

Pascale dronk van haar wijn. De sfeer was veranderd, in plaats van een verhoor leek het weer meer op een gesprek. Een conversatie tussen een politieman en een verdachte weliswaar, maar toch.

'Dat denk ik niet. Anders had hij niet zoveel stennis geschopt.'

Plots schoot dezelfde gedachte door Van Ins hoofd die hij ook bij Swerts thuis had gehad: hij ging er automatisch van uit dat er één moordenaar was. Eén dader die zowel Lanoye als Swerts had vermoord. En eventueel Michiels er nog bij. Maar wat als er meer daders waren? Het zou evengoed kunnen dat bijvoorbeeld Swerts Lanoye had vermoord en iemand anders wraak had genomen op Swerts. Het was niet omdat iemand een alibi had voor één moord dat hij automatisch uitgesloten was als verdachte. Wat als één moord tot een kettingreactie leidde? Of wat als er meer slachtoffers samenspanden om wraak te nemen? Houben en Moeyersoon samen bijvoorbeeld.

'Hij had dus schrik gekregen, oké. Maar wat kwam hij dan bij jou zoeken? Jij hebt er toch niets mee te maken?'

Pascale aarzelde een ogenblik. Ze dronk van haar glas wijn, ordende haar gedachten. Omdat ze een verklaring zocht voor de reden dat Jurgen aan haar deur stond, of omdat ze overwoog wat ze wel en niet aan Van In wilde vertellen?

'Hij wilde weten wat ik aan jou had verteld. Ik weet natuurlijk niets over de dood van Lanoye, maar ik weet wel wat Jurgen en zijn vriendjes vroeger hebben uitgespookt.'

'Dus hij ging ervan uit dat het iets met vroeger te maken had?'

Pascale rolde net niet met haar ogen.

'Jurgen is geen uil.'

Het gaf Van In een goed gevoel dat duidelijk werd dat Versavel en hij op het goede spoor zaten. Alles wees naar het verleden, naar de pesterijen. In tegenstelling tot wat zijn baas dacht, of graag wilde denken. Het goede gevoel verdween echter even snel als het gekomen was. Ja, alles had te maken met het verleden, maar ze wisten nog veel te weinig van dat verleden. Er waren nog zoveel dingen die niet opgehelderd waren, zoveel dingen die de leerlingen van die tijd weigerden te vertellen. Ze hadden flarden te horen gekregen, van Wim Goris, van Karen Severs, van Annelies Moeyersoon, van Ken Capiau, van Pascale, van Tom Houben... Maar niemand die het volledige plaatje schetste, alsof ze het juk van de onderdrukkers nog steeds niet konden afwerpen, het hen belette zich te bevrijden door de volledige waarheid te vertellen.

'Dus Jurgen vermoedde dat iemand wraak aan het nemen was?'

'Dat denk ik wel.'

Van In had even tijd nodig, hij moest het gesprek in de juiste richting leiden. Hij boog zich naar zijn glas wijn en nam enkele slokken. Het was een uitstekende fles, maar het was niet het moment om Pascale daarvoor te complimenteren.

'Wat wilde hij dan van jou?'

'Informatie. Hij wilde het heft in eigen handen kunnen nemen. Als hij wist wie Lanoye had vermoord, kon hij achter de dader aangaan voor die achter hem kwam.'

Dat was dus niet gelukt. De dader had Jurgen te grazen genomen voor die in actie had kunnen komen.

'En wat heb je gezegd?'

Pascale dronk van haar glas, kwam overeind en ging naast Van In zitten. De stoel was te klein voor twee personen, maar daar trok ze zich niets van aan. Van In liet het gebeuren, hij wilde de goede sfeer van het gesprek niet dwarsbomen.

'Ik heb helemaal niets gezegd. Wat kon ik ook zeggen? Ik heb helemaal geen idee van wat er gebeurd is.'

Hun knieën raakten elkaar, als Van In nog een beetje opzijschoof, zou hij van de stoel donderen. Hij dronk nog een keer om zijn keel te smeren.

'Hoe reageerde Jurgen daar op?'

'Hij geloofde me niet.'

'Dat verbaast me niet.'

Pascale kwam weer wat dichterbij zitten, haar hand lag nu op zijn been. Van In slikte en ademde zwaarder. Hij moest afstand nemen, maar dat was zo moeilijk.

'Hij dreigde alles aan de grote klok te hangen', ging Pascale verder. De minachting in haar stem was groot.

'Wat dan?'

'Mijn relatie met Lanoye. En ook die van jou en mij.'

Van In moest slikken. Hadden ze dan een relatie? Vanaf welk moment kon je van een relatie spreken? Was enkele keren met elkaar naar bed gaan voldoende om meteen als koppel door het leven te gaan? En waarom was hij daaraan aan het denken tijdens een verhoor? Was dit nog een verhoor?

Zoveel gedachten stroomden tegelijkertijd door zijn hoofd en hij kreeg het steeds moeilijker om ze op een rijtje te zetten. De arm van Pascale lag nu rond zijn nek. Hoe lang lag die daar al? Kon hij de arm nog wegduwen? Beter van niet, dan zou de sfeer van de ondervraging helemaal veranderen. Hij mocht bovendien niet vergeten dat het gesprek werd opgenomen. Alles wat hij zei, en in dit geval ook deed, zou op band worden vastgelegd.

'Wat heb je dan gedaan?' vroeg hij met een schorre stem.

'Ik heb foert gezegd', zei Pascale glunderend. 'Het kon me allemaal niet meer schelen.'

Haar hand masseerde zijn nek. Van In onderging machteloos, genoot van de zachte aanrakingen, het ontspannen gevoel dat ze hem gaf. Ze fluisterde het vervolg van haar betoog bijna in zijn oor.

'Dat is ook de reden dat ik naar hem toe ben gegaan. Om te zeggen dat hij me niets kon maken. Dat ik niet meer de Pascale van vroeger ben. Dat hij niet meer in controle was, dat hij nu voor de eerste keer in zijn leven zijn lot zou moeten ondergaan.'

Van In dronk zijn glas leeg en voelde zijn polsslag versnellen. De manier waarop Pascale de laatste woorden had uitgesproken, bezorgde hem koude rillingen. Maar hij voelde ook respect voor de manier waarop ze haar demonen had bezworen. Niets zo accuraat als opstaan tegen de macht die je altijd had onderdrukt. De vraag was alleen: wat had ze precies gedaan om zich tegen die macht te verzetten? Hij mocht niet vergeten dat Pascale het lichaam van Jurgen Swerts had ontdekt. En dat hij nu vlak naast haar zat, helemaal verward door de gevoelens die door zijn lijf gierden.

'En heb je hem dat kunnen zeggen?'

Ze schudde haar hoofd.

'Ik heb de kans niet gehad. Hij was al dood toen ik daar aankwam. Dat zullen je collega's je wel verteld hebben.'

Ze drukte haar lippen in zijn nek, Van In liet haar begaan. Hij had er geen idee meer van hoe hij zich moest gedragen. Het enige waar hij aan dacht was dat hij de vrouw die naast hem zat onmogelijk kon beschouwen als een koele killer. Ja, ze had een en ander meegemaakt in het verleden, maar ze was duidelijk een slachtoffer, geen dader. Was hij heel objectief in zijn oordeel? Waarschijnlijk niet. Maar zijn speurdersinstinct had hem nog niet vaak bedrogen. De vraag was alleen of er op dit moment andere instincten waren die het even hadden overgenomen.

Pascale knoopte zijn hemd los en legde haar lippen op de zijne. Haar tong zocht zich langzaam een weg in zijn mond. Van In gaf zich over en kuste haar hartstochtelijk. En terwijl ze elkaars kleren uitdeden, lag hij even niet meer wakker van de vraag wat er nu precies gebeurd was in het huis van Jurgen Swerts. Hij dacht ook niet meer aan het feit of de zelfmoord van Els Michiels wel degelijk een geval van zelfdoding was geweest. En het jammerlijke overlijden van priester Lanoye kon hem al helemaal niets schelen.

Het enige waar hij zich op dat moment zorgen over maakte, was dat zijn bandrecorder alles nog aan het opnemen was.

Ken Capiau keek de donkere straat af, verborgen in een nis, uit het licht van de lantaarn. Hij was nog niet vaak bang geweest in zijn leven. Alles wat hij deed was een aaneenschakeling van toevalligheden geweest. Zelden had hij moeten nadenken, dat deden anderen wel voor hem. Als hij gewoon volgde, kwam altijd alles goed.

Het hielp natuurlijk dat hij rijke ouders had, waardoor hij van nature al een voorsprong had in zijn leven. Bovendien was hij enig kind, waardoor hij nooit had leren knokken. Hij kreeg altijd de grootste cadeaus, hij kreeg altijd de laatste chips uit het kommetje, hij hoefde geen speelgoed te delen met een broer of een zus, hij was altijd het lievelingetje van zijn ouders. Dat totale gebrek aan concurrentiestrijd had hem weinig weerbaar gemaakt, en extra vatbaar voor de invloed van personen die hem met tegenslagen hielpen om te gaan.

Toen hij klein was, was dat zijn vader geweest. Viel iemand de kleine Ken lastig op de speelplaats? Vader Capiau kwam als een witte ridder de vijandelijke kleuter een lesje leren, ook al hadden de kleuterjuffen hem al herhaaldelijk gezegd dat een volwassen man geen kleine kinderen moest lastigvallen. En ook die leerkrachten moesten het vaak ontgelden. Boodschappen dat de kleine Ken niet zo goed kon volgen en misschien een klas moest overdoen, werden steevast genegeerd. Zelfs sterker, het falen van de eigen zoon werd afgewenteld op het slecht functioneren van de leerkracht in kwestie, en bevestigd door de directeur, die in de zak van vader Capiau zat door de vele giften die hij aan de ouderraad deed.

Ook tijdens het opgroeien hoefde Ken zich weinig zorgen te maken. Vrienden kon hij makkelijk kopen door steevast de grootste cadeaus van het verjaardagsfeestje te geven. Als puber werd hij niet geplaagd door acne, dankzij de intensieve behandelingen die zijn ouders bekostigden. Andere jongeren keken naar hem op omdat hij altijd de laatste mode droeg, met de hipste fiets reed en de nieuwste singles kon spelen op zijn Dual-platenspeler. En zodra Jurgen zich over hem ontfermde, behoorde hij tot de elite van de Sint-Lodewijksschool. Andere leerlingen hadden ontzag voor hem, kwamen hem spontaan hun vieruurtjes geven, droegen zelfs zijn boekentas als hij dat wenste. Ken keek met een warm gevoel terug op die tijd, het was fijn om boven aan de voedselketen te staan.

In het werkende leven had Ken het moeilijker gehad. Hij veranderde om de haverklap van werk, omdat hij nergens zijn draai kon vinden. Zonder diploma vond hij geen werk waar hij de anderen onder de knoet kon houden en deze keer kwam zijn vader niet tussenbeide als hij werd lastiggevallen door een veeleisende chef. Hij begreep niet dat respect niet afgedwongen kon worden door iemands hoofd onder je oksel te steken of door te dreigen met een pak slaag.

Maar nu was hij dus zelf bang. Omdat hij niet zeker wist waar de dreiging vandaan kwam. Geen vervelende kleuters, geen strenge leerkrachten of aan zijn hoofd zeurende bazen, geen concrete personen die hij het hoofd kon bieden of kon afdreigen. En dat maakte hem zenuwachtig. Na het nieuws van de dood van Jurgen had hij besloten het heft in eigen handen te nemen. Hij moest te weten komen wie er achter de moorden zat en ervoor zorgen dat het stopte. Voor hij zelf aan de beurt was. En hij wist precies waar hij moest beginnen.

Hij stak de straat over en bestudeerde de deur van het huis waar hij moest zijn. Hij scheen met een zaklamp op het slot, glimlachte bij de eenvoud ervan en haalde zijn gereedschap tevoorschijn, twee smalle metalen pincetten. Het slot was in een mum van tijd open, een handigheid die hij van zijn collega's in de drukkerij had geleerd, wanneer ze zich toegang wilden verschaffen tot het kantoor van de directeur waar steevast flessen sterkedrank in het bureau verstopt zaten.

Het huis was donker en stil. Ken wierp een blik in de woonkamer, waar enkel nog halflege wijnglazen stonden als herinnering aan een gezellige avond. Hij nam een van de glazen, rook eraan en slokte dan de resterende helft naar binnen. Goede smaak had ze nog altijd.

Langzaam sloop hij de trap op, zorgde ervoor dat de oude houten treden niet kraakten. Af en toe bleef hij staan om te luisteren. Niemand had zijn aanwezigheid opgemerkt. Bovenaan op de trap bleef hij staan, werd hij plots zenuwachtig. Wat kwam hij eigenlijk doen? Hij had informatie nodig, maar waar dacht hij die te vinden? Een moordenaar hield geen dagboek bij met een verslag van al zijn daden.

Dan moest hij de informatie maar uit haar halen. Hij keek naar de gesloten deuren en gokte welke de slaapkamer was. Voorzichtig opende hij de eerste deur. Hij was mis, hij zat in haar werkkamer. Met een glimlach liet hij de lichtbundel van zijn zaklantaarn over de klasfoto's gaan, die netjes naast elkaar hingen. Ze hadden mooie tijden beleefd, jammer dat er zo'n abrupt einde aan was gekomen.

Bij de tweede deur was het wel raak. Hij hoorde gesnurk, vrij luid voor een vrouw. De lucht in de kamer was muf, het rook er naar zweet. Hij schuifelde langs het bed en boog zich voorover.

En ging weer rechtop staan.

Ze was niet alleen.

Naast haar zag hij in het lichtschijnsel de flik die bij hem op bezoek was geweest. Jurgen had gelijk gehad, ze was inderdaad iets met hem begonnen. De slet. Dat was typisch voor haar, zich aanschurken tegen de macht, ervoor zorgen dat ze de nodige bescherming had. En daarvoor gooide ze haar hele lichaam in de strijd.

Ken kon het niet laten om even de deken opzij te schuiven. Hij slikte. Pascale had geen kleren aan. Hij liet zijn blik begerig over haar mooie vormen glijden. Zijn tong likte aan zijn lippen, zijn handen gleden naar beneden. Met de top van zijn wijsvinger streelde hij over haar heupen, over haar buik en over haar borsten. Hij hijgde zwaarder.

Pascale kreunde in haar slaap. Was dat door hem? Naast haar rolde de flik om. Ken schrok op uit zijn gedachten, realiseerde zich de aanblik van de situatie. Hij moest hier weg, moest later terugkomen. Hij draaide zich om en haastte zich om weg te komen.

En knalde hard met zijn hoofd tegen de deur.

17

De luide klap deed Van In bijna uit zijn bed tuimelen. In het donker duurde het even voor hij besefte waar hij was. Niet in zijn eigen bed, maar in dat van Pascale. Hij tastte naar het nachtkastje naast zich, maar er stond er geen. Juist, Pascale had er slechts een in haar slaapkamer, aan haar kant van het bed. Hij kwam overeind. Wat was dat lawaai geweest?

En toen zag hij de schim in de deuropening. Iemand wreef over zijn hoofd, schudde het heen en weer. Van In voelde naast zich, Pascale lag nog in bed. Er was dus iemand te veel in de kamer. Op slag was hij klaarwakker. Licht, hij moest licht maken, hij moest zien wie het was. Maar de lichtknop zat aan de kant van de deur. Hij moest ernaartoe.

Hij kwam overeind, met niets meer dan een onderbroek aan, en schuifelde langs de rand van het bed naar de deur. De indringer zag het gebeuren en glipte de gang in. Moest hij hem laten gaan? Wat kon hij beginnen in zijn onderbroek tegen een inbreker die misschien wel gewapend was? Maar op dat moment voelde hij zich meer politieagent dan halfnaakte man en hij zette de achtervolging in.

In de gang knipte hij het licht aan, net op tijd om een man bovenaan op de trap te zien staan. Van In aarzelde niet en wierp zich naar voren. Zijn armen klemden zich rond het middel van de man, die zijn evenwicht niet meer kon houden en naar voren viel. Samen buitelden ze van de trap. Van In stootte zijn hoofd meermaals tegen de treden en bleef beneden even versuft liggen.

De man kwam sneller overeind dan hij en wilde het op een lopen zetten. In een reflex haakte Van In zijn been en bracht hem ten val. De man haalde uit met zijn schoen en raakte Van In in zijn gezicht. Even kreeg hij spijt dat hij de optie om in zijn bed te blijven liggen niet had genomen, maar toen er bloed in zijn mond sijpelde, stroomde er een stoot adrenaline door zijn lichaam. Hij nam de voet van de man in beide handen en draaide aan het been. Een schreeuw klonk door het huis.

De man begon opnieuw te schoppen en Van In moest zijn greep lossen. Hij keek om zich heen, waren er hulpmiddelen die hij kon gebruiken? In de verte stond een houten beeld van een naakte vrouw, maar daar kon hij niet meteen bij. Naast hem stond een bijzettafel met daarop een foto van Pascale in een houten lijst. Het was een foto van haar eerste jaar als leerkracht, waarop ze trots de sleutels van haar klas toonde. Ze zag er prachtig uit in haar hemd met korte mouwen en haar brede blauw-wit gestreepte broek. Maar er was geen tijd voor sentiment. Van In nam de lijst en gooide hem naar het hoofd van de man. Hij raakte hem tegen zijn slaap, de lijst barstte in stukken en even sloeg de man met zijn hoofd achterover. De fotolijst was echter niet stevig genoeg om de man uit te schakelen. Van In nam het bijzettafeltje bij een van de poten vast en zwaaide het door de lucht. Deze keer raakte hij zijn belager in de maag. De man kromp in elkaar en tastte naar zijn buik.

De pijn maakte ook bij zijn tegenstander de nodige kracht en woede los, want in plaats van nog te willen vluchten, stortte hij zich vol op Van In. Die voelde de knieën in zijn hals en even kon hij niet meer ademen. De lucht verdween uit zijn longen, terwijl de man hem steeds harder naar beneden drukte. Zijn energie vloeide langzaam weg. Even leek alles stil te staan. Hij bekeek wie er op zijn keel zat. Zwarte vlekken mengden zich met lichte en het duurde even voor hij doorhad dat hij naar het haar van de man aan het kijken was. Donker haar met geblondeerde piekjes. Ken Capiau.

Hij vloekte. Hij ging zich toch niet laten doen door een klootzakje dat zoveel leed had veroorzaakt? Door een trouwe soldaat die niets anders deed dan bevelen opvolgen? Tegelijk vroeg hij zich af waarom Capiau dan hier was. Het was zijn gewoonte te gehoorzamen, maar wiens bevel volgde hij op nu Jurgen dood was?

Van In strekte zijn armen, tot hij met zijn handen Capiaus gezicht vond. Zijn vingers spreidden zich en hij drukte met zijn duimen in zijn ogen. Capiau schreeuwde en minderde de druk op Van Ins keel. Die zoog de lucht in zijn longen en vocht tegen de draaiingen in zijn hoofd. Hij duwde Capiau van zich af.

Dit waren de momenten die hij moest grijpen. Geen tijd om langzaam bij te komen, hij moest nu handelen. Maar het was moeilijk, want hij had het gevoel dat Capiau alle kracht uit zijn lichaam had geknepen. Hij stond op, scande de omgeving, Capiau deed hetzelfde. Van In zette een stap opzij naar de tafel, greep naar de bijna lege fles wijn en hield die achter zijn rug. Capiau stormde naar voren, met de houding van een bokser die klaarstaat om een uppercut te verkopen. Ali tegen Foreman, rumble in de jungle van Pascale. Alleen had Ali vast nooit verwacht dat Foreman een fles wijn vanachter zijn rug tevoorschijn zou halen om hem daarmee een fikse klap op zijn hoofd te verkopen. De fles brak in stukken, maar dat hield Capiau niet tegen om zich op Van In te gooien en hem over de tafel te smijten. Van In voelde de poten kraken onder zijn gewicht, de tafel klapte in elkaar. Van In viel op zijn rug op het hout en voelde ook de wijnglazen breken onder zijn lichaam. Hij rolde naar opzij, scherven prikten in zijn vel. Een stekende pijn trok door zijn lichaam, bloed vermengde zich met resten rode wijn.

Van In steunde op een knie en drukte zich omhoog. Hij nam Capiau bij een arm en slingerde hem over de bank. Daarna sprong hij zelf over de leuning en boorde op zijn beurt zijn knieën in Capiaus maag. Eindelijk waren de rollen omgekeerd. Capiau begon te schoppen en te slaan, Van In weerde de pogingen af. Hij probeerde de handen van Capiau samen te brengen, en besefte te laat dat hij geen handboeien bij zich had. Het enige waarmee hij iets zou kunnen samenbinden was zijn onderbroek, en hij was niet geneigd om die in volle actie uit te spelen.

Capiau merkte zijn aarzeling en maakte van de gelegenheid gebruik om een elleboog in zijn kruis te planten. Van In kromp in elkaar en moest zijn greep lossen. Capiau gooide hem van zich af, Van In vloekte. Hij had zich als een beginneling laten vangen, al kon hij zich niet herinneren dat hij in zijn opleiding ooit in zijn ondergoed had moeten worstelen. Hij zou het als tip aan De Kee meegeven.

Hij zocht iets om mee te gooien. Op de kast stond Pascales telefoon, hij rukte de draad los en smeet het ding naar de vluchtende Capiau. Hij raakte hem op zijn hoofd, maar niet hard genoeg om hem te stoppen. Hij rende naar de gang, waar Capiau al bij de deur stond. Hij mocht hem niet laten gaan.

Van In greep een paraplu uit de paraplubak en sloeg hard naar Capiau. De punt van de paraplu raakte zijn schouder en Capiau klapte bijna dubbel. Maar in plaats van te vluchten, draaide hij zich om, nam een andere paraplu en kwam dreigend op Van In af. Hij haalde uit, Van In weerde af en zette een stap achteruit. Als twee ridders kruisten ze de degens. Met een hand achter de rug verdedigde Van In zich stijlvol tegen de onbeholpen houwen van Capiau, die de paraplu als een tweehandig zwaard hanteerde. Bij een van de missers van Capiau kon Van In tegenprikken en hem in zijn nek raken. Zijn tegenstander boog even voorover, maar capituleerde niet. Integendeel, hij richtte zich op, slaagde erin de paraplu van Van In vast te grijpen en naar beneden te drukken. Hij had nu vrij baan om te slaan en hij hakte naar de weerloze Van In, die de slagen in zijn gezicht incasseerde. Hij voelde zijn zicht minderen door het bloed dat uit zijn wenkbrauwen sijpelde. En met de nederlaag in zicht begon ook de pijn op te komen, die hij tot nu toe had kunnen onderdrukken.

En toen stopte het salvo van Capiau. Met open mond zakte hij op de grond. Van In keek verbaasd op. Achter Capiau stond Pascale, met het gebroken houten beeld van de naakte vrouw in haar handen.

Zijn huid prikte toen Van In water in zijn gezicht plensde. Hij stond in de toiletten van het politiekantoor en keek in de spiegel boven de wastafel. Zijn rechteroog was gezwollen, zijn gezicht was geschaafd en zijn keel zag rood. Versavel had hem zo goed en zo kwaad als het kon opgelapt met de EHBO-kit die in hun kantoor lag, ook al had hij er eerst op aangedrongen dat Van In langs de spoed zou gaan. Maar Van In wilde geen tijd verliezen met doktersbezoeken.

Nadat ze van de eerste schok waren bekomen, en nadat ze hun kleren hadden aangedaan, had Van In zijn collega's opgebeld om Capiau te komen halen. Daarna had hij Versavel uit zijn bed gebeld en hem opgedragen naar kantoor te komen. Hij wilde van het moment gebruikmaken om Capiau te ondervragen, al moesten ze er de hele nacht voor wakker blijven.

Hij verliet de toiletruimte, zijn lichaam kraakte. Aan de verhoorkamer bleef hij staan en keek door het geblindeerde glas naar binnen. Capiau zag er minstens even gehavend uit als hijzelf. Versavel zat bij hem en schoof hem een kop koffie toe. Van In liet hem nog even sudderen voor hij de ruimte binnenstapte en met een klap een schrift op de tafel gooide. Hij was niet van plan om bij deze ondervraging de *good cop* te spelen.

'Ik ben zeer benieuwd naar uw uitleg, meneer Capiau. Kon u me niet missen? Kickt u op naakte flikken?'

Capiau keek hem kwaad aan. Hij liet de kop koffie ronddraaien op de tafel, maar antwoordde niet.

'Juist, u had het niet zo voor homo's. Wist u dat degenen die er het hardst tegen zijn, het vaak zelf zijn?'

Van In knipoogde naar hem. Hij zag vanuit zijn ooghoek Versavel met zijn ogen rollen. Voor zijn collega was dit geen onderwerp om te misbruiken, maar voor Van In waren alle middelen nu toegestaan. Types als Capiau hadden een harde hand nodig. Die moest je uit hun kot lokken.

'Ik val niet op mannen', bromde Capiau.

'Wat deed u dan wel in het huis vannacht?'

Capiau dronk van zijn koffie, hij won tijd. Maar er was niemand die hem iets zou influisteren, niemand die hem een bevel zou geven. En dat maakte hem zenuwachtig, hij raakte zijn oriëntatie kwijt.

'Ik kwam voor Pascale.'

Van In keek trots naar een snee in de wang van Capiau. Die had hij gemaakt met een mooie zwaai tijdens het paraplugevecht. En toch zou hij niet graag een ridder in de middeleeuwen zijn geweest. Hij had nu al een hekel aan een das die te strak rond zijn hals werd gestropt, laat staan dat iemand hem in zo'n onwrikbaar harnas zou hijsen.

'En wat is er tegenwoordig mis met aanbellen? Of met op voorhand even een telefoontje plegen?'

'Ik had haar al gebeld.'

Van In ging wat rechter op zijn stoel zitten. Hij schreef iets op in zijn schrift, maar dat was meer voor de schijn. Hij was er gerust op dat Versavel alle belangrijke dingen noteerde. Hij wilde vooral onthouden dat hij bij Pascale controleerde of Capiau echt had gebeld. Ze had er immers nooit iets over gezegd. Waarom niet?

'En wat heeft ze gezegd?'

'Ze wilde me niet zien.'

'Zei ze ook waarom niet?'

Capiau glimlachte, voor de eerste keer sinds hij in de verhoorkamer zat.

'Nee, ze gebood me enkel om te gaan rotten in de hel.'

Het klonk niet als iets wat Pascale zou zeggen, vond Van In. Maar er waren wel meer kanten van Pascale die hij nu pas leerde kennen.

'Dat klinkt in elk geval niet hetzelfde als een uitnodiging om 's nachts in te breken. Maar toch besloot u dat wel te doen.'

'Haar deur stond open.'

Versavel zette zijn kop iets krachtiger op tafel dan de bedoeling was. Koffie spatte op en drupte over de randen. Hij boog zich voorover naar Capiau.

'Stop nu maar met die uitvluchten, meneer Capiau. We weten allebei dat die deur niet open was. Dus ik zou het appreciëren dat u even stopt met die onzin en gewoon antwoordt op de vragen.'

Tot zover het *good cop, bad cop*-principe. Versavel had net van hen allebei boze agenten gemaakt. Sommige ondervraagden lokten dat nu eenmaal uit.

'Wat kwam u doen bij mevrouw Lareine?'

'Ik wilde meer informatie.'

'Waarover?'

Van In zag Capiau twijfelen. Ongetwijfeld schoot het door zijn hoofd dat hij recht had op een advocaat en dat hij niet op alles wat hem werd gevraagd, verplicht was te antwoorden.

Maar hij leek onzeker, niet gewend zelf initiatief te nemen.

'Ik wilde weten wat ze over ons had verteld.'

'Aan wie?'

'Aan jullie.'

Van In had het gevoel dat hij dit gesprek al een keer had gehad. Pascale had hem precies hetzelfde verteld over Jurgen Swerts. Die was ook informatie komen vragen. En nu kwam Capiau hetzelfde doen. Hadden Capiau en Swerts nog contact gehad?

'Wat zou ze aan ons verteld kunnen hebben?'

'Weet ik veel. Dat zullen jullie beter weten dan ik, niet?'

Van In bonkte met zijn vuist op de tafel. Hij werd het stilaan beu om al die vage verhalen aan te horen. Iedereen was op zoek naar informatie, maar niemand kon die geven. Directeur Duden veegde zo veel mogelijk onder de mat om zijn school te vrijwaren. Lanoye had hetzelfde gedaan om zijn leerlingen te beschermen, al bleef het onduidelijk waarom hij dat precies had gedaan. En alle hoofdacteurs van de feiten leken hun eigen act vergeten te zijn, want ze zochten allemaal naar informatie, ook al waren ze er zelf bij geweest. Was het een kwestie van collectieve dementie of waren ze zich echt van geen kwaad bewust? Het deed Van In steeds meer beseffen dat maar één iemand over alle informatie beschikte: de dader.

Kwamen ze daarom allemaal langs bij Pascale?

Hij schudde zijn hoofd, hij kon het niet geloven. Er moest iets zijn dat hij over het hoofd zag. Maar hij besloot de denkpiste in deze ondervraging niet te negeren.

'Was u bang dat Pascale u zou vermoorden?'

Capiau schrok van de onverbloemde vraag. Op slag werd zijn uitdrukking zachtaardiger.

'Nee, Pascale zou dat nooit doen.'

'Nee?'

'Ik denk dat Jurgen in die richting dacht. Maar ik geloof het niet.'

Van In had een verandering in zijn houding gezien. Er zat een vlaag van genegenheid in de manier waarop hij over Pascale sprak. Daar moesten ze op doorgaan.

'Waarom niet?'

Capiau antwoordde niet meteen. Er zat een flauwe glimlach om zijn lippen. Van In liet de stilte zo lang duren als nodig was. Op een gegeven moment hield Versavel het even voor bekeken en laste hij een plaspauze in. Van In keek op zijn horloge. Halfvijf. Het zou niet lang meer duren voor de zon opkwam. Maar daar zouden ze hier niet veel van merken, in de verhoorkamer was het eeuwig nacht. Capiau begon zachtjes te knikkebollen. Pas toen Versavel terugkwam met drie nieuwe koffies, besloot Van In om opnieuw te beginnen.

'Was u verliefd op Pascale?'

Versavel keek hem vragend aan. Maar Van In knikte zelfverzekerd, het was een beredeneerde gok.

'In het vijfde hadden we een relatie.'

Het kostte Van In moeite om geen reactie te tonen. Hij had aan Pascale gevraagd of ze een relatie had gehad met Jurgen Swerts, iets wat ze had ontkend. Zou het dan niet logisch geweest zijn dat ze over haar relatie met Capiau was begonnen? Waarom had ze dat verzwegen?

Of was het niet waar?

'Vertel', was alles wat Van In kon uitbrengen.

'Pascale was een lekker ding. Daar was iedereen op school het over eens. Alleen dachten wij altijd dat ze op oudere mannen viel.'

Dat klopte alvast, wist Van In. Pascale viel toen al voor Lanoye. Alleen was haar leerkracht te oud voor haar. En een priester, dat hielp niet.

'Maar op een dag begon ze me briefjes te sturen in de klas.'

Van In lette op de woordkeuze van Capiau. Het was Pascale die Capiau benaderde. Of hoorde hij wat hij graag wilde horen?

'In het begin antwoordde ik vrij kort. Ik schreef ook niet zo graag. Maar ze bleef sturen.'

'Was u op dat moment al close met Lanoye?' vroeg Van In.

Capiau leek verrast door de vraag.

'Geen idee. Ik denk het wel. Wat heeft dat ermee te maken?'

Van In wuifde het weg, hij mocht Capiau nu niet afleiden.

'Niets, vergeet het. Ga verder.'

'Ze wilde absoluut met me afspreken na school. Die kans liet ik niet liggen. Jurgen was stikjaloers.'

Capiau leefde helemaal op. Hij keek uitdagend naar Van In. En eigenlijk hoefde hij zich er niets van aan te trekken. Híj was nu toch samen met Pascale? Hij had geen enkele reden om jaloers te zijn op andere mannen. En toch vond hij het niet fijn om Capiau over haar te horen vertellen.

'Hoelang zijn jullie samen geweest?' vroeg Versavel, die voelde dat hij het gesprek moest overnemen.

'Twee maanden.'

'En wie heeft het uitgemaakt?'

Nu verdween de glimlach van Capiaus gezicht.

'Pascale.'

Van In had de neiging om op te springen en te beginnen lachen. Hij wilde naar Capiau wijzen en op zijn borst kloppen. Maar hij beheerste zich, zelfs na een lange nacht moest hij professioneel blijven.

'Waarom?'

Opnieuw zweeg Capiau. Alsof hij alle momenten opnieuw beleefde. De hoogtepunten, de euforie van de prille relatie, de eerste kus en wie weet wat nog meer. Maar ook het pijnlijke einde, het vervelende gevoel van gedumpt te worden. Versavel en Van In lieten hem begaan, hij mocht antwoorden in zijn eigen tempo. Zij hadden tijd.

'Ze vond me te dom', kwam het er na een tijd uit.

En ook al was het een harde conclusie, het kwam niet als

een verrassing voor Van In. Bonobo's deelden meer dan 98% van hun DNA met mensen, en vermoedelijk 99% met Ken Capiau. Van In dacht aan het verhaal van Pascale, over hoe ze van school had moeten veranderen door de pesterijen. Deze informatie kon een nieuw element toevoegen.

'En dat kon u niet zomaar laten gebeuren.'

Capiau zat nu helemaal in het verleden. Hij staarde in de verte, alsof Van In en Versavel niet meer aanwezig waren.

'Jurgen vond dat we haar een lesje moesten leren.'

'U niet?'

Capiau haalde zijn schouders op. Het was een gebaar van de gehoorzame onderdaan. Niet nadenken over de bevelen van de leider, wat hij zegt uitvoeren.

'Is dat het moment waarop de roddels begonnen?'

Capiau keek verbaasd op. Hij leek het verrassend te vinden dat iemand dingen wist over hun schooltijd.

'Welke roddels?'

'Dat Pascale met verschillende jongens naar bed ging. Dat je tegen betaling aan haar borsten mocht voelen.'

Capiau reageerde er niet op. Hij vond het waarschijnlijk niet de moeite waard om aan terug te denken. Maar Van In wilde nu doorvragen, hij had het gevoel dat er ergens informatie zat die een doorbraak kon betekenen.

'Hebt u de brief aan Lanoye in haar boekentas gevonden?'

Voor Capiau leek het alsof nu pas verschillende puzzelstukken samenvielen. Alsof hij nu pas besefte wat de reden was dat Pascale van school was veranderd.

'Dat was Jurgen.'

Van In zuchtte. Was dit de enige keer dat Capiau voor zichzelf dacht? Jurgen was dood, dus het was het perfecte moment om hem de schuld in de schoenen te schuiven. Tegelijk moest hij zich afvragen: was dat belangrijk? Waarom focuste hij zo hard op de pesters? Uiteindelijk moest hij te weten komen wie de moorden op Lanoye, Michiels en Swerts op zijn geweten had. Of haar geweten. Het was iemand die wraak wilde nemen voor wat er vroeger was gebeurd. En hoe meer Van In te weten kwam, hoe meer de naam van Pascale naar boven kwam. Wat vertelde ze hem en wat niet? Speelde ze een spel met hem of niet?

'Wist u dat Pascale een relatie met Lanoye had?'

'Nee.'

Loog hij? Van In probeerde het van zijn gezicht af te lezen, maar er viel nauwelijks een uitdrukking op te bespeuren.

'Wilde u Lanoye daarom uit de weg ruimen?'

Het was een mogelijkheid, bedacht Van In. Dat Capiau nog steeds verteerd werd door jaloezie en iedereen die op Pascales pad kwam, een lesje wilde leren. Het zou wel hun theorie van de pesters verstoren. En misschien nog belangrijker: was hij dan zelf in gevaar?

'Daar heb ik niets mee te maken. Lanoye was mijn vriend.'

Normaal gezien was het de verdachte die in de verhoorkamer verteerd werd door onzekerheid. Door de duizenden gedachten die door het hoofd schoten. Maar nu was het Van In zelf die niet wist wat hij moest denken, wat de toekomst zou brengen, wie hij nog mocht geloven en wie niet.

Ze lieten Capiau zitten en trokken zich terug in hun kantoor. In de gangen van het gebouw sijpelden de eerste vroege vogels binnen, collega's die in tegenstelling tot Van In wel makkelijk uit hun bed geraakten. Van In wreef zijn ogen uit en ging op zijn bureau zitten. Hij had schrik dat als hij in zijn stoel plofte, hij in slaap zou vallen.

'Pascale probeerde om dichter bij Lanoye te komen door met Capiau aan te pappen', zei hij.

Versavel keek op, hij stond bij het koffieapparaat.

'Dat is niet wat Capiau heeft gezegd.'

Van In tikte tegen zijn neus.

'Zie je dit, Guido? Dat is een speurdersneus. Als ik alleen moest afgaan op wat getuigen vertelden, zou ik niet veel zaken oplossen. Ik luister aandachtig en leg dan dingen samen.'

Versavel was niet onder de indruk van zijn betoog. Hij wees op Van Ins kruis.

'Zie je dat, Pieter? Dat is een mannenpenis. Die lopen mannen achterna als ze een mooie vrouw zien. En op dat moment werkt die speurdersneus heel wat minder goed.'

Tegenover iedereen anders had Van In boos gereageerd, maar nu kon hij erom lachen.

'Ik wed dat dat niet in het handboek van onze opleiding staat!'

Versavel overhandigde hem een kop koffie. De hoeveelste was dat ondertussen al? Als hij er nog veel dronk zou hij de hele dag ontwenningsverschijnselen vertonen.

'De naam van Pascale komt bij heel wat ondervragingen terug', zei Versavel. 'Het wordt tijd dat je haar ook eens officieel ondervraagt.'

'Dat heb ik ook ge...' begon Van In, maar hij bedacht op dat moment dat zijn bandrecorder nog bij Pascale lag. Hij moest het bandje zo snel mogelijk gaan ophalen, zodat ze de informatie zo snel mogelijk bij de rest van de feiten konden voegen. Misschien niet de informatie die helemaal op het einde van het bandje stond.

'Je bedoelt hier op kantoor?' vroeg hij.

Versavel knikte. 'Hier, in een aparte kamer, met een collega erbij. En een tafel tussen jullie in, zodat ze niet op je schoot kan kruipen.'

Van In wist dat hij geen keuze had, maar hij vond het allerminst een prettige gedachte. De vorige avond was al ongemakkelijk geweest, haar naar kantoor laten komen zou helemaal vervelend worden. Hij kon alleen maar verliezen. Als Pascale toch iets met de moorden te maken had, dan zou hij worden afgestraft omdat hij tijdens het onderzoek een relatie had met een verdachte. Als ze onschuldig was, zou ze het hem kwalijk nemen dat hij haar niet had geloofd.

'Doe maar', knikte hij.

Versavel toetste haar telefoonnummer in en liet de telefoon overgaan. Na tien keer rinkelen legde hij op.

'Ze is er niet.'

Hoe kon dat nu? Was ze nu al het huis uit?

'We zullen straks langsgaan, misschien is ze dan wel thuis.'

'Eerst een koffie in café Vlissinghe?' vroeg Versavel.

Van In schudde zijn hoofd. 'Wie gaat er nu zo vroeg in de ochtend al op café?'

'Een snel dutje thuis dan?'

'Goed idee. Ik kan het gebruiken.'

Ze wandelden door de gangen, pikten onderweg nog het verslag op dat hun collega's hadden gemaakt van de verhoren van de vorige dag en de opvolging ervan, en liepen dan verder naar de uitgang. Maar heel ver kwamen ze niet. Aan het eind van de gang doemde de gestalte van De Kee op. Hij zag er niet blij uit, wat voor Van In betekende dat het een eerder gewone ochtend was. Hij hield hen staande en bekeek Van In van top tot teen.

'Wat had dat te betekenen vannacht?'

'Ik heb me echt op de zaak gesmeten', antwoordde Van In.

'Dat zie ik, ja. Waarom heb je Capiau in het holst van de nacht naar kantoor meegenomen voor een ondervraging?'

Van In zweeg. Kon hij openlijk toegeven dat hij na de ondervraging bij Pascale was blijven slapen? Het zou hem gegarandeerd problemen opleveren. Misschien haalde De Kee hem zelfs van de zaak. Maar hij kon toch ook niet liegen tegen zijn overste?

'Ik was in de buurt, toen ik een verdacht individu bij het huis van mevrouw Lareine zag. Ik ben erop afgegaan en heb hem kunnen overmeesteren. Hij zit in de verhoorkamer en wordt straks naar een cel overgebracht.'

Het was niet helemaal gelogen. Hij was inderdaad in de buurt van Pascales huis geweest. Heel erg in de buurt zelfs. De Kee schudde echter zijn hoofd.

'Je bent tegenwoordig wel vaker toevallig in de buurt. Eerst bij de school, nu hier.'

Van In hief zijn handen. 'Speurdersgeluk, baas.'

De Kee rolde even met zijn ogen. 'Capiau gaat niet naar een cel. We kunnen hem niet aanhouden. Heeft hij iets bekend?'

Van In vloekte inwendig. Gelukkig was hij zo moe dat hij voor een keer niet onbeleefd reageerde tegen De Kee. Hij twijfelde of hij de waarheid moest vertellen. Als bleek dat Ken Capiau had ingebroken en een agent had aangevallen, hadden ze redenen genoeg om hem hier te houden. Maar hij kreeg het niet over zijn lippen. Hij moest aan het grotere geheel denken. Als hij van de zaak werd gehaald, liepen er verschillende mensen gevaar.

'Nee.'

'Dan is er geen reden om hem hier te houden. Ik reken op een uitgebreid verslag van de aanhouding en de ondervraging.'

Van In vroeg zich af hoe De Kee zou reageren als Capiau in zijn getuigenis vermeldde dat Van In in zijn onderbroek met hem had gevochten. Misschien moest hij toch maar eerlijk zijn.

'Komt in orde. We zorgen ervoor dat hij snel achter de tralies zit. Voor zijn eigen goed trouwens. In de gevangenis zullen we hem beter kunnen beschermen.'

De Kees aandacht was geprikkeld.

'Hoe bedoel je?'

'De moordenaar heeft het duidelijk op het groepje pesters gemunt. Na Lanoye, Michiels en Swerts zou Capiau wel eens de volgende kunnen zijn.'

De Kee hief zijn hand op.

'Wacht even. Drie moorden? Ik dacht dat er twee waren?'

Van In knipperde met zijn ogen. Een nieuwe golf van vermoeidheid overmande hem.

'Lang verhaal. We vermoeden dat de zelfmoord van Els Michiels geen zelfmoord was.'

De Kee was zichtbaar geïrriteerd dat hij niet op de hoogte was van de nieuwe wendingen in de zaak.

'Deze middag op mijn bureau, Van In. Dan gaan we er nog eens helemaal door.'

Van In knikte. Hij was blij dat De Kee eindelijk echt interesse toonde in de zaak. Het werd tijd dat hij besefte dat de theorie van de grensoverschrijdende priester allang de prullenmand in was gegaan. Ze namen afscheid en liepen verder naar de uitgang. Aan de balie stopte Versavel nog even.

'Moeten we Capiau geen bescherming aanbieden?'

Van In twijfelde even. Het voelde niet goed om een eikel als Capiau te beschermen, maar hij wist dat Versavel gelijk had. Als hun theorie klopte, dan was de dader inderdaad het rijtje aan het afgaan.

'Goed idee. Ik loop nog even langs De Kee om zijn toestemming. Het is gevaarlijk als Capiau nu in zijn eentje door de straten gaat zwerven.'

'Commissaris?'

De stem kwam vanachter de balie. Daar zat Begga, die al twintig jaar steevast de vroege shift voor haar rekening nam. Van In glimlachte naar haar.

'Ja?'

'Ik hoorde jullie praten. Hadden jullie het over Ken Capiau?'

Van In grijnsde. Als je op het politiekantoor informatie wilde, moest je niet naar het kantoor van De Kee. Gewoon even langs Begga passeren en je was meteen op de hoogte van de laatste gesprekken.

'Die zal niet alleen door de straten zwerven. Hij is net opgehaald.'

Van In fronste zijn wenkbrauwen. Wie wist er allemaal dat Capiau hier in de verhoorkamer zat? Of had hij zijn ouders opgebeld?

'Opgehaald? Door wie?'

'Dat weet ik niet. Een jonge vrouw. Knap gezichtje.'

Van In en Versavel keken elkaar aan. Dit kon niet waar zijn.

'Donker haar?' vroeg Van In. 'Ongeveer een meter zeventig?'

'Precies.'

Van In vloekte zo luid dat het tot in de bovenste kantoren van het gebouw te horen was.

'Verdomme. Pascale!'

18

Het moment van besluiteloosheid duurde in werkelijkheid enkele seconden, maar in het hoofd van Van In leek het een eeuwigheid. Begga hielp hen door een stuk papier van een blocnote te scheuren en het naar hen toe te schuiven.

'Dit is de nummerplaat van de auto waarmee hij is opgehaald.'

Versavel keek haar dankbaar aan, Van In eerder vertwijfeld.

'Dank je, Begga', zei Versavel.

'Ik wist niet eens dat Pascale met de auto kon rijden', merkte Van In op.

Ondanks het gebrek aan slaap en de verrassende mededeling van Begga begonnen de acties die nodig waren snel vorm te krijgen in zijn hoofd. Hij zag ze voor zich opgesomd op een denkbeeldige flipchart.

'Laat de nummerplaat seinen. Iedereen moet uitkijken naar die auto. Trommel extra patrouilles op, er zijn er nu nog veel te weinig op pad.'

'Ik denk niet dat er al veel collega's op het kantoor zijn', zei Versavel.

'Dan bel je hen uit hun bed. Stuur twee auto's naar Ken thuis. Zeg dat ze moeten klaarstaan om in te grijpen.'

'En wat doen wij?'

'Wij gaan naar Pascale thuis. Maar niet alleen, ik wil versterking.'

Het voelde ongelooflijk verkeerd om met verschillende patrouilles naar Pascale te rijden, maar hij kon nu geen risico's meer nemen. Nadat Versavel alle instructies aan dispatching had doorgegeven, volgde Van In hem naar de auto die voor het kantoor geparkeerd stond.

'Ben je niet te moe?' vroeg hij aan Versavel, terwijl hij zijn gordel vastklikte. 'Anders moeten we aan iemand anders vragen om te rijden.'

'Gaat wel', antwoordde zijn collega, die de motor startte met zijn sleutel en koppelde. 'Het is niet ver.'

Ze reden in stilte. Alleen het gemompel door de boordradio verstoorde de rust. De meeste meldingen waren louter informatief: er werd aangegeven waar een patrouille precies was en of er iets verdachts te melden was. Meestal niet.

Maar toen ze stopten voor het huis van Pascale, kwam er een oproep voor Van In.

'Commissaris?'

Van In nam de boordradio in de hand.

'Van In luistert.'

'We staan voor het huis van Ken Capiau. Hier is niemand te zien.'

'Zijn jullie al binnen geweest?'

'Nog niet.'

'Dan gaan jullie nu naar binnen.'

Van In voelde de aarzeling door de draad heen. Hij had ze verwacht.

'Hebben we wel...'

'Jullie gaan nú naar binnen. Dat is een bevel!'

Hij liet de knop om te kunnen spreken los en haalde diep adem. Het slaaptekort maakte hem prikkelbaar. Meestal kon hij daar wel mee leven. Een dag moe zijn op het werk zorgde er meestal voor dat hij scherp stond en dat hij tegelijk alles wat meer kon relativeren. Nu niet.

Versavel keek in de achteruitkijkspiegel, waar een kleine groene Amedee aan bengelde.

'De versterking is er ook. Zullen we naar binnen gaan?'

Van In legde zijn hand op Versavels arm.

'Wacht nog even.'

Het duurde lang voordat er opnieuw een belangrijke melding kwam door de boordradio.

'Het huis van Capiau is helemaal leeg.'

Van In knikte, ook al kon de gesprekspartner aan de andere kant van de lijn dat niet zien.

'Dan zitten ze hier. We moeten naar binnen.'

Hij stapte de wagen uit en zag dat zijn collega's ook naar de deur liepen. Ze hadden een kleine ijzeren balk bij zich, klaar om de deur in te beuken. Van In hield hen tegen.

'Nog geen stormram. Ik zal eerst aanbellen.'

'Wacht!'

Versavel kwam aangelopen met een zwart vest in zijn handen. Van In schudde zijn hoofd.

'Een kogelvrij vest? Is dat niet wat overdreven?'

'Je weet maar nooit. Ik kan je niet zonder laten gaan.'

Van In wilde eerst discussiëren, maar hij wist dat ze daar geen tijd voor hadden. En Versavel zou blijven doorbomen. Met tegenzin trok hij het aan en drukte op de bel. Hij voelde zich belachelijk.

Het bleef stil.

Hij drukte nog eens. En opnieuw. Hij bleef bellen zolang hij kon, zolang hij de mogelijkheid had om de troepen tegen te houden. Ze moest thuis zijn, hij wilde geen andere optie aannemen. Hij kon zich niet hebben vergist in Pascale. Het zou vernederend zijn voor zijn speurdersinzicht.

Maar de deur bleef gesloten. Van In sloot even zijn ogen en wenkte dan zijn collega's.

'Open de deur maar', bromde hij zacht.

Een man in donkere kleding en met een zwarte helm op schoot naar voren en liet de ram achteruitzwaaien. En net op dat moment ging de voordeur open. De man kon het gevaarte nog net in bedwang houden. In de deuropening verscheen Pascale, met slaperige ogen en een inderhaast aangetrokken niemendalletje. Van Ins hart maakte een vreugdesprong. En tegelijk wilde hij tegen zijn collega's zeggen dat ze niet zo moesten staren.

'Pieter, wat gebeurt er?'

Van In keek zenuwachtig heen en weer. Wat moesten zijn collega's denken als ze hem zo aansprak? Of was de roddel van hun relatie ook al door het politiekantoor gegaan? Zoals bij de meeste bedrijven gingen commentaren sneller rond dan goede evaluaties. Hij ademde luid, de vermoeidheid woog op hem.

'Ga maar naar binnen.'

Het kwam er harder uit dan hij van plan was geweest. Zijn zenuwen stonden strak gespannen. Achter hem deelde Versavel bevelen uit. Hij liet de andere patrouille in de wagen plaatsnemen en de wacht houden voor het huis, terwijl hij zelf Van In mee naar binnen duwde.

'Waar was je daarnet?' vroeg Van In zodra Versavel de deur had gesloten. Pascale week een beetje achteruit, ze leek bang te zijn.

'Hier natuurlijk. Ik sliep. Ik heb een zware nacht gehad, zoals je weet.'

Ze hield zich met een hand vast aan de trapleuning, met de andere probeerde ze ervoor te zorgen dat haar negligé alles bedekte wat bedekt moest worden. Van In liet zijn ogen begerig over haar lichaam gaan, ook al was het niet de juiste gelegenheid, noch het moment. Het contrast met enkele uren eerder, waarbij datzelfde lichaam op alle manieren over en om hem heen had gekronkeld, kon niet groter zijn.

'Waarom neem je de telefoon niet op?'

Pascale giechelde, van de zenuwen. 'Ten eerste, omdat ik dus sliep. En ten tweede, misschien nog wel belangrijker, omdat je daarstraks mijn telefoon hebt stukgesmeten.'

Van In kon zich wel voor het hoofd slaan. Hij had de telefoon uit de muur gerukt om Capiau te kunnen raken. Natuurlijk kon ze dan niet gebeld worden. Hij wierp een blik in de woonkamer en zag dat die nog steeds een puinhoop was. Hij raapte snel de bandrecorder op van de vloer en stopte die in zijn zak.

'Hoe ben je zo snel thuisgeraakt?'

Pascale keek even naar Versavel, een smekende blik, alsof Versavel haar moest vertellen dat Van In gek aan het worden was, alsof alles wat ze meemaakten niet echt was. Of speelde ze dat maar?

'Ik ben toch niet weggeweest?'

'Waarom heb je Ken Capiau opgehaald?'

'Ken Capiau? Die hebben jullie hier daarstraks toch meegenomen?'

Van In knikte naar Versavel.

'Doorzoek het huis. We moeten zeker zijn.'

'Pieter, waarom geloof je me niet?'

De vraag die hij niet had willen horen. Hij geloofde haar wel, hij wilde haar geloven, maar op dit moment wist hij niet meer wie hij nog kon vertrouwen. Hij kon alleen nog maar op zeker spelen. Versavel fluisterde in zijn oor dat hij rustig moest blijven en glipte dan langs Van In de trap op.

'Pieter?'

Ze zette een stap naar voren, kneep in zijn schouder. Hij verstijfde.

'Is er iets gebeurd?'

Hij antwoordde niet, probeerde na te denken. Kon het echt zijn dat ze Capiau had opgehaald en naar hier gebracht? Of was ze ergens anders met hem naartoe gegaan en was ze daarna snel naar huis gegaan om haar alibi te laten kloppen? Of had ze gewoon geslapen?

Toen Versavel hoofdschuddend naar beneden kwam, wist hij het helemaal niet meer. Zonder nog iets tegen Pascale te zeggen, draaide hij zich om en liep hij naar buiten. Versavel volgde in zijn zog, Pascale bleef als bevroren aan de trap staan, probeerde hen niet tegen te houden.

'Toch maar even langs café Vlissinghe?' vroeg Versavel toen ze buiten stonden.

Van In knikte. Hij had dringend iets anders dan koffie nodig.

Herman schrok toen Van In geen koffie bestelde, zoals de meeste mensen die op dat uur in het café zaten, maar meteen voor een Duvel ging.

'Alles oké?' vroeg hij, terwijl hij ook de thee voor Versavel noteerde.

'Breng nu maar gewoon', knikte Van In.

Toen het schuimende goud voor zijn neus stond, legde hij zijn handen om het koude glas en nipte hij voorzichtig. Het bezorgde hem een rilling, een stroomstoot die hij nodig had na alle haast onwerkelijke gebeurtenissen van die nacht.

'Wat is er aan de hand, Guido?' vroeg hij na enkele slokken. 'Welke informatie ontbreekt er nog?'

Versavel dronk bedachtzaam van zijn thee, merkte dat die te warm was en zette zijn kop nog even weg.

'We weten te weinig over de periode op de school. Alles wijst daarnaartoe, alle getuigen hebben er al over gesproken en toch weten we iets niet.'

Van In wist dat Versavel gelijk had. Er waren dingen gebeurd op het Sint-Lodewijkscollege die nauwelijks te verzinnen waren. Hij kon het niet bevatten dat jongeren elkaar zo de duvel konden aandoen. Hoe ontstond zoiets?

'Hoe kunnen mensen zulke erge dingen doen? Ze weten toch dat het verkeerd is?'

'Groepsdruk', antwoordde Versavel. 'Je zou verbaasd zijn wat mensen doen voor iemand anders. Je hoeft het niet zo ver te zoeken. Kijk naar de Tweede Wereldoorlog. Denk je dat al die Duitse soldaten een hekel hadden aan de inwoners van de veroverde landen? Natuurlijk niet, maar er was een charismatische leider die hen vertelde dat ze goed bezig waren, die hen af en toe figuurlijk over de bol aaide. En hen wijsmaakte dat zijn verhaal het juiste was. En dan doen mensen dingen die ze anders nooit zouden doen. In Rusland net hetzelfde. Eeuwenlang hebben mensen geleerd dat ze de tsaren moesten volgen. En wanneer ze zich daar dan eindelijk van hebben bevrijd, komt er een knakker als Stalin, die ook zegt dat hij weet wat goed voor hen is. En dus doen ze gewoon wat hij zegt.'

Van In kon zich niet voorstellen dat iemand hem ooit kon dwingen om het kruis van Jezus Christus op iemands gezicht te plakken.

'Waarom kwam er dan niemand tegen in opstand?'

Versavel antwoordde niet meteen. Hij had het verslag van de verhoren uit zijn tas genomen en bladerde erdoor. Na een tijdje keek hij op.

'Omdat ze niet durven. Mensen kijken altijd naar anderen. Als er op straat een gevecht ontstaat, denk je dan dat de mensen tussenbeide zullen komen? Nee, ze kijken naar elkaar, hopen dat iemand anders ingrijpt. Groepen mensen hebben een eigenaardige dynamiek.'

Van In besefte dat Versavel gelijk had. De mens was een eigenaardig wezen. Maar na al die jaren had er toch één iemand besloten dat het alsnog tijd was om in opstand te komen. Als een persoonlijk oorlogstribunaal dat de krijgsheren van vroeger retrospectief wil straffen.

'De meeste verhoren hebben weinig opgeleverd', zei Van in. 'Iedereen heeft een alibi en slechts weinigen hebben een echt motief. Tom Houben heeft misschien nog wel het beste motief.'

Versavel wees op een pagina uit het verslag. 'En geen al te best alibi. Zijn collega's denken dat hij op kantoor aanwezig was toen Swerts werd vermoord, maar ze zijn er niet zeker van. Als consultant loopt Houben in en uit, dus niemand let erop wanneer hij aanwezig is.'

Van In besefte dat ze te hard op Pascale gefocust waren geweest. Met Houben hadden ze iemand die in het reine met zichzelf wilde komen. En om dat te doen, moest hij eerst afrekenen met degenen die hem hadden uitgemaakt voor wat hij echt was. Pas als zij weg waren, kon hij opnieuw openlijk voor zijn geaardheid uitkomen.

'Laten we hem oppakken?'

'Ik zorg ervoor', zei Versavel. 'We nemen geen risico's meer.'

Hij legde het verslag ondersteboven, zodat Van In mee kon lezen.

'Laten we toch ook Annelies Moeyersoon niet vergeten', knikte Versavel. 'Wat ze met haar hebben gedaan is ongezien. Ze vond het zelfs goed dat Swerts dood is.'

'Welke kleur van haar heeft zij?'

Versavel moest er even over nadenken. 'Bruin.'

Ze keken allebei op.

'Fuck', zei Van In. 'Ze had toch een alibi voor Lanoye?'

'Voor de reünie wel. Toen was ze in het ziekenhuis. Maar voor de ochtend waarop Swerts is vermoord kan enkel haar vriendin bevestigen dat ze thuis was.'

'Haar vriendin kan liegen.'

Van In leegde zijn Duvel in één teug en sprong op. 'We moeten ernaartoe.'

Het was een gok, maar ze moesten iets doen. Eerst zouden

ze langs Moeyersoon rijden en ondertussen lieten ze Houben oppakken. Het voelde als meppen naar een vervelende mug op een warme zomernacht: wild in het rondslaan en hopen dat je iets raakt. Maar alles was beter dan lijdzaam toekijken en wachten tot er meer doden vielen.

Toen ze café Vlissinghe wilden verlaten, botsten ze op Vanmaele, die hijgend naar binnen kwam gelopen.

'Hier zitten jullie!'

Van In was meteen gealarmeerd. Was het de Duvel die hem weer scherper had gemaakt of had de rust van het café hem weer energie gegeven? Vanmaele kwam hen niet zomaar zoeken.

'Zocht je ons?'

'Iedereen zoekt jullie. Hebben jullie het nieuws nog niet gehoord?'

Van In en Versavel keken elkaar aan. Vanmaeles woorden voorspelden weinig goeds. Vanmaele wierp een blik op hun tafel en ging met zijn tong over zijn lippen.

'Nu al aan de Duvel? Ik lust er anders ook wel eentje.'

Van In knipte met zijn vingers voor Vanmaeles gezicht.

'Wat is dat nieuws?'

'Juist.'

Vanmaele keek hen ernstig aan.

'Ze hebben Ken Capiau gevonden.'

Vanmaele reed mee met Van In en Versavel naar de Astridlaan, net buiten het centrum. Capiau woonde in een van de verouderde villa's daar. Van In hield zich niet zo bezig met de prijzen van de huizen, maar hij vermoedde dat Capiau het huis met wat hulp van thuis had verkregen. Zelfs nu Capiau een volwassen man was, bepaalden zijn ouders waarschijnlijk zijn doen en laten. Van In zag de witte tent al van ver staan, op enkele honderden meters van het huis. Daarnaast stond een auto half op het voetpad.

'Wie heeft hem gevonden?' vroeg Van In.

'Een van de patrouilles die aan zijn huis stond', antwoordde Vanmaele. 'Omdat ze hem niet vonden, zijn ze wat gaan wandelen om de tijd te doden. En toen zagen ze hem liggen.'

'Vreemd dat niemand anders hem heeft ontdekt. Of vinden de buren het hier normaal dat er dode mensen op straat liggen?'

Vanmaele schudde zijn hoofd, terwijl hij de omgeving monsterde. Hij was zich nu al aan het voorbereiden op het onderzoek dat hij zo meteen zou moeten voeren.

'Het lichaam lag onder de auto. Je zag het niet meteen liggen. Maar de agent in kwestie herkende de nummerplaat en is dan beginnen te zoeken.'

Versavel parkeerde de auto in de buurt van de tent en ze stapten uit. De zone was afgebakend met politielint, al was het voorlopig nog niet echt nodig. De meeste toeschouwers bevredigden hun nieuwsgierigheid vanuit hun eigen tuin of vanachter de geborgenheid van hun vensters.

'Dus de auto is effectief de auto waarmee hij is opgehaald?'

Toen Van In een blik op de nummerplaat wierp, kende hij het antwoord eigenlijk al.

'Klopt. Het blijkt zijn eigen auto te zijn.'

Van In bleef verbaasd staan.

'Iemand heeft hem opgehaald met zijn eigen auto?'

Had Pascale toegang tot de auto van Capiau? Van In kon het niet geloven. Zou ze van bij haar thuis naar de Astridlaan zijn gefietst om daar de auto van Capiau op te halen, om er hem vervolgens bij het politiekantoor mee op te pikken? En dan moest ze daarna opnieuw naar Capiau rijden, hem vermoorden en dan op de fiets weer naar huis. Het was absurd bijna. Maar mathematisch was het ongetwijfeld mogelijk.

Van In wendde onmiddellijk zijn blik af toen ze de witte tent betraden. Capiau lag helemaal in zijn blootje, op zijn rug, zijn gezicht en zijn lichaam waren zwaar verminkt.

‘Zijn we er zeker van dat het Capiau is?’

‘Het is Capiau’, zei Versavel, die wel bleef kijken.

Een hele nacht hadden ze de man ondervraagd, in de hoop een spoor naar de dader te vinden. In de hoop nieuwe misdaden als deze te kunnen verijdelen. In de hoop zelfs verachtelijke figuren als Ken Capiau te kunnen beschermen. Maar dat was hen niet gelukt.

Van In sloeg met zijn vuist tegen een van de palen van de tent. Het gevaarte daverde. Versavel legde zijn hand op zijn schouder.

‘We konden het niet tegenhouden, Pieter.’

Maar daar was Van In nog niet zo zeker van. Wat als hij de volledige waarheid had verteld? Over de inbraak van Capiau, over hun gevecht? Dan had hij nu misschien nog in de cel gezeten, veilig weggestopt voor de moordenaar. Of was het slechts uitstel van executie geweest?

‘Van In, kijk.’

Vanmaele zat op zijn knieën bij het slachtoffer en had een stuk van het zeil dat het lichaam bedekte weggehaald. Tegen zijn zin keek Van In naar beneden. Op de borst van Capiau stond iets geschreven.

When she goes nee nee nee nee

Deze keer hoefde Van In niet naar de platenwinkel om uitleg te vragen. Zelfs hij wist welke liedjestekst hier verbasterd werd.

‘The Radios’, mompelde hij.

Versavel schreef de tekst over op een blocnote. ‘We hadden al de baas, Jurgen Swerts, de boekhouder, Els Michiels, en de leerkracht die niets deed, Lanoye. En nu dit. Het lijkt niet meteen op een rol in de bende.’

‘Er staat ook “she”, niet “he”’, zei Van In. ‘Er is iets dat hij bij vrouwen deed. En dat wil de dader ons duidelijk maken.’

'Of de dader is zelf een vrouw', opperde Vanmaele.

'Kan allebei', knikte Van In, waarbij hij hard zijn best deed om op dat moment niet aan Pascale te denken.

Hij probeerde helder te redeneren, maar dat was moeilijk in de kleine tent, op nauwelijks een meter afstand van een verminkt lijk.

'Hoe is hij gestorven?'

Vanmaele antwoordde niet meteen, liet eerst zijn ogen nog eens over het lichaam glijden.

'Eerste indruk? Maar pak me achteraf niet op mijn woorden.'

'Natuurlijk niet.'

'Hij is overreden door zijn eigen auto.'

'Iemand heeft hem met zijn auto aangereden?' vroeg Versavel.

'Nee, dat zeg ik niet. Er is echt een auto over hem gereden, meermaals. En ik zie weinig sporen van verzet. Dus als het dezelfde dader is als bij de vorige moorden, zou ik zeggen dat Capiau eerst verdoofd is geweest en dan overreden.'

De werkwijze van de dader was telkens dezelfde. De slachtoffers werden verdoofd en daarna omgebracht met iets dat op dat moment voorhanden was. Een chemisch product bij Lanoye, drugs bij Els Michiels en een kussen bij Jurgen Swerts. En nu de auto van Ken Capiau. Wist de moordenaar wat hij zou doen of was het telkens een ingeving van het moment? Van In besefte dat er te veel informatie door zijn vermoeide hersenen vloeide. Hij moest stap per stap te werk gaan, het was de enige manier om niets meer over het hoofd te zien.

'Laat Pascale naar het politiekantoor komen', zei hij tegen Versavel. 'En zeg haar dat ze niet mag vertrekken voor ik er ben.'

'Laat ik haar oppakken?'

'Nee, we hebben niet genoeg. Zorg ervoor dat ze vrijwillig

komt. En stuur iemand naar Annelies Moeyersoon en naar Tom Houben.'

'Komt in orde. En wat doen wij ondertussen?'

Van In wierp nog een laatste blik op het lichaam van Capiau. De moordenaar was hen twee keer te snel af geweest, en nu hadden ze nog één kans om dat goed te maken. Het laatste slachtoffer mocht geen slachtoffer worden.

'Wij gaan naar Karen Severs. Laat alvast een patrouille voor haar huis postvatten.'

19

Van In drukte zes keer achter elkaar op de bel, om extra duidelijk te maken dat er geen tijd te verliezen was. Karen Severs keek boos toen ze de deur opende, klaar om de herriemaker zijn vet te geven, maar ze schrok toen ze zag dat er politie voor haar neus stond.

'Mevrouw Severs, kunnen we u even spreken?'

Ze knikte en ging hen voor naar de traphal. In haar appartement controleerde Van In onmiddellijk de ramen en trok hij de gordijnen een beetje dicht. Alsof er op een van de daken van de omliggende gebouwen een sluipschutter kon liggen. Hij stak kort zijn hand op naar de anonieme wagen waar zijn collega's in zaten.

'Ik ga niet rond de pot draaien, mevrouw Severs,' stak Van In meteen van wal. 'We hebben goede redenen om aan te nemen dat u in gevaar bent.'

Severs keek hem met grote ogen aan en ging dan op de versleten bank zitten. Van In kon zich voorstellen dat nieuws als dit moeilijk te bevatten was. Hij voelde zich als een dokter die een slechte diagnose kwam meedelen.

'Heeft het met Jurgen te maken?'

'Onder andere. U weet wat er met meneer Swerts is gebeurd?'

Ze knikte alleen maar.

'We hebben deze ochtend de heer Capiau teruggevonden.'

Ze keek op. 'Ken? Is hij ook...?'

'Helaas.'

Severs stond op en liep naar de keuken. Ze kwam terug met een glas water dat ze in één teug leegdronk. De witte ronde klok tikte de seconden weg, zette als een metronoom de gedachten van Van In op een rijtje. Hij kreeg trek in koffie, hij wilde de opkomende vermoeidheid tegengaan. Maar het was niet het moment om erom te vragen.

'En nu denken jullie dat ze achter mij aan komen.'

Van In was blij dat ze zelf de conclusie trok. Het zou haar helpen aanvaarden dat haar leven de komende tijd op pauze werd gezet. Leven onder bescherming was geen pretje. Elke vorm van zelfbeschikking verdween, alle spontaniteit werd tijdelijk stopgezet. Geen ongeplande wandelingen meer, niet meer onverwacht een uitstap maken. Al kreeg hij in dit appartement het gevoel dat het leven van Severs al een tijd geleden was stopgezet. De woonkamer getuigde van een troosteloze stilstand, alleen de houten parasolvoet die vorige keer in de hoek had gestaan was verdwenen.

'Klopt. Er staat al een patrouille voor uw deur. We zullen u dag en nacht bewaken.'

Meestal waren het slachtoffers die bewaking kregen. Mensen die er weinig aan konden doen dat iemand achter hen aan zat. Bij Severs was het anders. Zij had het leven van verschillende medeleerlingen tot een hel gemaakt. In opdracht, dat wel, maar ze had het wel gedaan. En dus voelde het niet helemaal natuurlijk om haar te beschermen.

'En als jullie haar niet vinden?'

'We zullen haar wel...'

Van In stopte abrupt. Waarom sprak Severs over een zij? Van In was volop voorstander van een gelijkwaardiger behandeling van vrouwen in alle onderdelen van de maatschappij, maar het was verrassend dat iemand over een moordenaar sprak in de vrouwelijke vorm. Het was geen verspreking geweest.

'Waarom denkt u dat het een vrouw is?'

'Iemand is wraak aan het nemen. En dan zijn er maar twee personen aan wie ik denk.'

Versavel en Van In zwegen, Severs had duidelijk veel tijd gehad om na te denken. Deze ontboezeming kwam niet uit het niets.

'Annelies of Pascale.'

Ze was tot dezelfde conclusie gekomen als Van In en Versavel. Van In was vooral benieuwd naar haar versie van de feiten. Konden ze nog een ontbrekend stuk van de puzzel leggen? Nu Severs met de dood bedreigd werd, zou ze misschien wel het achterste van haar tong laten zien. Hij ging voor haar staan.

'Verklaar u nader.'

'Annelies heeft afgezien. Jurgen en Ken hadden haar eruit gepikt als ultiem slachtoffer.'

'Waarom zij?'

Severs haalde haar schouders op.

'Weet ik veel. Misschien konden ze haar niet krijgen. Misschien had ze een keer te veel met hen gelachen. Annelies stond lang boven hen, het liet haar koud dat ze de stoerste jongens van de school probeerden te zijn.'

Van In dacht terug aan de opvliegende Jurgen Swerts. Een meisje dat niet spontaan op haar knieën voor hem viel, was vast een doorn in het oog geweest. Het zou anderen het vertrouwen hebben kunnen geven om ook in opstand te komen. Dus hadden ze haar extra hard aangepakt, ze hadden een voorbeeld gesteld, om te laten zien dat ze het meenden. Zoals gijzelnemers die een gijzelaar doodden om de politie te tonen dat ze zich niets in het hoofd moest halen. Een keiharde, maar uiterst effectieve maatregel.

'En waarom neemt ze dan nu nog wraak, na al die jaren?'

'Geen idee. Jullie zijn de politieagenten, niet ik.'

Het viel Van In op dat Severs vooral over Jurgen en Ken sprak als daders van de pesterijen. Ze bleef de schuld doorschuiven.

'En mevrouw Lareine?'

Severs antwoordde niet meteen. Ze had tranen in haar ogen en beet op haar lip.

'We waren altijd goede vriendinnen. Pascale stond hoog op de sociale ladder en mijn personage sloot daar mooi bij aan. Maar het was geen strategisch bondgenootschap, we hadden elkaar echt graag. Ze was de enige die mijn geheim kende.'

Van In ging op de bank zitten. Versavel had zijn schrijfgerei erbij genomen en noteerde.

'Waarom zou ze dan nu wraak willen nemen?'

'Zodra ze met Ken begon aan te pappen veranderde alles. Nee, veranderde zij. Ze wilde dat ik meedeed met de spelletjes van de jongens.'

Versavel bladerde even terug in zijn notities.

'Ik dacht dat u dat deed om hoger in de pikorde te staan?'

Ze schudde het hoofd.

'Dat was achteraf meegenomen. Maar ik moest wel meedoen, omdat Pascale dreigde mijn geheim te verklappen.'

Van In worstelde met verschillende gevoelens. Zou Pascale echt zoiets doen? Misschien was ze op dat moment verblind geweest door de liefde. Mensen doen gekke dingen als ze verliefd zijn. Al kon hij er nog steeds niet bij dat Pascale iets begonnen was met een leeghoofd als Ken.

'Dus u gehoorzaamde?'

'Ik heb jullie al uitgelegd hoe moeilijk het is om uit de vicieuze cirkel van de armoede te stappen. Ik was niet van plan Pascale dat te laten verknallen.'

Versavel bladerde verder in zijn boekje.

'Maar uiteindelijk werd Pascale zelf gepest.'

Severs kreeg een verbeten blik op haar gezicht.

'Ken vond het niet zo leuk dat ze het had uitgemaakt. Ik heb haar ook niet verdedigd, ik was kwaad op haar. Maar dat had ik misschien beter wel gedaan.'

'Waarom?'

'Dan had ze nu al die moorden niet hoeven te plegen.'

'Mag ik al gaan?'

Van In knikte met tegenzin. Zijn collega's hadden net het alibi van Annelies Moeyersoon gecontroleerd. Ze was de hele ochtend in het ziekenhuis aan de slag geweest. Ze kon onmogelijk Ken Capiau aan het politiekantoor hebben opgehaald. In combinatie met het gegeven dat haar vriendin haar een alibi verschafte voor de moord op Swerts en dat ze bij Lanoye een hele dag had moeten werken, hadden ze geen enkele reden om haar vast te houden.

'En hebben we al nieuws van Houben?'

'Zijn vrouw zegt dat hij gisterenavond op businesstrip is vertrokken, maar volgens zijn collega's heeft hij vandaag een dag vrij genomen.'

'Hij is dus nergens te bespeuren?'

Versavel knikte verslagen. Hadden ze de dader laten ontsnappen? Had Houben wraak genomen op Capiau, zijn ultieme nemesis, en daarna de benen genomen, klaar om ergens anders een nieuw leven te beginnen? Zijn vrouw zou hem alvast niet missen.

'Laat alle eenheden naar hem uitkijken. En check of we een opsporingsbericht op televisie kunnen krijgen.'

Versavel knikte en wees dan naar de andere ondervragingsruimte.

'Dan schiet er nog één persoon over.'

Van In keek door het raam naar Pascale, die voorovergebogen zat, als een kwetsbaar vogeltje dat zich verstopt voor de roofdieren. Hij wilde haar in zijn armen nemen, beschermen tegen de boze wereld om haar heen. Alleen wist hij niet zeker meer of ze zelf geen roofvogel was, die zijn prooien al had verslonden. Hij ademde diep in en uit en stapte naar binnen, Versavel volgde discreet. Van In ging aan de andere kant van de tafel zitten.

'Je moet ons helpen, Pascale.'

Ze keek hem wanhopig aan.

'Hoe dan?'

'Door de waarheid te zeggen.'

'Dat doe ik toch?'

Van In kneep in de tafelrand tot zijn knokkels wit werden. Hij knikte naar Versavel en schoof zijn stoel achteruit.

'Doe jij maar.'

Versavel bladerde geduldig door zijn notities. Hier en daar pauzeerde hij en omcirkelde hij iets. Pascale werd er zichtbaar zenuwachtig van, maar ze zei niets. Ze maakte krulletjes in haar haren met haar wijsvinger en probeerde oogcontact te zoeken met Van In.

'Waarom heeft Ken Capiau u opgezocht?'

'Geen idee. Heeft hij dat zelf niet gezegd?'

'Hij beweert dat hij u wilde spreken. Hij zou al enkele keren gebeld hebben.'

'Hij liegt.'

Versavel zweeg weer even. Hij nam de tijd om zijn vragen voor te bereiden. Van In voelde de spanning in de kamer stijgen. Hij probeerde een punt te zoeken om zich op te fixeren, zodat zijn ogen niet voortdurend naar Pascale zouden glijden.

'U hebt een relatie gehad met Capiau', begon Versavel na een tijdje. 'Kunt u daar iets meer over vertellen?'

Pascale schrok van de onverwachte onthulling uit haar jeugd. Ze zocht opnieuw de blik van Van In, maar die probeerde weg te kijken. Probeerde.

'We zijn niet lang samen geweest.'

'Waarom niet?'

'Omdat we... omdat er geen match was tussen ons.'

'U vond hem te dom?'

Ze sloeg haar ogen neer, knikte. 'Ken was een klein kind in het lichaam van een bijna-volwassene. Hij kon niet voor zichzelf nadenken. Het enige wat hem interesseerde was laten zien dat hij sterker was dan de rest. Als een gorilla die zich voortdurend op de borst klopt om de leiding te nemen over de groep.'

Versavel schreef geduldig haar verklaring op. Hij dacht na voor hij zijn volgende vraag stelde.

'Ik kan me niet voorstellen dat u dat nog niet wist voor u iets met hem begon. Waarom hebt u dan toch toenadering gezocht?'

Van In leunde een beetje voorover. Dat was een zeer interessante vraag. Pascale had een geraffineerde manier van dingen naar zich toe te trekken. Hoe waren ze zelf begonnen? Hij had haar uitgevraagd, maar hij had altijd het gevoel gehad dat ze daar bewust op had aangestuurd.

'Ken kwam achter mij aan', antwoordde Pascale koel. 'Hij kon heel opdringerig zijn. Na een tijdje had ik het gevoel dat ik hem beter een kans kon geven. Anders zou hij me misschien iets aandoen.'

Versavel fronste zijn wenkbrauwen.

'Capiau heeft ons wel iets anders verteld.'

Pascale keek hem onbewogen aan. 'Het zou niet de eerste keer zijn dat Ken niet de waarheid vertelt.'

'U zou hem briefjes zijn beginnen te sturen.'

'Ik heb hem inderdaad briefjes gestuurd. Nadat hij was beginnen aan te dringen.'

Van In moest zich inhouden om niet tussenbeide te komen. Waarom kon er bij Pascale niets zwart of wit zijn? Waarom was er in alles wat ze zei, in alles wat ze deed altijd een grijstint te bespeuren? En tegelijk wist hij dat dat mysterieuze, dat ongrijpbare, hem juist zo aantrok. Hij wilde haar ontcijferen, haar code kraken. Maar hoe beter hij haar leerde kennen, hoe minder hij ervan overtuigd was dat dat zou lukken.

'Capiau was goed bevriend met Lanoye. Was u daarom in hem geïnteresseerd?'

Pascale bromde afkeurend.

'Dat zou een beetje zielig zijn, niet?'

'Ik heb daar geen mening over. Zijn de pesterijen begonnen nadat u het uitmaakte met Ken?'

'Ja. Dat konden ze niet laten gebeuren.'

Van In wilde zijn hoofd schudden. Ze had hem verteld dat ze niet wist waarom ze haar als slachtoffer hadden uitgekozen. Maar er was wel degelijk een duidelijk aanwijsbare reden. Waarom had ze daarover gelogen?

'Hoe was uw relatie met Karen Severs?'

Van In merkte dat Versavel van onderwerp veranderde. Het was duidelijk dat Pascale niet veel zin had om antwoorden te verschaffen, dus wijzigde hij zijn tactiek. Door de onderwerpen snel af te wisselen, konden ondervraagden in de war raken en kwamen er gaten in hun verdediging.

'We waren vriendinnen.'

'Waren?'

'We hebben elkaar al heel lang niet meer gezien.'

'Is er iets gebeurd toen jullie jong waren?'

'Zoals?'

Versavel bleef geduldig. 'Zoals een ruzie, een woordenwisseling, een vriendje afpakken. Weet ik veel wat meisjes van die leeftijd doen.'

'Ik ben van school veranderd en sindsdien heb ik haar niet meer gezien.'

Van In beet een stuk van zijn duimnagel. Geen woord over de ruzie die ze met Severs had gehad. Wilde ze het niet vertellen of had ze niet door dat ze haar vriendin in een lastige positie had gebracht?

'Het had niets met Ken Capiau te maken?'

'Natuurlijk niet', lachte Pascale. 'Was Karen daar verliefd op? Ze mocht hem hebben, geen probleem. Dat had ze gewoon maar even moeten vragen.'

Van In stond op van zijn stoel en ijsbeerde door de kamer. Ze moest hen iets geven, iets om verder op te werken. Want voorlopig klopte het verhaal niet. Ja, er was gepest geweest, en ja, het zou een wraakactie kunnen zijn, maar de personen die in aanmerking kwamen voor de moorden, hadden ofwel geen motief, ofwel een alibi. Kon Pascale Ken hebben opgehaald en vermoord en daarna terug thuis in bed zijn gaan liggen? Wat of wie zagen ze dan over het hoofd? Moesten ze terug naar Tom Houben gaan? Misschien konden ze zijn verklaringen nog eens controleren.

'Pascale, je moet ons echt helpen', zei hij nog een keer. 'We weten niet waar we moeten beginnen.'

Ze keek hem aan. Het was een liefdevolle blik, een smachtende haast, en Van Ins hart begon op slag sneller te slaan. Hij kon niet anders dan haar te geloven. Dit was geen vrouw die leugens zat te vertellen. Of wel?

'Vraag maar.'

'Waarom had Lanoye een beschermde status? Waarom kreeg hij zoveel voordelen van Duden?'

'Hij heeft hem geholpen.'

'Waarmee?'

'Lanoye was een leerkracht met invloed. Toen Duden directeur wilde worden, heeft Lanoye hem geholpen.'

Van In wist dat ze nu als leerkrachte sprak, niet als ex-leerlinge. In een leraarskamer gingen altijd verhalen rond, sommige aangedikt door de overlevering, maar de meeste wel met een kern van waarheid. Dit was er zo eentje. Het zou hen niet meteen helpen de dader op te sporen, maar het kon wel inzicht geven in de verhoudingen op de school.

'Hoe?'

'Door de tegenkandidaat te saboteren. Lanoye heeft het gerucht verspreid dat de andere kandidaat, ook een priester, niet van de kinderen kon afblijven. Niemand wilde zo iemand aan het hoofd van de school. Of het nu waar was of niet, niemand nam het risico.'

Van In schudde grimassend het hoofd toen hij de ironie van het verhaal besefte. Lanoye had Duden geholpen, waarop Duden Lanoye bleef steunen als die in een slecht daglicht kwam te staan door de strapatsen van zijn leerlingen. Maar zodra Lanoye dood was teruggevonden, had Duden zijn handen van hem afgetrokken. Lanoye had plots geen bescherming meer nodig, want zijn geheimen gingen mee in zijn graf. En Duden had De Kee zover gekregen om het ook niet te ver te zoeken. Nog liever een pedofiele priester op school dan een onderzoek naar het doen en laten op de school.

'En sindsdien kreeg Lanoye altijd waar hij om vroeg?'

Pascale knikte.

'En waarom beschermde hij Jurgen en co dan?'

Ze zweeg even. Ze leek te beseffen dat alles wat ze nu opbiechtte, kon overkomen als iets dat ze tegenover hem verzwegen had.

'Ze wisten dat hij relaties met vrouwen had.'

'En dan?'

'En dan? Dat was verschrikkelijk toen. Als iemand dat ontdekte, zou zijn hele status om zeep zijn. Alles wat hij had opgebouwd, de gerespecteerde figuur die hij was, alles weg.'

Van In had het moeilijk om dat te begrijpen. 'Hij was die hele kerk toch beu? Als zijn geheim uitkwam, dan was hij toch net verlost van al het geheimzinnige gedoe?'

'Zo werkt het niet. Als buitenstaander is het makkelijk praten, maar als je eenmaal in zo'n stramien zit, is het moeilijk om daaruit te breken.'

Hij zag Versavel knikken en besefte dat die waarschijnlijk aan Tom Houben dacht. Voor Houben zou het ook beter zijn om foert te zeggen en voor zijn geaardheid uit te komen. Het zou een opluchting kunnen betekenen. Maar toch deed hij dat niet, omdat het in zijn hoofd niet kon, omdat hij meende dat zijn leven dan juist slechter zou worden. En zo was het voor Karen Severs ook gegaan: haar dogma was dat arme mensen hun afkomst moesten verbergen, dat ze anders nooit gelukkig zouden kunnen zijn. En dat weerhield haar er nu van om te blijven proberen.

'Ze hadden zelfs compromitterende foto's van hem', ging Pascale verder. 'Lanoye was als de dood dat die verspreid zouden worden. Er was er een bij waarop Els hem kuste. Dat hij haar had weggeduwd, zag je natuurlijk niet op die foto. Maar als dat uitkwam, was zijn carrière voorbij. Dus koos hij hun kant, elke keer opnieuw. Dat vrat aan hem, maar hij zag geen uitweg.'

Van In was blij dat er een aantal dingen begonnen op te klaren in zijn hoofd. Maar tegelijk besefte hij dat het hem nog steeds niet dichter bij de moordenaar bracht.

'Wat kun je nog meer vertellen?'

Pascale zuchtte.

'Ik heb alles toch al verteld? Wat wil je nog weten, Pieter? Ik was een naïef meisje. Ik was verliefd op mijn leraar en daardoor deed ik domme dingen. Zoals met Ken. Maar moest ik daarvoor zo hard gestraft worden? Ik ben van school moeten veranderen, weet je wat dat doet met het zelfbeeld van een zestienjarig meisje? Maar ik ben blij dat ik het heb gedaan.'

Ze haalde een papieren zakdoek uit haar mouw en snoot erin.

'Want Jurgen, Els en Ken bleven gewoon verder doen. Ze

bleven slachtoffers maken. Zelfs tot in mijn nieuwe school gingen verhalen rond. Van hoe ze weer eens iemands fiets hadden vernield, of hoe ze een leerkracht zijn boterhammen hadden gestolen. Of hoe ze met de Honderd Dagenviering alles op stelten hadden gezet. Ze hadden een heldenstatus, maar het waren rotzakken. En soms...'

Ze snoot opnieuw en veegde met een schoon stukje zakdoek een traan weg.

'Soms ben ik blij dat iemand hen heeft gestraft.'

Van In aanschouwde zijn appartement en wreef over zijn achterhoofd. Zijn huisbaas was langs geweest en was de verwarming beginnen te herstellen. Maar halverwege was hij blijkbaar gestopt, want er lagen twee radiatoren losgekoppeld in zijn woonkamer. Het water was niet eens afgesloten, vocht sijpelde langzaam op de houten vloer, klaar om een vlek te maken die er niet meer uit te krijgen was. Devos had geluk dat Van In een moordenaar te klissen had, of hij had hem hoogstpersoonlijk naar zijn appartement gesleurd om de kamer te verwarmen met een haardroger. Als hij op dit moment zijn woning vergeleek met die van Karen Severs, leek het alsof hij zelf in armoede leefde. Hij zou blij zijn als hij weer naar zijn huis in de Vette Vispoort kon verhuizen. Als hij dat nog kon betalen, want als hij niet snel die moordzaken oploste, zag hij De Kee nog in staat om hem te degraderen.

Hij nam een snelle douche, deels omdat hij geen tijd te verliezen had, deels omdat er alleen maar ijskoud water uit de kraan kwam, en trok andere kleren aan. Hij weerstond de verleiding om een dutje te doen, zette koffie, kwakte twee koppen naar binnen en ging weer op pad. De frisse lucht deed hem deugd, maakte hem wakker. Hij dacht aan Pascale, die nu vast haar half vernielde huis aan het schoonmaken was. Had hij haar op het bureau moeten houden? Officieel kon hij haar niet vasthouden, officieus wilde hij dat ook niet. Hij had te weinig redenen voor een arrestatie, en nog steeds te veel vlinders in zijn buik om haar iets in de weg te leggen. Haar ondervraging had hem doen beseffen dat ze opnieuw naar de school moesten. Zolang ze niet wisten wat zich daar had afgespeeld, konden ze de dader niet vatten.

Deze keer had Versavel wel een officiële aanvraag gedaan bij directeur Duden, die verrassend snel had toegezegd. Van In vermoedde dat De Kee zijn vriend had aangemaand om toch wat meer mee te werken. Een dode priester kon toeval zijn, maar zelfs de hoofdcommissaris had ingezien dat er toch meer aan de hand was. Als deze zaak niet werd opgelost, zou dat ook voor De Kee zelf schadelijke gevolgen hebben, en er waren weinig mensen om wie De Kee meer gaf dan zichzelf.

Het was Cindy die Van In de weg wees naar het archief.

'Als u hulp nodig hebt, roept u maar, commissaris.'

'Dank je, Cindy', knipoogde Van In. 'Ik weet je te vinden.'

Hij liep langs de rekken met de dozen. Die van het schooljaar van de bende had hij al doorzocht, daar zou hij waarschijnlijk niet veel nieuws vinden. Hij las de opschriften op de andere dozen, waarvan er sommige ook thematisch waren: oudercomité, scholenveldloop, galabal, eindejaarsreis... Hij opende die van het galabal en ontdekte verschillende fotoboeken. Hij zocht naar het jaar van Swerts en Capiau. De foto's toonden trotse jongeren, die in het te wijde kostuum van hun vader paradeerden, of poseerden in te nauwsluitende jurken. Het deed Van In beseffen dat een relatie tussen Lanoye en een leerlinge als Pascale plots minder vergezocht was. De jongeren zagen eruit als volwassenen, het zou niet de eerste keer zijn dat een jonge leerkracht zich meer liet leiden door de fysieke capaciteiten dan door de verstandelijke.

Hij sloot de doos en liet zijn oog vallen op een exemplaar met 'Chrysostomos' op. Was dat niet hetzelfde als de Honderd

Dagenviering waar Pascale over had gesproken? Hij opende de doos en ontdekte verschillende kartonnen mappen. Opnieuw zocht hij naar het juiste jaartal. De map was niet echt geordend en bevatte foto's en aparte papieren. De foto's toonden de jongeren die de speelplaats op stelten zetten. Met scheerschuim, shampoo en bloem vielen ze de kinderen van de lagere jaren lastig. Die vonden dat overduidelijk niet prettig, maar dat zouden ze jaren later ongetwijfeld vergeten zijn en op hun beurt zelf de minder geslaagde traditie voortzetten.

Maar het waren niet de foto's die Van Ins aandacht trokken. Wel het papieren krantje dat opgevouwen in de map zat. Van In klapte het open en legde het op het rek voor hem. Het was een eenmalige editie van wat een schoolkrant moest voorstellen, speciaal uitgegeven tijdens de Honderd Dagenviering. Van In kon zich voorstellen dat het krantje over de hele school was verspreid, en dat zou alvast één iemand niet prettig hebben gevonden. Op de voorpagina stond Karen Severs afgebeeld, met verschillende foto's: bij een vervallen huis, in een schrale kamer, in een bosje terwijl ze zich aan het aankleden was en nog meer situaties die niet meteen flatterend waren. Er stonden grote koppen bij geschreven.

Dit is de echte Karen Severs
Op bezoek bij Karen Schooiers
Wat niemand wist
Schrale Severs kleedt zich om

Karen had verteld dat Pascale had gedreigd haar afkomst bloot te leggen. Maar ze had niet verteld dat iemand dat ooit echt had gedaan. Pascale kon hier niets mee te maken hebben, want die zat al op een andere school. Of had ze Swerts en co toch geholpen?

Van In keek naar de kleine letters op de voorpagina. Er

stond ook een verantwoordelijke uitgever bij: priester Lanoye. Hij had dus geweten dat dit gepubliceerd zou worden. En hij had het niet tegengehouden. Omdat hij gechanteerd werd. Hij koos voor zichzelf, niet voor een weerloze leerling.

Van In zette de doos terug op haar plaats en nam de krant mee. Hij moest dit zo snel mogelijk aan Versavel laten zien. Alle getuigen hadden deze krant onder ogen gehad. En niemand had er iets van gezegd. Dat betekende waarschijnlijk dat het voor velen niet zo belangrijk was geweest. Van In kon zich voorstellen dat de meeste jongeren bij het lezen zouden denken dat het een grap was. Dat ze er niet van wakker lagen. Maar hij was er zeker van dat Karen er wel van wakker had gelegen. Maar waarom had ze er dan nooit iets van gezegd?

20

Versavel racete door de Brugse binnenstad. Eventuele boetes moest De Kee achteraf maar voor zijn rekening nemen. Nadat Van In hem de krant van de Honderd Dagenviering had getoond, hadden ze besloten meteen naar Karen Severs te gaan. Van In besefte dat het onthullen van haar afkomst iets moest hebben getriggerd in haar hoofd. Zes jaar lang had ze haar best gedaan om zich anders voor te doen en vlak voor het afstuderen kwam haar leugen alsnog uit. Wat had dat met haar gedaan?

Versavel stopte in het midden van de straat en draaide zijn raampje open. Naast hem werd in de auto met hun collega's die het appartement bewaakten hetzelfde gedaan.

'Enige actie?' vroeg hij.

Ze schudden verveeld hun hoofd. Bewakingsopdrachten waren niet de meest geliefde. Het was voortdurend vechten tegen de verveling en tegelijk mocht je aandacht geen moment verslappen. Een spreidstand waar zelfs geoefende turners problemen mee zouden hebben.

Versavel parkeerde de auto en ze stapten uit. Van In draaide even weg toen hij te snel overeind kwam. Hij had nauwelijks geslapen en ook bijna niets gegeten. Alleen de koffie hield hem op de been, maar zijn lichaam liet weten dat het dat niet lang meer zou pikken.

Hij drukte zo hard op de bel dat het knopje bleef steken.

De bel bleef rinkelen, als een cd die hapert. Van In vond het prima, des te sneller zou Severs opendoen.

Maar dat deed ze niet.

Van In zette een stap achteruit, de straat op. Een auto scheerde langs hem heen, hij schrok.

'Verdomme, kun je niet uitkijken?'

Versavel trok hem terug het trottoir op.

'Misschien moet jij uitkijken als je de straat opstapt. Dat leren ze in de kleuterschool.'

'Grappig, Guido. In de kleuterschool leren ze ook dat je moet opendoen als er gebeld wordt.'

Van In drukte op de andere bellen van het appartementsgebouw. Net zo lang tot er iemand reageerde.

'Hallo?'

'Politie. Kunt u de deur openmaken?'

'Dat zeggen ze allemaal.'

Van In besefte dat hij in een buurt was terechtgekomen waar mensen misschien wel vaker overheidsdiensten aan hun deur hadden staan. Ze waren hier minder onder de indruk van zijn betoog.

'Dat kan goed zijn, maar ík meen het. Als u de deur niet binnen drie seconden openmaakt, dan laat ik u oppakken voor schuldig verzuim aan een driedubbele moord.'

'Wat?'

Versavel zuchtte.

'We geven u een boete voor sluikstorten en we komen langs met het OCMW om te kijken of u hun steun echt wel nodig hebt.'

Na een korte aarzeling werd de deur geopend. Versavel duwde ze hoofdschuddend open.

'Je moet weten waarmee je kunt dreigen, Pieter.'

'De deur is toch open?'

Aan de deur van Severs bonkten ze op het hout. Van In had

het gevoel dat als ze iets harder klopten de deur vanzelf uit haar hengsels zou vallen. Maar niemand deed open.

'Ze is weg', mompelde Van In.

'Dat kan toch niet?' reageerde Versavel. 'Dan zouden onze mannen haar hebben gezien.'

Van In keek om zich heen. Daarna stoof hij de trap af en liep door de hal. Achteraan in het gebouw was nog een deur, die uitkwam op een stenen koer. Van In stormde naar buiten en bestudeerde de krakkemikkige betonnen muren die de koer omheinden. In de hoek stond een kapotte tafel. Van In liep erheen en sprong erop. Hij voelde en hoorde het hout kraken, maar ze hield stand. Hij legde zijn handen op de bovenkant van de omheining en trok zich op. Aan de andere kant was een kleine parking voor de werknemers van de loods die daar stond. Van daaruit kon je zo naar een zijstraat vluchten, een straat die de patrouille vanuit de auto niet kon zien. Hij liet zich weer zakken en keek somber naar Versavel.

'Karen Severs is verdwenen.'

Pascale bleef voor haar voordeur staan. Ze was blij dat ze weer thuis was, dat ze de kille omgeving van het politiebureau achter zich kon laten. Ze besefte dat ze de school nog moest verwittigen dat ze niet kwam werken vandaag. Alleen werd dat moeilijk zonder telefoon. Ze zouden vast wel begrijpen dat ze vandaag een baaldag nam. Want dat was het best wel geworden. Waarom moest alles zo ingewikkeld zijn? Waarom kon ze niet gewoon gelukkig zijn, met een man naast haar op de bank, zonder dat die dat moest verzwijgen voor de andere priesters. Of zonder dat die haar van een moord verdacht.

Het was allemaal de schuld van Jurgen Swerts. Hij had haar laatste schooljaren verpest. De jaren die normaal de leukste waren op de middelbare school, had zij uit haar geheugen moeten wissen. Op de harde manier, met een hamer en een beitel had ze de herinneringen uit haar geheugen gekapt. Maar nu kwamen ze weer terug.

Exact op dezelfde manier had ze lang geleden voor het huis van Karen gestaan. Met bonzend hart, klaar om haar hart te luchten bij haar beste vriendin. Dat het huis van Karen klein en bedompt was, kon haar niet schelen. Ze zag niet hoe de schimmel het behangpapier wegvrat, of hoe de broertjes van Karen elkaar een arm omwrongen om een extra boterham te krijgen. Karen was haar vriendin, dat was alles wat telde. En die dag vertelde ze alles over de pesterijen van Jurgen, Ken en Els. Over hoe ze Ken had gedumpt, omdat hij zelfs bij de holbewoners de minst beschaafde zou zijn. Over hoe dat kwaad bloed had gezet en ze collectief achter haar aan waren gekomen. Hun tactieken waren vernuftig, ze zorgden ervoor dat de roddels zich op verschillende manieren verspreidden, zodat de oorsprong moeilijk te achterhalen was. En op het moment dat ze haar brief hadden gevonden, was Els door het lint gegaan. Wist Pascale veel dat Els ook een crush had op Lanoye. Waren er niet veel meisjes verliefd op hem? Maar Els had dat als een aanfluiting opgenomen, als de start van een rechtstreeks duel. Alleen had Els hulp gehad, en zij niet.

Karen had haar gesteund, had haar beloofd om aan haar kant te staan. Samen konden ze die bende wel aan. Uiteindelijk waren het een hoop onzekere losers, die hun eigen problemen verwerkten door anderen met nieuwe op te zadelen. Het had ervoor gezorgd dat Pascale hoopvol weer was vertrokken, vastberaden om het hoofd rechtop te houden, om de strijd aan te gaan. Lang had dat niet geduurd.

Aan de overkant van het huis van Karen stonden Els, Jurgen en Ken haar op te wachten. Ze waren haar gevolgd tot aan Karens huis. En daarna hadden ze geduldig gewacht tot ze weer naar buiten kwam. Pascale kreeg opnieuw de tranen in haar ogen toen ze terugdacht aan wat er zich toen had afgespeeld.

'Jij belt opnieuw aan en vraagt naar Karen.'

'Waarom zou ik dat doen?'

Nog voor haar zin was uitgesproken, had Ken haar arm al vastgenomen en hem achter haar rug gedraaid. Een stekende pijn schoot door haar pols. Al zijn wrok gebundeld in zijn greep.

'Omdat wij dat zeggen.'

'Ik doe het niet.'

Pascale probeerde zich sterk te houden, terug te denken aan het pact dat ze net had gesloten met Karen. Zij zouden opstaan tegen de dwingelanden. Zij zouden zich niet laten doen. Maar de pijn was niet te harden. Els trok nu ook aan haar haren.

'Je doet het wel, slet.'

Ze verbeet de pijn. Ze zou het niet doen. Wat ze ook met haar deden. Ze wist wat vriendschap waard was. Haar vastberaden blik deed de anderen twijfelen.

'Dan maar zo', zei Ken plots.

Hij trok Pascale mee naar de deur van Karens huis, liet haar los en stompte in haar maag. Daarna drukte hij zelf op de bel. Pascale klapte dubbel en was niet in staat te bewegen. Het duurde niet lang voor Karen de deur opendeed en haar vragend aankeek. Pascale had tranen in haar ogen en ontbeerde de lucht in haar longen om iets te zeggen.

Ze werd opzijgeduwd, viel op de grond, Jurgen glipte langs haar heen de gang in, voorbij een verbouwereerde Karen. Ken volgde hem met een fototoestel in zijn handen, Karen liet begaan. Haar ogen bliksemden naar Pascale, terwijl ze naar adem happend op de grond lag. Op de achtergrond hoorden ze de jongens joelen, ze konden hun pret niet op bij het zien van de armoedige woning. Ze negeerden de verbaasde kreten van de andere gezinsleden en drongen overal binnen.

Pascale stak de sleutel in het slot en ging haar woning binnen. Ze zou nooit die blik op Karens gezicht vergeten, de immense teleurstelling die ervan af te lezen viel. Ze wist dat Karen het haar kwalijk nam dat ze de jongens had binnengeloodst. Maar ze had er niets aan kunnen doen. Of wel? Tenslotte waren de jongens haar gevolgd, zij had hen het adres van Karen weggegeven.

Het had het einde van hun vriendschap betekend. Niet veel later was ze zelf van school veranderd en had ze gehoord dat Karen zich had aangesloten bij de bende. Ze wist niet exact waarom, maar ze had wel een sterk vermoeden.

Ze miste de tijd toen ze vriendinnen waren geweest. Sindsdien had ze nooit meer zo'n vriendschap ervaren. Iemand bij wie je alles kon opbiechten, zonder dat je meteen veroordeeld werd. Iemand bij wie al je geheimen veilig waren. Misschien had ze zich door alle gebeurtenissen daar ook niet meer voor opengesteld.

De bel ging. Pascales hart sprong op. Dat was vast Pieter. Hopelijk was er een doorbraak in de zaak en konden ze weer verder met hun leven. Zouden ze nog samen kunnen blijven na alles wat er gebeurd was? Zij wilde dolgraag verder met hem, maar ze wist dat hij twijfelde, dat hij niet wist of hij haar kon vertrouwen. Ze zou alles doen om hem te helpen. Om het vertrouwen terug te winnen. Dat moest mogelijk zijn.

Ze opende de voordeur. Ze schrok.

Als een formule 1-coureur stuurde Versavel de auto opnieuw door de straten. Van In wist dat hij stiekem genoot van een dringende operatie als deze. De vrijheid om even het gaspedaal in te drukken, om even de bochten net iets scherper te nemen, net iets sneller dan eigenlijk verantwoord was. Van In greep de beugel boven zijn stoel en zette zich schrap. Hij zou Versavel niet tegenhouden, want ze hadden er alle belang bij om snel te zijn.

De auto kwam piepend tot stilstand voor het huis van Pascale. Van In klikte zijn gordel los en opende het portier. Hijgend drukte hij op de bel. Terwijl hij wachtte probeerde hij door het raam in de woonkamer te gluren. Er was geen beweging te bespeuren. Zenuwachtig draaide hij zich om naar Versavel, die in de auto naar een oproep luisterde.

'In het appartement van Karen Severs was niemand', zei Versavel toen hij uit de auto kwam. 'Ze hebben wel het Honderd Dagenmagazine gevonden. Het lag op de tafel in de woonkamer.'

Van In had de patrouille de opdracht gegeven het appartement van Karen Severs binnen te vallen. Hij wilde niet naar haar op zoek gaan om dan te beseffen dat ze al die tijd stiekem thuis was geweest. Maar ze was er dus niet. Van In wist niet of hij daar blij om moest zijn. Hij bonkte op de voordeur, zette dan een stap naar achteren.

'Pascale!'

Zijn stem was hees, van vermoeidheid, maar evengoed van bezorgdheid. Waar was Pascale? Ze had gezegd dat ze na haar ondervraging in het politiekantoor recht naar huis zou gaan. Hij wreef in zijn ogen. Nadenken. Rationeel nadenken. Misschien was ze nog even langs de winkel? Misschien had ze op school moeten zijn?

Hij wist dat hij zichzelf iets wijsmaakte.

'Pascale!'

Hij bonkte harder, drukte tien keer op de bel. Tot Versavel hem achteruittrok.

'Ze is niet thuis.'

'Waar is ze dan?'

De woorden bleven tussen hen in hangen. Van In kon nog zoveel theorieën poneren over winkels en school, ze wisten allebei dat de waarheid anders was. Versavel liep naar de auto om versterking te vragen. Net als bij Severs konden ze ook hier geen risico nemen. Ze moesten het huis van Pascale binnendringen. Van In liep heen en weer over het trottoir, masseerde zijn slapen. Wat Versavel deed was nodig, maar iets zei hem dat het overbodig was. Pascale was hier niet.

'Houben is gesignaleerd', zei Versavel toen hij terugkwam van de auto. Zijn stem klonk opgewonden, na twee lege huizen op rij deed het deugd om een keer wel iemand op de radar te hebben.

'Waar?'

'Hotel Oud Huis de Peellaert. Hij zou er niet alleen zijn.'

'Severs?'

'Mogelijk.'

'We vertrekken meteen.'

Versavel twijfelde nog even om te voet te gaan. Door het centrum van Brugge rijden kostte je soms meer tijd dan lopen. Maar Van In wuifde het voorstel weg.

'Ik heb op dit moment de conditie van mijn oma.'

'Is die niet overleden?'

'Precies.'

Tien minuten later zette Versavel de auto half op het trottoir voor het hotel. Hij negeerde de toeterende auto's achter hem, die nu moeilijker konden passeren, trok zijn badge uit zijn borstzak en volgde Van In naar binnen. De ingang van het hotel was een grote houten poort met een sierlijk halfrond glasraam erboven. De elegante hal leidde rechtstreeks naar de receptie tegenover de deur. Daar stond een jonge vrouw zenuwachtig om zich heen te kijken. Ze was zichtbaar opgelucht toen ze de politiebadge zag.

'U hebt gebeld?' vroeg Versavel.

Ze knikte en veegde even met de mouw van haar netjes gesteven zwarte colbertjasje over haar voorhoofd, waardoor de mouw een deel van de overmatig voorziene fond de teint opslorpte.

‘Ik zag het bericht op het middagnieuws.’

‘Is meneer Houben hier al lang?’ vroeg Van In.

‘Hij heeft gisterenavond ingecheckt. Daarna is hij niet meer uit zijn kamer geweest.’

Dat vond Van In eerder vreemd. Als hij zijn kamer niet had verlaten, dan kon hij Ken Capiau niet hebben vermoord. Hij keek om zich heen. Er waren vast manieren om ongezien uit het hotel weg te komen.

‘Hebt u een extra sleutel?’

De vrouw overhandigde hen een sleutel.

‘Deze loper past op elke deur. U gaat de trap op, de gang in en dan is het de tweede kamer aan uw rechterkant.’

Ze zei het op dezelfde toon als waarop ze nieuwe gasten hun kamer wees. Van In verwachtte even nog ‘een prettige dag’ erachteraan te krijgen, maar die kwam niet.

‘Wachten we tot de anderen er zijn?’ vroeg Versavel.

Verscheidene eenheden waren naar het hotel gesommeerd, maar niemand had zich zo vlot door het Brugse stadsverkeer weten te wurmen als Versavel. Van In schudde zijn hoofd.

‘Geen tijd te verliezen.’

Hij knikte naar de receptioniste en duwde de deur naar de trap open. Bij het beklimmen van de treden trok hij zijn pistool. Versavel deed hetzelfde achter hem. In de gang op de eerste verdieping was een schoonmaakster aan het werk, die bleek wegtrok toen ze de twee gewapende mannen zag binnensluipen. Van In gebaarde dat het oké was, dat ze geen lawaai mocht maken. Ze knikte verdwaasd en glipte snel de kamer in die ze aan het schoonmaken was. Bij de deur van Houben bleven ze staan. Van In knikte, Versavel stak de sleutel in het slot.

Wie hoopte hij aan te treffen? Als Van In eerlijk mocht kiezen, hoopte hij Pascale te zien. Hij wilde ervoor zorgen dat ze in veiligheid was. Al kon hij zich ergens niet voorstellen dat Houben Pascale iets zou aandoen. Hij verwachtte eerder

Karen Severs te zien zitten, die als laatste opdraaide voor de vernederingen die zij en de anderen op het Sint-Lodewijkscollege hadden aangericht.

Hij zwaaide met zijn been en stampte de deur open. Hij mikte volop op het verrassingseffect. Versavel stormde met getrokken wapen naar binnen, Van In volgde hem als zijn schaduw.

'Handen omhoog, niemand beweegt!'

Het verrassingseffect was inderdaad compleet. De twee personen die in het bed lagen verroerden geen vin. Van In kneep even zijn ogen dicht, maar wist dat het beeld van de hotelkamer nog even op zijn netvlies zou blijven staan. Houben zat op handen en knieën op het bed, helemaal in zijn blootje, terwijl een andere naakte man achter hem op zijn knieën zat en zijn handen stevig om zijn billen had geslagen. Geen van beide heren durfde nog te bewegen.

Geen Pascale en geen Severs, en zeer waarschijnlijk een sluitend alibi voor Tom Houben. Ze stonden weer terug bij af.

'We moeten naar het college', zei hij tegen Versavel, toen ze weer buiten voor het hotel stonden. Ze hadden het afnemen van de verklaringen aan hun collega's overgelaten, nadat ze Houben en zijn vriend zich hadden laten aankleden. Van In hoefde hen geen vragen te stellen. De theorie die Versavel had geopperd leek te kloppen. Zijn collega keek op.

'Waarom?'

'Alles heeft daarmee te maken. Alles wijst naar de school. Severs is niet het slachtoffer in deze zaak. Ze heeft nog eens naar dat magazine zitten kijken. Ze maakt zichzelf helemaal gek door het onrecht dat haar is aangedaan. En alles is op de school gebeurd, dus daar moet haar finale plaatsvinden.'

Versavel knikte, maar hij was niet overtuigd.

'Zouden we het niet systematisch aanpakken? Eerst kijken wat de zoektocht in het huis van Pascale heeft opgeleverd. Wie weet hebben ze wel een aanwijzing gevonden.'

‘Daar kunnen we niet op wachten.’

Van In kuchte luid, zijn stem begaf het bijna.

‘Waarom niet?’

‘Omdat Severs Pascale bij zich heeft.’

Versavel keek peinzend naar zijn collega. Hij wist dat Van In niet meer objectief dacht, dus het was extra belangrijk dat hij dat wel deed. Maar tegelijk wist hij dat het speurdersinstinct van Van In zeer sterk was, ook al had hij de hele nacht niet geslapen.

‘Pieter, wat ik nu ga zeggen, zul je niet graag horen.’

Van In keek op, zijn ogen hadden een rode kleur.

‘Het kan ook zijn dat Pascale Karen Severs heeft meegenomen.’

De grond voelde kil en vochtig aan haar wang. Pascale opende langzaam haar ogen en probeerde door het waas te kijken dat voor haar ogen hing. Had ze geslapen? Was ze gevallen?

Ze wilde overeind komen, maar dat ging moeizaam, haar spieren leken stram. Haar hoofd kwam nauwelijks van de grond. Ze hoorde voetstappen, niet ver van haar vandaan, ze kwamen dichterbij. Twee versleten Foempies bleven staan voor haar gezicht. De zwart-witte schoenen waren vuil en de kenmerkende rode zool was helemaal afgesleten. De tip van de linkerschoen tikte tegen haar wang.

‘Mevrouw Lareine, wakker worden!’

Pascale kon het niet laten om te glimlachen. Ook na al die jaren lesgeven kon ze niet goed tegen dat ‘mevrouw Lareine’. Ze wilde zich niet boven de leerlingen zetten, ook al hadden haar ervaren collega’s haar keer op keer ingeprent dat dat absoluut noodzakelijk was. Maar ze wist dat er geen leerling naast haar stond. Ze probeerde op te kijken, maar het kostte moeite.

‘Niet opnieuw in slaap vallen. Je dutje heeft lang genoeg geduurd.’

De schoen tikte harder deze keer, op haar neus bovendien. Ze voelde een pijnscheut door haar gezicht trekken. Ze rekte zich nog een keer uit en ging dan rechtop zitten. Ze leunde met haar rug tegen een stenen tafel. Waar was ze?

'Veel beter', zei Karen Severs boven haar.

Deze keer had Pascale meer tijd om haar te bestuderen. Toen Karen aan haar voordeur had gestaan, was alles snel zwart voor haar ogen geworden. Ze zag er niet uit zoals Pascale zich haar herinnerde. De trotse Karen was een onverzorgde vrouw geworden, met naast versleten schoenen ook een jogging met gaten en een verbleekte capuchon. Haar haren waren onverzorgd, ongekamd en veel korter dan vroeger. Alsof ze ze zelf had geknipt. Haar huid was wit en gerimpeld, ook al was ze maar even oud als Pascale.

'Waarom ben ik hier?' vroeg Pascale. Het kostte haar moeite om te spreken, alsof haar lippen nog verlamd waren.

'Omdat we nog een rekening te vereffenen hebben.'

'We waren toch vriendinnen?'

'Waren, ja.'

Pascale slaagde er nu in om de omgeving in zich op te nemen. Ze was in iets wat op een kapel of een kerk leek en ze zat tegen het altaar. Rondom haar keken engelachtige figuren haar bemoedigend aan, ignorant van de hachelijke situatie waarin ze was beland.

'Ik heb nog geprobeerd, maar je negeerde me.'

'Logisch, je hebt mijn geheim verklapt.'

'Ik heb het niet verklapt, ze waren me gevolgd.'

Even leek het alsof dat nieuwe informatie was voor Karen. Maar ze besloot er geen acht op te slaan.

'Dan had je beter moeten opletten. Je wist hoe belangrijk het was voor mij.'

'Natuurlijk wist ik dat. Maar ik ben geen detective. Ik kijk niet in winkelruiten om te zien of ik word gevolgd!'

Karen keek haar niet aan. Ze wilde geen excuses horen. Pascale werd nu echt zenuwachtig. Als Karen een doel voor ogen had, dan deed ze er alles aan om dat te bereiken. Haar hele schooltijd was daar een voorbeeld van geweest. Ze had dolgraag niet meer arm willen zijn. En nu had ze een nieuw doel. Pascale slikte.

'Jij hebt hen vermoord.'

Ze kreeg geen antwoord. Karen draaide zich om, liep een eind weg en sleepte een sporttas door de kapel. Ze haalde er enkele dikke rollen ducttape uit, rolde er een af en knipte er een lang stuk van. Dat hing ze aan het altaar. Ze herhaalde die stappen keer op keer, dwangmatig.

'Uitkleden.'

Het bevel was kort en krachtig. Pascale keek verbaasd op, haar gedachten werden steeds helderder.

'Wat?'

'Je hebt me gehoord.'

Ze moest tijd winnen. Met haar praten. Dat hadden ze vroeger toch zo vaak gedaan?

'Waarom heb je zo lang gewacht?'

Karen gaf geen antwoord. Ze bleef ducttape afrollen en aan het altaar kleven. De stukken werden korter, net als haar handelingen.

'Als je zo kwaad op hen was, waarom dan niet ineens toeslaan?'

Toch kon Pascale zich nog altijd niet voorstellen dat Karen Jurgen, Ken en Lanoye had vermoord. Zou ze daar echt toe in staat zijn? Ze was altijd het lieve, tengere meisje geweest, de koningin waar iedereen naar opkeek. Ook zijzelf.

Karen keek op haar horloge. 'We moeten voortmaken.'

'Waarom?'

'Kun je niet even zwijgen? Als de juf iets zegt, moeten de kinderen daar toch ook niet tegen ingaan? Vandaag ben ik de juf.'

Pascale schudde haar hoofd. Erg veel tijd had ze nog niet gewonnen. Ze moest blijven proberen.

'Ik doe helemaal niets, als jij me niets vertelt.'

Karen zuchtte diep, keek nog eens op haar horloge.

'Weet je dat ik zelfs nooit ben afgestudeerd?'

Pascale schrok. Ze hadden geen contact meer gehad, maar ze was ervan uitgegaan dat alle leerlingen gewoon hun diploma hadden gehaald, met meer of minder psychologische trauma's, afhankelijk van hoeveel smeergeld ze aan Jurgen en co hadden betaald. Ze wist dat het Karens grote droom was geweest om onafhankelijk te worden. Maar zonder diploma van de middelbare school was dat alvast een stuk moeilijker.

'Dus weg droom, weg studeren, weg goedbetaalde job', ging Karen verder. 'Dus besloot ik maar te wachten. Tot de anderen gestudeerd hadden, een goedbetaalde job hadden.'

Ze nam een bankkaart uit haar broekzak en zwaaide ermee voor Pascales ogen.

'Of een geheime rekening. Waar zelfs hun vrouw niets van wist.'

Dat moest over Jurgen gaan. Ken had geen vrouw, Lanoye en Els ook niet. Had Karen zijn geld gestolen? Dat was ook een manier om de vicieuze cirkel te doorbreken. Maar moest ze daarom iedereen vermoorden? Pascale wist nog steeds niet of haar redenering klopte.

'Maar we wijken af. Waar waren we? O ja. Uitkleden!'

21

Van In en Versavel stormden langs het onthaal het Sint-Lodewijkscollege binnen, knikten kort naar Cindy en liepen verder. Van In voelde de vermoeidheid in zijn benen en liet zich door Versavel op sleeptouw nemen. Hij vroeg zich af waarom zijn collega niet moe leek. Die had er toch ook nauwelijks nachtrust op zitten? Hij had natuurlijk geen nachtelijke escapades gehad en geen schermutseling met een onverwachte gast, tenzij Versavel na een avondje stappen iemand mee naar huis had genomen.

Versavel duwde met zijn schouder tegen de houten deur van de leraarskamer, die met een klap tegen de muur bonkte. Ze bleven staan in de deuropening. Stilte.

Enkele leerkrachten verbeterden toetsen aan de tafels, anderen genoten van een kop koffie en de rust die de leraarskamer bood, na een dag vol gekwetter van de leerlingen aan hun hoofd.

'Is... mevrouw Lareine hier?' vroeg Versavel aarzelend.

Iemand schudde zijn hoofd en concentreerde zich dan weer op zijn verbeterwerk. Wat kwamen ze hier ook eigenlijk doen? Hadden ze verwacht dat Pascale hier zou zijn? Dat Karen haar hier mee naartoe zou nemen? Of omgekeerd?

'We gaan naar Duden', zei Van In.

Hij kreeg het gevoel dat ze het spoor helemaal bijster waren. Waarom waren ze hier? Omdat hij een ingeving had gehad.

Was die ergens op gebaseerd? Nee. Maar hij had slechts één aanknopingspunt: de school, alles draaide rond de school. En de moordenaar had al duidelijk gemaakt over een gevoel voor symboliek te beschikken. Zou het dan niet logisch zijn om hier het werk af te maken? Van Ins hart klopte sneller bij die laatste gedachte. Hij moest Pascale redden. Koste wat het kost.

De directeur zat aan zijn bureau naar een computerscherm te staren. Aan zijn gepijnigde blik was te zien dat hij net als Van In liever een papieren dossier voor zijn neus kreeg dan een digitale versie. Het was een zeldzame keer dat Van In een gelijkenis tussen hen zag. Voor de rest leken ze even hard op elkaar als een buffel en een ooievaar. Duden keek op, wilde een opmerking maken, maar slikte ze weer in. Hij zag aan de lichaamshouding van de agenten dat het ernstig was.

'Heren.'

'Van waaruit opereerde de bende van Jurgen Swerts?' vroeg Van In, alle beleefdheden negerend.

Duden schrok, schuifelde op zijn stoel en zei niets. Van In plantte zijn vuisten op het bureau en boog voorover.

'Luister, het kan me even niets schelen wat u allemaal wist van Lanoye en wat die precies onder de mat schoof. Het interesseert me ook niet hoe u aan uw post bent gekomen. En ik begrijp dat u de naam van de school hoog wilt houden en dat onze aanwezigheid daarbij niet helpt. Maar als u nu niet meewerkt, zit u straks met een nieuwe moord op uw school en ik ben benieuwd hoe u dat aan alle ouders gaat uitleggen tijdens de opendeurdagen.'

Duden pulkte aan de knopen van zijn hemd. Hij kuchte.

'Ze hadden twee plaatsen waar ze vaak samenkwamen. Het lokaal van Lanoye en de kapel.'

Hij kwam uit zijn stoel en haalde een sleutelbos uit zijn zak.

'Ik loop met u mee.'

Ze liepen achter Duden aan naar het geschiedenislokaal. Van In probeerde de blikken van de nog aanwezige leerkrachten te negeren. Hij wilde niet dat er paniek ontstond door hun nerveuze gedoe. Gelukkig stond er niemand aan het lokaal. Het politielint was intussen weggenomen, maar in het lokaal werd nog geen les gegeven.

Van In legde zijn hand op zijn pistool, Versavel deed hetzelfde. Hij knikte naar Duden dat hij de sleutel in het slot mocht draaien. Daarna wisselde hij een blik met Versavel. Ze wisten allebei wat hen te doen stond. Zodra de deur open was, opende Van In ze met een ruk en sprong Versavel met getrokken wapen naar binnen. Van In dekte zijn rug.

Het geschiedenislokaal was leeg. Van In keek snel rond, maar er waren geen plekken waar iemand zich kon verstoppen, laat staan twee personen. Hij had niet verwacht hier iets aan te treffen, want hier was al eens een moord gepleegd. De plek had gediend voor Lanoye, de boodschap was overgekomen.

'Is de kapel ook op slot?' vroeg Van In.

'Ja. Maar daar heb ik ook de sleutel van', zei Duden.

'Dan gaan we.'

Van In lette op zijn ademhaling toen ze door de gangen liepen. Hij hoopte dat ze nog niet te laat waren, hij zou het zichzelf niet vergeven.

'Kan iemand ongemerkt naar de kapel gaan?'

'Ik vrees van wel', antwoordde Duden. 'De kapel is ook toegankelijk voor mensen van buiten de school. Dus er is een aparte ingang.'

Van In vloekte. Dat betekende dat zijn theorie kon kloppen. Was dat goed of slecht nieuws? Hij probeerde zich de beelden van de kapel voor de geest te halen. Hij herinnerde zich het spandoek, de foto's, maar hij had niet op verborgen plekken gelet, op mogelijke uitgangen, eventuele hindernissen. Het zou puur op instinct moeten gebeuren.

Duden zette er vaart achter en stak meteen de sleutel in het slot van de deur van de kapel. Van In legde zijn hand op zijn arm om hem tegen te houden. Hij legde zijn vinger tegen zijn lippen. Hij nam de sleutel over, draaide het slot voorzichtig om en nam hem er weer uit. Daarna gaf hij een teken dat ze weer de gang in moesten. Duden keek hem verbaasd aan.

'Waar is de andere ingang?' fluisterde Van In zodra ze uit de buurt waren.

'Aan de buitenkant van de school.'

Van In knikte en wees op zijn horloge.

'Hoelang duurt het om van hier tot bij de andere ingang te komen?'

Duden haalde zijn schouders op. Het was een vraag die hem nog nooit gesteld was.

'Drie minuten?'

Van In wachtte even tot de grote wijzer van zijn horloge bijna boven was. Versavel hield zijn uurwerk ernaast om te controleren of ze gelijkliepen.

'Jullie gaan naar de andere ingang. Over exact vijf minuten vallen we tegelijk binnen.'

Hij keek opnieuw op zijn horloge en telde de laatste seconden af.

'Vanaf nu. Go!'

Duden en Versavel liepen haastig de andere kant uit. Van In sloop terug in de richting van de kapel. Hij probeerde te luisteren naar de geluiden achter de deur. Hij meende een zacht gefluister te horen. Of was het de wind die door de kieren blies?

De vijf minuten gingen tergend traag voorbij. Had hij vier minuten moeten nemen? Wat als ze een minuut te laat kwamen? Hij schudde zijn hoofd, probeerde helder na te denken. Nog drie minuten.

Wat zou hij doen als Pascale daar achter de deur zat? Zou

hij in haar armen vallen? Kon dat nog? Hij had haar behandeld als een verdachte van een moordonderzoek, er waren voor minder belangrijke zaken scheidingen in gang gezet. Waarom had ze zoveel voor hem verzwegen? Als ze sneller de waarheid had gezegd, was alles niet zo uit de hand gelopen. Maar kon hij haar dat wel verwijten? Tenslotte was het niet aan haar om de schuldige op te sporen.

Nog twee minuten. Zijn keel was droog, hij wilde water drinken, maar er was niets in de buurt. Even leunde hij met zijn hoofd tegen de muur en sloot zijn ogen. Zijn hoofd knikte naar beneden. Ogen open, concentratie.

Laatste minuut. Van In ging voor de deur staan, nam zijn pistool in een hand en legde zijn andere op de klink. Niet meer nadenken nu, binnenvallen, gebruikmaken van de verrassing en zo snel mogelijk Pascale in veiligheid brengen. Versavel zou klaarstaan aan de andere deur. Karen Severs zat in de val. Van In drukte de klink naar beneden.

'Ik begrijp nog steeds niet waarom ik me moet uitkleden', zei Pascale, terwijl ze langzaam haar trui over haar hoofd trok.

Karen grijnsde. 'Ik wil dat je de schaamte voelt. De schaamte die ik ook heb moeten ondergaan.'

'Ik heb toch vaak gezegd dat je je niet hoefde te schamen? Je ouders hadden minder geld. En dan?'

Die opmerking schoot bij Karen in het verkeerde keelgat. Een rol tape schoot uit haar hand en zoefde net boven Pascales hoofd.

'En dan? Jij weet niet wat het is om zo te leven! Jij bent opgegroeid als een kleine prinses, in haar roze kasteel, met een mama en een papa die als lakeien om je heen zwierven en vroegen: "O, prinses Pascale, kunnen we nog speelgoed voor je kopen? Heb je nog honger? Wil je een snoepje? Wil je nieuwe kleertjes, prinses Pascale?"'

De laatste woorden had ze geroepen. Pascale voelde de speekseldruppels in haar gezicht spatten. Maar ze gaf geen krimp. Ze moest blijven praten. Zolang er gepraat werd, gebeurde er niets anders.

'Je had toch een oplossing? Niemand wist ervan. Waarom schaamde je je dan?'

Karen begon te lachen. Het was een angstaanjagende en tegelijk droevige lach.

'Weet je dat echt niet?'

Pascale zag aan Karens blik dat ze iets miste. Ze schudde haar hoofd.

'Ze hebben de foto's gepubliceerd. Aan de hele school getoond.'

Karen zuchtte diep en liet zich nu ook op de grond zakken. Pascale stopte met zich uit te kleden.

'Waarom? Je hoorde toch bij hen?'

Ze haalde haar schouders op. 'Waarom? Omdat het onbetrouwbare klootzakken waren. Een jaar lang heb ik hen geholpen. Ik kon niet anders. Het was de enige manier om mijn geheim veilig te stellen. Ik heb kinderen bedreigd, geslagen, bestolen. Ik heb me laten aanranden door die vuile Ken. Hij was zogezegd verliefd op mij, maar hij nam geen nee als antwoord. Ik moest zijn liefje zijn. Dus dat deed ik, tegen mijn zin. Want als ik tegenwerkte, werd het alleen maar erger.'

Karen schokte even. Ze staarde voor zich uit, gruwde van de film die afspeelde in haar hoofd. Een verhaal dat ze had willen vernietigen, blokkeren in haar geheugen. Maar het kwam keer op keer weer tevoorschijn.

'En wat kreeg ik daarvoor? Een mes in mijn rug. Vastgebonden aan de schandpaal voor de hele school. Iedereen kon er eens flink mee lachen.'

Pascale kreeg medelijden met haar. Heel even zag ze weer haar vriendin naast zich zitten. Zoals ze vroeger op haar bed hadden gezeten, elkaar vertellend over hun problemen, of over hun verliefdheden. Met haar opgetrokken schouders en haar kin naar omlaag leek ze kwetsbaar, niet de moordenaar die ze naar alle waarschijnlijkheid was.

'Misschien lagen de andere leerlingen er niet zo van wakker?'

Karen antwoordde niet meteen. Ze speelde met een stuk tape dat aan het altaar hing.

'Misschien. Dat heb ik me later ook afgevraagd. Maar toen niet. Ik ging niet meer naar school. Ik kon me er niet overheen zetten. Alles was voor niets geweest. Ik deed geen examens mee, stopte gewoon.'

Pascale keek om zich heen. Was er iets waarmee ze Karen zou kunnen overmeesteren? Met een van de grote kaarsen kon ze vast flink uithalen. Maar zodra ze zich een beetje verzette, wist ze dat dat geen optie was. Ze was nog veel te draaierig. Wat had Karen haar gegeven?

'Goed spul, hè?'

Pascale fronste haar wenkbrauwen. 'Wat?'

'Je wordt er zo mak van als een lammetje. Zelfs een beer als Jurgen sabbelde bijna weer op zijn duim als hij het binnen had gekregen.'

'Wat heb je met hen gedaan?'

Karen schudde haar hoofd. 'Het is niet het moment om spelletjes te spelen. Verder uitkleden!'

Pascale gehoorzaamde met tegenzin. In de verte hoorde ze kerkklokken luiden. Ze probeerde te tellen om een idee van het uur te krijgen, maar dat mislukte. Ze trok haar kousen naar beneden, terwijl Karen achter het altaar verdween en aan iets begon te trekken. Kon ze het zo lang rekken tot de verdoving was uitgewerkt?

'Ik heb de schaamte ook al gevoeld, weet je', mompelde ze.

Ze hoorde een luide bonk. Karen had iets laten vallen. Pascale merkte dat ze Karen het best kon afleiden met iets waar ze het absoluut niet mee eens was.

'Jij? Laat me niet lachen! Met dat sullig briefje, zeker?'

Pascale bloosde. Als ze het Karen zo hoorde zeggen, leek het een onbenullig iets in het licht van de eeuwigheid. Maar op dat moment was het voor haar het grootste drama geweest dat iemand zich kon indenken.

'Iedereen lachte met mij. Je mocht wel verliefd zijn op een leerkracht, maar diezelfde leerkracht een brief schrijven ging te ver. Overal werd ik erop aangesproken. Leerlingen lachten met mij, zelfs leerkrachten vonden het geinig om te vragen wanneer ik hen eens een brief zou schrijven. Berckmans heeft me letterlijk apart genomen om te zeggen dat hij mijn verlangens wel kon bevredigen.'

Karen antwoordde niet meteen. Ze schoof een groot kruis achter het altaar vandaan. Dat legde ze naast Pascale.

'Ik dacht dat Berckmans vooral op jongens viel.'

'Dat was Reynders. Berckmans was volgens mij niet zo kieskeurig.'

Heel even dacht Pascale dat ze allebei in lachen zouden uitbarsten. Hun conversatie was te absurd om hier plaats te vinden. Ze klonk net zoals vroeger. Maar de stemming bij Karen veranderde op slag weer.

'Schiet wat op, wil je?'

Pascale begon aan haar andere kous, in hetzelfde tempo als daarvoor. Deze keer ergerde Karen zich nog meer. Ze schoot naar voren en rukte de kous van Pascales voet. Daar stopte ze niet bij. Ze greep ook het T-shirt van Pascale vast en trok het over haar hoofd, om daarna aan de knopen van haar broek te beginnen prutsen.

'Ho, dat doe ik zelf wel.'

'Als je het maar snel doet.'

Nu werd Pascale echt bang. Waarom moest ze haar kleren

uitdoen? Wilde Karen haar laten voelen wat Ken met haar had gedaan? Hoe kon ze de schaamte van weleer weer naar boven brengen?

Ze deed haar broek uit, iets sneller nu, en bleef zitten in haar ondergoed. Koude rillingen liepen over haar rug.

'Alles uit.'

Pascale beet op haar lip. Ze had geen woorden meer over om Karen bezig te houden. Haar gedachten raakten verlamd. Ze wilde geen pijn voelen, ze wilde hier weg en op de een of andere manier leek gehoorzamen daartoe de enige mogelijkheid. Ook al wist ze dat die kans klein was.

Ze opende de sluiting van haar beha en liet hem van haar schouders glijden. Met haar ene arm bedekte ze haar borsten. Karen en zij mochten dan wel vriendinnen zijn geweest, ze hadden elkaar nooit naakt gezien. Het voelde vreemd aan dat er op deze manier verandering in kwam.

'Slipje', zei Karen ongeduldig.

Pascale duwde haar onderbroek naar beneden, een handeling die meestal de voorbode was van een sensueel vervolg, maar haar vandaag kippenvel bezorgde. De vloer was koud onder haar blote billen. Karen nam het slipje uit haar hand en gooide het weg. Ze nam een stuk tape van het altaar.

'Eindelijk', zei ze en ze wees naar het grote houten kruis. 'Dan mag je nu daarop gaan liggen. Nu zul je voelen wat ik dankzij jou heb gevoeld.'

Van In beukte tegen de deur van de kapel en stormde naar binnen, zijn pistool in de aanslag. Vanuit een ooghoek zag hij dat de andere deur ook werd geopend, waarna het pistool van Versavel kwam piepen.

Zijn ogen gingen alle kanten uit, controleerden het altaar en de ruimte erachter, de stoelen, de gordijnen voor de muren. Maar waar hij ook keek, er was helemaal niets te bespeuren. De kapel was leeg.

'Is er een omkleedruimte?' siste hij naar Duden.

'De sacristie?' vroeg Duden.

'Ook goed. Waar?'

Duden wees naar de achterkant van de kapel, waar een kleine groengelakte deur in een dikke stenen muur verwerkt was. Van In knikte naar Versavel, die naar voren trippelde zonder zijn pistool te laten zakken. Deze keer was het Versavel die de deur opende en van In die als eerste naar binnen sprong.

De sacristie was erg klein, er waren kleedhokjes in zwembaden waar Van In een ruimer gevoel kreeg. Al zat er op deze deur een beter sluitingssysteem. Maar klein of niet, er was vooral niemand te bekennen.

Van In bukte zich om niet met zijn hoofd tegen de balk boven de deur te botsen en glipte langs Versavel weer de kapel in. Hij sloeg met zijn vuist op het altaar. Enkele kaarsen begonnen gevaarlijk te wiebelen.

'Verdomme!'

Zijn kreet galmde door de holle ruimte en bleef hangen tussen de muren. Van In ging op een van de stoelen zitten, alle energie vloeide uit zijn lichaam. Versavel kwam naast hem zitten.

'Ze zijn hier niet eens geweest', mompelde Van In. 'Dat is nog het ergste. We hebben het helemaal mis.'

Versavel stak zijn pistool weg en legde zijn hoofd in zijn handen.

'We mogen het niet opgeven.'

Duden stond er bedremmeld bij en speelde met zijn sleutelbos. Het was niet duidelijk of hij blij was dat er niemand in de kapel was geweest, of dat hij had gehoopt op wat meer actie.

'Wil er iemand een kop koffie misschien?'

'Ik zou wel iets sterkers kunnen gebruiken', bromde Van In.

'Dat kan ook.'

Duden nam hen mee naar zijn kantoor. Daar opende hij

de onderste lade van zijn bureau en haalde er een fles appeljenever uit. Hij zocht naar drie kleine glazen in een andere lade en schonk ze vol tot aan de rand. Hij schoof ze over zijn bureau. Versavel weigerde beleefd, maar Van In nam het glaasje dankbaar aan en sloeg het in één teug achterover. Het was iets te zoet en te plakkerig voor hem, maar na alle koffies van die ochtend deed het deugd om iets krachtigers binnen te krijgen.

'Karen Severs zei tegen ons dat Pascale gedreigd had om haar afkomst te onthullen. Daarom moest ze meedoen met Jurgen en de zijnen. Maar uiteindelijk was het de bende die haar te kijk zette, op een moment dat Pascale al lang niet meer op school zat.'

'Waarom zou Pascale een jaar later het geheim nog verklappen?' haakte Versavel erop in. 'Ze was zelf van school moeten veranderen door Jurgen en co. Dan zou ze hen toch niet helpen?'

Van In schudde zijn hoofd, schoof zijn glas naar Duden om het nog een keer te laten vullen.

'Het is niet logisch. Het klinkt ook niet als iets dat Pascale zou doen. Volgens mij heeft Karen Severs ons voorgelogen.'

Van In besefte dat zijn oordeel over Pascales motieven niet geheel objectief was. Versavel was zo tactvol om er op dat moment niet op in te gaan.

'Daar lijkt het wel op.'

Karen had hen vanaf het begin voorgelogen. Al bij de eerste ondervraging had ze hen in de richting van de andere pesters geleid, zonder haar eigen betrokkenheid te vermelden. Slim, want dat was ook wat een pester zou doen, en dat moest ze in de ogen van Van In en Versavel zijn. Ze zouden op zoek gaan naar een slachtoffer met wraakgevoelens, maar niet naar een pester met wraakgevoelens.

'Ze wilde de beste zijn, ze wilde dat iedereen haar zag als

een gelijke, als iemand met dezelfde mogelijkheden als iedereen. Ze wilde afstuderen, verder studeren en een goede baan te pakken krijgen. Pas dan zou ze tevreden zijn.'

Versavel rekte zich uit en liep door de kamer, om zuurstof in zijn hersenen te krijgen.

'Maar dat is anders uitgedraaid. Het appartement van Severs was niet bepaald dat van een succesvolle zakenvrouw.'

Van In nam het glas van Versavel en dronk ook dat op. Daarna richtte hij zich tot de directeur.

'Wat is Severs gaan studeren na het Sint-Lodewijkscollege?'

Duden schonk ook voor zichzelf een glaasje bij. Hoe vaak zou hij dat doen in zijn bureau? En dronk hij alleen of nodigde hij zijn favoriete leerkrachten dan uit? Lanoye was vast wel op bezoek geweest voor een borrel.

'Karen Severs is hier nooit afgestudeerd.'

Van In keek op.

'Wat?'

'Ze heeft haar examens niet meer meegedaan.'

De onthulling van haar geheim had een grotere impact gehad dan Van In had durven inschatten. Het had de jonge Karen Severs helemaal gekraakt. De jarenlang volgehouden inspanningen om boven zichzelf uit te stijgen bleken plots voor niets geweest. En toen was ze gekraakt. Het moest volledig op geweest zijn, als een elastiek dat zo lang en zo ver uitgerekt werd dat hij op een bepaald moment gewoon knapte.

'We moeten terug naar het kantoor', zei Van In tegen Versavel. 'We moeten verder zoeken, verder denken. Niet opgeven.'

Ze bedankten Duden voor zijn hulp en verlieten zijn kantoor. Misschien moest hij in de auto een snel dutje doen. Het zou zijn brein de nodige energie geven om nieuwe invalshoeken te bedenken. Hopelijk was er meer info van de huiszoekingen bij Karen en Pascale, een spoor naar waar ze konden zijn.

Van In stapte in de auto en hoorde de boordradio kraken. Verschillende stemmen probeerden informatie door te geven.

'Verdachte gesignaleerd in de Heilig Bloedbasiliek. Alle eenheden daarheen.'

Van In en Versavel keken elkaar aan. Het dutje zou nog even moeten wachten.

22

De Basiliek van het Heilig Bloed was oorspronkelijk een dubbelkapel, maar werd in 1923 tot basiliek verheven. Of ze die status te danken had aan haar werkelijke historische en architecturale waarde, of aan het lobbywerk van de nabestaanden van De Sabbatine, een vereniging van Brugse rechtsgeleerden die er lang geleden kwamen bidden, zou voor eeuwig een raadsel blijven, maar het stond buiten kijf dat ze een centrale plaats innam in de Brugse beleving van het christendom. Met het door kruisvaarders overgebrachte Heilig Bloed als trekker oefende ze een grote aantrekkingskracht uit op de Brugse gelovigen. Zelfs minder gelovigen als schrijvers en kunstenaars vonden er in de rust inspiratie voor nieuw werk.

De status van de gebouwen was voor de Kerk over het algemeen echter een zegen en een vloek tegelijk. Bezoekers liepen in en uit voor een snelle bewonderende blik, maar ze bleven steeds minder hangen. Kerken werden van historisch belang en zo keek men er ook steeds meer naar: als iets van vroeger. Het aantal kerkgangers was sterk tanende, nieuwe instroom bijna onbestaande. Wie nog opgevoed was met een dagelijks bezoek aan de kerk, bleef gaan, maar de kinderen gingen niet meer mee.

En ook al was de trend duidelijk, wist het grootste deel van de bezoekers van een dienst niet wat Torhout Werchter was of wie in Guns N' Roses speelde, toch sloot de Kerk haar ogen voor de problemen, iets waar ze op meer vlakken goed in waren. Zolang de mis nog relatief vol zat, was er geen probleem, ook al zou de helft van de bezoekers binnenkort niet meer op eigen houtje tot aan de kerk geraken. Aan moderniseren werd niet gedacht, meegaan met de tijd was geen optie, alles was tenslotte al bijna tweeduizend jaar hetzelfde, dus waarom veranderen?

Maar die dag bleek er toch iets aangepast te zijn. De bezoekers die toestroomden voor de misviering keken verbaasd naar voren. De mannen die normaal gezien een plaatsje achterin zochten, gingen nu vooraan zitten, hun ogen gefixeerd op het grote kruis naast het altaar. Vrouwen legden hun hand voor hun mond en betwijfelden of deze vorm van moderniseren wel de juiste was. Het was goed om een meer inclusieve samenleving te hebben, waarbij vrouwen prominenter op de voorgrond traden, maar het mocht wel geen afbreuk doen aan bepaalde gebruiken. Het positieve neveneffect was wel dat ze steeds minder moeite zouden hebben om hun echtgenoten mee naar de mis te sleuren.

Vooraan, naast het altaar, was een groot kruis gezet. En dat was op zich niet zo opvallend, want het kruis was een belangrijk symbool in het christendom. Dat er iemand aanhing, was ook niet vreemd, Jezus hing daar al twee millennia de zonden van de mensheid op zich te nemen. Maar het was geen Jezus die aan het kruis hing, wel een mooie, jonge, naakte vrouw, die zo hard ze kon naar beneden staarde, om niemand aan te moeten kijken.

'Jezus, Pascale.'

Van In wierp een blik op het tafereel in de basiliek, enerzijds zo vredig dat het net zo goed een levende kerststal had kunnen zijn, anderzijds zo gruwelijk vernederend dat je medelijden had met de gekruisigde, ook al kende je haar niet.

Onder de kleurrijke plafonds en tussen de vele levendige schilderingen leek het bleke, naakte lichaam een foutje in de compositie. Het ergste was nog dat niemand in actie schoot. Iedereen gaapte naar het kruis en de vrouwelijke verlosser, niemand verloste haar uit haar lijden. De kerkgangers waren het gewend om alleen op acties van de priester te reageren; de patrouilles die inmiddels waren gearriveerd, hadden de opdracht gekregen om te wachten op Van In. Die gaf een teken dat ze onmiddellijk de constructie naar beneden moesten halen. Hij rende naar voren.

'Wie heeft dit gedaan?'

Pascale zag hem nauwelijks staan. Ze keek verdwaasd voor zich uit, als in een soort van trance. De omstandigheden waren zo onwerkelijk dat haar gedachten op pauze waren gezet. Ze had haar lichaam en haar geest tijdelijk gescheiden.

'Was het Karen?'

Van In zette een stap achteruit om enkele hulpverleners door te laten. Het liefst van al zou hij Pascale in zijn armen nemen, en haar tegen zijn lichaam drukken, zodat ze kon opwarmen en uithuilen. Maar hij wist dat hij iedereen zijn werk moest laten doen. Dus focuste hij op zijn eigen werk: de dader vatten.

'Pascale, heeft Karen dit gedaan?'

Hij meende een lichte knik te ontwaren. Hij balde zijn vuisten. Waarom hadden ze Karen laten ontsnappen? Dit had voorkomen kunnen worden. Moeten worden. Versavel kwam naast Van In staan.

'Ik zal alle eenheden oproepen om uit te kijken naar Karen Severs. Ver weg kan ze nog niet zijn.'

Van In antwoordde niet, maar stapte op de verhoging waar het altaar stond. Hij probeerde zich voor te stellen wat zich hier had afgespeeld. Pascale die zich gewillig liet doen, was ze ook verdoofd geweest? Karen die de moeite deed om het zware kruis omhoog te tillen en te bevestigen in de staander die ze ervoor had gebouwd en die ze tegen het kleine altaar liet steunen. Die staander was ze op voorhand al in de basiliek komen zetten, zodat ze er niet meer mee hoefde te sleuren op het moment dat de patrouille voor haar deur stond.

Dat moest allemaal gebeurd zijn voor de kerkgangers arriveerden. Had Karen zich dan op een stoel gezet en zich verkneukeld in de vernedering van Pascale? Of was ze zo snel mogelijk gevlucht na haar wraak te hebben volbracht?

Aan de poorten van de kerk begonnen de patrouilles zich te organiseren om de mensen op een ordelijke manier naar buiten te leiden. Het ramptoerisme was voorbij, iedereen moest even ophoepelen, zodat ze de plaats van de misdaad konden onderzoeken. Het bracht Van In op een idee. Hij wenkte Versavel en fluisterde iets in zijn oor.

Karen Severs had niet verwacht dat wraak zoveel deugd kon doen. Op voorhand had ze gedacht dat ze snel spijt zou krijgen en haar plannen halverwege zou moeten opbergen. Maar dat bleek niet zo te zijn. Van het begin tot het einde had ze genoten. Alle pijn die ze had moeten ondergaan, alle nederlagen die ze had geleden, waren gecompenseerd. Niet ongedaan gemaakt, daarvoor was het te laat. Ze kon haar leven niet meer in handen nemen zoals ze ooit had willen doen. Maar dat zouden de anderen ook niet meer kunnen. Hun leven was voorbij.

Ze wierp nog een laatste blik op Pascale, die nu omringd werd door ambulanciers en politieagenten. Wat een plaatje was het geweest, de erotische versie van de Messias. Ze was ervan overtuigd dat een religie op die manier heel wat meer volgelingen kon verzamelen dan met een saaie Bijbel en koude, ouderwetse gebouwen.

Het verhaal van de kruisiging zou de hele stad rondgaan.

Overal waar Pascale kwam, zou ze worden aangekeken. Mensen zouden achter haar rug naar haar wijzen, vieze mannen zouden haar oneerbare voorstellen doen. De schaamte was compleet, net zoals het bij haar was geweest. Daarom had Pascale ook moeten blijven leven, het was het leven met de vernedering dat het ergste was.

En nu was het tijd om te verdwijnen. De rekening van Jurgen volstond om voor lange tijd onder te duiken in het buitenland. Misschien niet voor eeuwig, maar ze was het gewend om met weinig rond te komen. Ze hoopte dat in een nieuw leven, met een nieuwe identiteit, de demonen in haar hoofd haar eindelijk met rust zouden laten.

Ze schoof mee door de middengang van de basiliek, haar hoofd met haar nieuwe coupe lichtjes gebogen, alsof ze net zo ontzet was door de gebeurtenissen als de brave mannen en vrouwen voor en achter haar. Ze begreep niet hoe mensen zich nog zo konden laten voorliegen. Na alles wat er in het middelbaar gebeurd was, had ze zich voorgenomen om nooit meer zomaar iets aan te nemen. Van wie dan ook.

Ze was bijna buiten. Ze keek op haar horloge. Haar taxi zou al op haar staan wachten. Het was de eerste keer in haar leven dat ze een taxi zou nemen. En ook meteen de laatste. Ze kende de waarde van geld te goed om zuurverdiende – of zuurgestolen in dit geval – centen zomaar uit het raam te gooien.

Voor haar stopte de rij. Ze botste bijna op een man met een wandelstok die plots niet meer vooruit te branden was. Ze wilde vloeken, maar ze hield zich in. Het was niet het moment om ruzie te maken. Het was niet alleen de man die stilstond, ook verder in de rij bleven mensen staan. Karen deed een stap naar opzij om te kijken wat er aan de hand was. Er was vast iemand flauwgevallen. Of misschien ging de priester alsnog met de collectebus rond om de inkomsten te compenseren die hij was misgelopen. Hij zou ongetwijfeld iets krijgen, een stripclub was duurder dan de voorstelling van vandaag.

Ze begon sneller te ademen toen ze zag wat er vooraan in de rij gebeurde. De politieagenten aan de ingang van de basiliek hadden de rij tegengehouden. Een agent stak zijn hand op en gebaarde dat niemand verder mocht. De schuifelende meute gehoorzaamde gedienstig. Achter de agent werden de deuren van de basiliek gesloten.

Karen vloekte.

Ze zaten opgesloten.

'Ze moet hier zijn.'

Van In liep langs de rij met mensen en bestudeerde iedereen die erin stond. Karen Severs had Pascale willen vernederen, ze had haar een moment van schaamte willen laten meemaken zoals ze zelf had ervaren. En Van In was er zeker van dat ze daar ook graag bij had willen zijn. Een oude vrouw met een krullenpermanent en een jurk die ook een schort had kunnen zijn klampte hem aan.

'Meneer, wanneer mogen we naar buiten?'

Van In schudde haar van zich af, terwijl hij zijn blik over de andere aanwezigen liet glijden. Het licht was diffuus door de gebrandschilderde ramen. Nog steeds geen Severs te zien.

'Nog even geduld, mevrouw.'

'Maar we wachten hier al zo lang!'

'God zal het u lonen.'

Misschien had hij toch geen gelijk gehad. Severs was niet dom, ze zou zich nooit in de basiliek laten opsluiten. Misschien was ze al ver weg, om nooit meer terug te komen. Aan het einde van de rij bleef hij staan. Steeds meer bezoekers begonnen zich te roeren, te vragen wat er aan de hand was, wanneer ze eindelijk mochten vertrekken. Van In probeerde hen te negeren, schudde met zijn hoofd naar de agenten aan de deur, ze mochten nog niet toegeven.

'Van In!'

Het was de stem van Versavel. Van In keek rond, probeerde de kreet te lokaliseren. Hij zag nog net zijn collega aan de andere kant van de basiliek met getrokken pistool door een zijdeur verdwijnen. Had hij Severs gezien? Van In liep naar de deur en trok onderweg een priester aan zijn kraag.

'Wat zit daarachter?'

De priester schrok, bibberde zelfs een beetje. Zoveel emotie had hij in al die jaren in zijn kerk nog nooit beleefd.

'De trappenhal.'

'En waar leiden de trappen heen?'

'Naar de Sint-Basiliuskapel.'

Van In liet hem los en stormde naar de trappenhal. Hij trok zijn pistool en daalde behoedzaam de brede treden af. In de verte hoorde hij gestommel, hij spitste zijn oren.

De Sint-Basiliuskapel was donker en kil. Zwakke vloerspots verlichtten de stenen muren aan de zijkanten. Het altaar was sober, enkel het bronzen standbeeld van een roofvogel voor de raampartij zorgde voor een beetje versiering. Van Ins ogen schoten alle kanten uit, hij zag geen beweging.

Hij zette een stap naar voren. De kapel was niet groot, iemand kon zich hier nauwelijks verstoppen. Toen hij weer een stap zette, struikelde hij. Hij viel voorover, zette zijn handen voor zich en liet zijn pistool vallen bij het neerkomen. Hij draaide zich op de grond meteen om en zag waarover hij was gevallen: het been van Versavel.

'Guido?'

In paniek keek hij naar zijn collega. Versavel lag onder een van de houten banken waar gelovigen hun dagelijkse gebeden konden opzeggen. Maar het was een schietgebedje dat Van In nu nodig had, want voor hij kon zien of Versavel nog leefde, voelde hij een arm rond zijn keel. Instinctief hief hij zijn arm, maar hij kwam te laat om de wurggreep te blokkeren. Het was echter niet de worstelende arm die hem zorgen baarde, maar wel de zoetige geur die zijn neusgaten bereikte.

Allerlei gedachten schoten in enkele seconden door zijn hoofd. Hij wist dat Severs haar slachtoffers carfentanil had gegeven, waardoor ze bedwelmd werden en ze haar plannen makkelijk ten uitvoer kon brengen. Vermoedelijk had ze met Versavel ook zoiets gedaan. Hopelijk had ze hem geen overdosis gegeven. Van In sloot zijn mond en begon heftig heen en weer te schudden. Hij sloeg met zijn vrije arm in het rond, in de hoop haar hand waarin het middel zat te raken. Zolang hij bewoog, kon ze niet veel doen. De greep rond zijn keel werd krachtiger, Van In hapte naar adem. Voor een tengere dame had Severs verrassend veel kracht. Of was het iemand anders dan Severs?

Een knie stootte in zijn rug. Van In incasseerde de schok zonder geluid, hij mocht niet laten merken dat het pijn deed. Een nieuwe dreun volgde snel. Hij bleef wanhopig zwaaien met zijn arm. Dit hield hij niet lang meer vol.

Hij keek in het rond. Waar lag zijn pistool? Hij ontdekte het enkele meters verder, op een van de vloerspots. Het zorgde voor een schaduwspel dat de meeste ouders hun kinderen liever niet zagen spelen.

Met zijn elleboog stootte hij fors achter zich. Gedaan met incasseren, het werd tijd om uit te delen, voor hij helemaal dubbelklapte. De greep werd losser, zijn slagen hadden effect. Met zijn rechterhand greep hij de arm rond zijn keel en trok die naar voren. Daarna zette hij zijn voeten op een van de houten banken en duwde zich naar achteren. Met zijn volle gewicht duwde hij Severs achteruit en plette hij haar tussen zijn lichaam en de bakstenen muur. Hij hoorde een zachte kreet.

Van In rolde weg, tussen de banken door. Hij had nooit goed kunnen stilzitten in de kerk. Hij kwam overeind en draaide zich om. Het was wel degelijk Karen Severs met wie hij had geworsteld. Haar haren waren korter geknipt dan toen hij haar de laatste keer had gezien, maar hij herkende haar meteen. Ze had een verbeten blik, een gevaarlijk dier dat in het nauw was gedreven. Ze was enkel gewapend met een kleine doorzichtige spuitbus, de carfentanil waarmee ze zo vaak had toegeslagen. Maar ook zij zag nu de schaduw van Van Ins pistool.

Even stonden ze allebei stokstijf stil, hun ogen monsterden elkaar. Severs kwam als eerste in beweging, ze wilde langs de muur lopen en naar het pistool springen. Maar Van In reageerde snel en duwde een houten bank naar voren die haar de weg versperde. Ze botste er met een klap tegenaan. Van In zette zich af en sprong over de banken heen naar de andere kant. Naast hem deed Severs hetzelfde en ze beukte met haar schouder op hem in. Deze keer liet Van In zich niet verleiden om het gevecht aan te gaan. Hij duwde haar weg en sprong verder, tot hij de muur bereikte. Met een snoekduik dook hij het pistool op. Maar hij kon niet overeind komen, want een voet blokkeerde zijn hand. Een pijnscheut trok door zijn pols.

Severs bleef stampen en Van In moest het pistool weer loslaten. Op dat moment zag hij haar twijfelen. Moest ze het op een lopen zetten of moest ze hem definitief uitschakelen? Ze keek naar de spuitbus in haar hand, hief haar arm en liet hem weer zakken. Van In profiteerde van de aarzeling, greep zijn pistool en richtte het op haar.

'Laat los.'

Ze grijnsde, schudde haar hoofd. 'Ik denk er niet aan.'

'Je hebt genoeg slachtoffers gemaakt.'

'Ik ben ook een slachtoffer.'

Zelfs na drie moorden, waarschijnlijk vier, en na een verplichte publiekelijke vernedering van haar voormalige beste vriendin, weigerde Severs de verantwoordelijkheid bij zichzelf te leggen.

'Dat geeft je niet het recht om een dader te worden.'

Ze haalde haar schouders op. 'Zij hebben mijn leven beëindigd. Ik nu dat van hen.'

De woorden klonken ijskoud uit haar mond en even voelde Van In ook medelijden opkomen. Severs had als meisje zo hard geknokt om wat van haar leven te maken, en waarschijnlijk was haar dat ook gelukt als de verkeerde mensen niet op haar pad waren gekomen. Maar ze had ook andere keuzes kunnen maken. Ze had net zoals Pascale van school kunnen veranderen, ergens anders met een schone lei kunnen starten. Maar ze was blijven knokken, tot ze zelf een uppercut had gekregen.

'Wat heb je met mijn collega gedaan?'

Severs keek naar Versavel, die nog steeds op dezelfde plaats in dezelfde houding lag.

'Hij heeft maar een beetje gekregen. Hij zal het wel overleven.'

Van In keek bezorgd naar Versavel die daar roerloos lag. Sprak ze de waarheid? Hij moest zo snel mogelijk hulp halen.

'Steek je handen in de lucht en draai je om. We gaan naar boven.'

Severs keek hem langdurig aan. Er zat geen leven meer in haar blik, wat haar extra gevaarlijk maakte. Van In spande zijn vinger om de trekker.

'Ik ga niet meer terug naar boven.'

Van In twijfelde. Wat moest hij doen? Hij kon haar niet achterlaten en hulp gaan halen. Ze had een dodelijk verdovend middel vast en Versavel lag hier nog. Hij kon haar ook niet zomaar neerschieten.

'Zet die fles neer.'

'Nee.'

Van In richtte zijn pistool op haar schouder. Hij kon haar wel verwonden.

'Fles neer. Nu!'

Ze deed niets. Van Ins hart bonkte in zijn keel. Iemand die bedreigd werd met een pistool en niet gehoorzaamde was behoorlijk gevaarlijk. Nu ja, iemand die vier moorden had gepleegd ook natuurlijk.

'Ik zal het je niet moeilijk maken', zei Severs.

Haar blik was anders nu, berustend, ze leek een besluit te hebben genomen. Van In haalde opgelucht adem. Maar de opluchting verdween snel toen Severs de fles begon open te schroeven.

'Wat doe je? Zet die fles neer!'

Severs antwoordde niet meer, schroefde verder. Ze verwijderde het spuitpistool en keek naar de fles met de doorzichtige vloeistof. Ze schudde ermee en draaide rondjes, alsof ze wijn liet rondwalsen. Van In zette een stap achteruit. Als ze ermee zou gooien, moest hij kunnen wegspringen. Zijn pistool bleef op haar schouder gericht.

'Severs, laatste waarschuwing.'

Zijn woorden hadden geen effect. Severs keek hem aan, grijnsde en zette dan de fles aan haar lippen. Van Ins handen werden klam. Moest hij schieten? Hij twijfelde, te lang. Severs gooide haar hoofd achterover en slokte de resterende inhoud van de fles naar binnen. Het effect trad onmiddellijk in. Ze wankelde op haar benen, de fles viel op de grond, haar ogen rolden in hun kassen. Als een pudding zakte ze in elkaar.

Van In bewoog niet meer, zijn pistool nog steeds gericht op waar daarnet Karen Severs' schouder was geweest. Zijn hand stopte niet met trillen.

23

Versavel schudde zijn hoofd toen Van In een mand met vier Duvels op de tafel naast zijn ziekenhuisbed zette. De plastic folie was al een beetje gescheurd en het lintje was er slordig aan gehangen.

'Duvels, Pieter? Wat ken je me toch goed!'

'Mijn mama zei altijd dat je iemand een cadeau moet geven dat je zelf ook graag zou krijgen.'

'Dan ben ik al blij dat het geen abonnement op *Playboy* is.'

Van In grijnsde. 'Je hebt nog niet gezien wat er onder in de mand ligt.'

'Zeveraar.'

Van In zocht een stoel en ging naast Versavel zitten. Zijn jas gooide hij over het bedeinde.

'Mooi wat je met de kamer hebt gedaan', lachte hij.

Versavel knikte. 'Daarvoor was ze heel kleurrijk. Ik vond dat het wel wat sterieler mocht.'

Van In nam een fles water en een glas, schonk uit en gaf het glas aan Versavel. Daarna wrikte hij een van de flesjes Duvel onder de plastic folie uit en wipte de kroonkurk eraf aan de bedrand. Hij zette het flesje aan zijn lippen.

'Als jij er toch niet van drinkt. Zeker dat je geen slok wilt?'

'Nee, bedankt. Ik denk niet dat de dokters dat zouden appreciëren.'

'Mijn mama zei ook dat je ten minste van alles eens moest proeven.'

'Jouw mama zou trots op je zijn. 's Ochtends bier drinken in een ziekenhuiskamer, dat zou de basis van elke opvoeding moeten zijn.'

Versavel nam de optrekbeugel boven zich vast en trok zich rechtop. Hij zag er nog een beetje bleek uit, maar voor de rest leek hij helemaal de oude.

'Hoe voel je je?'

'Ik ben oké. Ik heb al tegen de dokters gezegd dat ik hier zo snel mogelijk weg wil.'

Zo kende hij zijn collega. Hij was er de man niet naar om lang stil te zitten. Karen Severs had goed geweten welke dosis ze iemand kon toedienen. Ze had bij haar slachtoffers niet te veel gebruikt, zodat ze zelf het werk kon afmaken. Het was een morbide gedachte dat ze het belangrijk had gevonden om persoonlijk de genadeklap te geven. Het ultieme moment van wraak.

'Prima, ik was al bang dat ik zelf het verslag zou moeten typen.'

'Tegen dat dat klaar is, is de zaak verjaard!'

Van In glimlachte en dronk van zijn Duvel, het smaakte. Hij was blij dat hij van de oorspronkelijke zes flesjes in de mand er al twee uit had gehaald voor thuis. Hij zou ze gebruiken om te klinken op zijn verhuizing, de dag dat hij definitief verlost was van zijn huisbaas. Devos had het nagemaakte arrestatiebevel toch behoorlijk serieus genomen. De dag dat het was aangekomen, had hij onmiddellijk verschillende van zijn huurders gebeld om te zeggen dat hij enkele herstellingen zou komen uitvoeren. Van In had gedaan alsof hij uit de lucht kwam gevallen en hem met open armen verwelkomd. De reparaties zouden voor hem rijkelijk laat komen, aangezien zijn huis in de Vette Vispoort bijna klaar was, maar dan zouden de volgende bewoners tenminste in een degelijk appartement terechtkomen.

'Ben je al langs Pascale geweest?' vroeg Versavel na een tijdje stilte.

Van In schudde zijn hoofd en nipte van zijn flesje.

'Is het daarom dat je hier bij mij een Duvel aan het drinken bent?'

Van In knikte en dronk opnieuw. Pascale lag net als Versavel in het AZ Sint-Jan, om te bekomen van de shock van haar kruisiging. Voorlopig was ze nog onder politiebewaking, hoewel ze van de dader nu niets meer hoefde te vrezen. Van In keek er niet naar uit om haar onder ogen te komen. Wat moest hij zeggen? Wat zou zij zeggen?

'Misschien moet je toch maar even gaan.'

'Misschien wel.'

Hij bleef zitten, maakte geen aanstalten om op te staan.

'Wist je dat De Kee en Duden samen op school hebben gezeten?' zei hij plots.

'Dat verbaast me niets', zei Versavel.

Van In kon zich de telefoontjes wel voorstellen die tussen de twee hadden plaatsgevonden. Twee heren die elkaars gelijke waren in het ophouden van de schone schijn. Die erop gebrand waren om hun positie te verstevigen en daarvoor de nodige connecties inschakelden. Duden wilde geen negatieve reclame voor zijn school, dus had hij er bij De Kee op aangedrongen om de zaak snel af te handelen, ook al ging dat gepaard met een pedofiele priester. Die schuld kon hij volledig afschuiven op Lanoye, terwijl het verhaal van de pesterijen ook een zaak van de school was geweest. De Kee was er in meegegaan, tot ook hij besefte dat er meer aan de hand was.

'Als we sneller de waarheid hadden gekend, hadden we misschien enkele slachtoffers kunnen vermijden', zuchtte Van In.

'Is dat niet altijd zo?' vroeg Versavel. 'Dat hoort bij onze job.'

'Misschien wel. Wat een klotejob.'

Van In wist dat hij dat niet meende, hij zou niet weten wat

hij anders zou doen. Maar af en toe was het toegestaan eens flink te balen.

'Zullen we een bloemenkwekerij starten?'

'Prima', lachte Van In. 'Als jij de inkoop en de verkoop doet.'

'En wat doe jij dan?'

'Ik blijf zo ver mogelijk uit de buurt. Bloemen hebben de neiging niet te overleven in mijn buurt.'

'Dat ligt niet aan de bloemen, Van In.'

Van In dronk zijn Duvel leeg en zette het flesje op het tafeltje naast Versavel. Die legde zijn hand op zijn arm.

'Van bloemen gesproken. Vergeet er geen mee te nemen voor Pascale.'

'Het is al goed. Ik ga al.'

Van In nam afscheid van Versavel en zocht zich door de gangen een weg naar de liften. In de winkel in de grote hal probeerde hij een keuze te maken tussen de verschillende boeketten. Hij nam eerst het goedkoopste, bedacht zich dan en koos voor het grootste en het duurste. Daar kon hij al zeker niets verkeerds mee doen.

Hij steeg opnieuw naar de bovenste verdieping en keek op het briefje met het kamernummer dat hij had meegekregen. Hij volgde de pijlen tot hij aan de juiste gang kwam. In de verte zag hij al een agent voor de kamer zitten. Hij knikte naar zijn collega en liet zijn badge zien.

Pascale lag in haar bed voor zich uit te staren. Ze keek niet naar de televisie, niet uit het raam, las geen boekje, deed niets wat de gemiddelde zieke zou doen. Ze leek niet aanwezig te zijn, alsof ze na de ervaring in de basiliek uit haar lichaam was getreden. Pas toen hij voor haar ging zitten, veranderde de uitdrukking op haar gezicht. Een flauwe glimlach verscheen.

'Pieter.'

'Dag Pascale.'

Het voelde onwennig, alsof dit niet de vrouw was waarvoor

hij als een blok was gevallen. Alsof de stomende vrijpartijen nooit hadden plaatsgevonden. Twee vreemden die elkaar begroetten.

'Ik heb een bloemetje meegebracht.'

Hij zwaaide met het dure boeket, wist niet wat hij ermee moest doen. Hij legde het op de vensterbank.

'Dat is lief, dank je.'

'Hoe voel je je?'

Ze probeerde een beetje rechter te gaan zitten, maar dat kostte moeite. Halverwege de inspanning liet ze zich weer naar beneden glijden. Van In wist niet of hij haar moest helpen.

'Beter. Maar nog wat suf. Er hangt de hele tijd een waas voor mijn ogen.'

Ze ging met haar handen door haar haren, probeerde ze goed te leggen. Maar ze gaf het al snel op. Een hand bleef ter hoogte van haar schouder liggen en maakte krulletjes in haar haren.

'Je hebt ook wel wat meegemaakt. Doe het maar heel rustig aan.'

'Ik begrijp nog altijd niet wat er precies is gebeurd.'

'Dat is oké. Niemand begrijpt het helemaal.'

Van In was gestopt met alles te proberen doorgronden. Het was belangrijk bij zijn werk om in het hoofd van een dader te kunnen kruipen. Het hielp om voorspellingen te doen, om het juiste spoor te vinden. Maar soms was dat niet mogelijk. Soms ontsproten er dingen aan iemands brein die niemand had kunnen voorspellen. En Karen Severs zou geen antwoorden meer kunnen geven.

Hij boog voorover en nam haar hand vast. Hij kneep er even in.

'Je bent er nog, dat is het belangrijkste.'

Ze haalde haar schouders op, keek weg. Het voelde voor haar niet als een opluchting om de schaamteloze voorstelling van Karen overleefd te hebben. Het was eerder een nieuwe schandvlek, een die haar lang zou achtervolgen. Na een tijdje draaide ze haar hoofd naar hem toe.

'Ik heb jou nog. Dat is het belangrijkste.'

Van In slikte, maar keek niet weg. Nu was het zijn beurt om te zwijgen.

'Pieter?'

'Ik denk niet dat ik het nog kan, Pascale.'

'Wat niet?'

'Op jou verliefd zijn.'

Dat was niet helemaal waar. Verliefd zijn op Pascale was niet moeilijk. Veel jongens en veel mannen waren het al geweest. Er was weinig aan Pascale waar je niet verliefd op zou worden. Hij kon het nog wel, maar hij wilde het niet meer.

Hij wilde niet meer verliefd zijn op een gesloten boek, dat zelf koos welke verhalen het prijsgaf. Hij wilde niet meer moeten raden naar de prequels die aan haar verhaal voorafgingen, hij wilde een vrouw met wie hij een sequel kon schrijven. Maar tegelijk had hij haar ongelooflijk graag gelezen.

Ze kneep hard in zijn hand. Tranen stonden in haar ogen.

'Alles is voorbij', fluisterde ze. 'We kunnen verder.'

Haar wanhopige blik deed hem twijfelen. Ze had nu vooral steun nodig, iemand op wie ze kon vertrouwen om haar leven opnieuw op te bouwen. Waarom kon hij dat niet zijn?

'Er is te veel gebeurd.'

'Ik zal het goedmaken.'

Van In haalde diep adem. 'Dat gaat niet meer.'

Ze brak voor zijn ogen, haar lippen trilden. Ze liet zijn hand los en draaide zich weg van hem. Hij voelde zich verschrikkelijk. Maar hij wist dat hij de juiste beslissing nam. Voor hem en voor haar. De enige manier om dit goed te verwerken was door volledig opnieuw te beginnen. Ze zou moeten breken met het Sint-Lodewijkscollege, breken met haar verleden, breken met hem. En dan kon ze beginnen op te bouwen. Van In was nu al jaloers op de man die de nieuwe Pascale aan de haak zou slaan. Maar hij zou het niet zijn.

Hij boog zich over het bed en kuste haar op haar wang. Hij voelde een siddering door haar lichaam gaan.

'Het komt goed, Pascale. Je zult het zien. Nu nog niet. Maar het komt goed.'

Van In keek niet om toen hij de kamer verliet. Hij veegde zijn ogen droog met zijn zakdoek en negeerde de agent aan de deur die vreemd opkeek toen hij de commissaris met een betraand gezicht de kamer zag verlaten. Halverwege de gang twijfelde hij. Moest hij niet gewoon teruggaan en haar kussen? Zoals in een romantische komedie. Zij kon veranderen, hij kon veranderen. Als ze er maar in geloofden.

Maar dan dacht hij terug aan de woorden van Vanmaele over *Pretty Woman*. De film was inderdaad een metafoor voor het leven. Soms moeten we niet alles willen veranderen. Soms moeten we de dingen laten zoals ze zijn. Pascale was Pascale, haar mysterieuze verschijning droeg bij tot wie ze was. Dat mocht ze gerust behouden en delen met een man die hield van een portie raadsels. En Van In was wie hij was, recht voor z'n raap, niets in de handen, niets in de mouwen. Hij grijnsde terwijl hij zich bedacht hoe hij dat binnenkort aan Vanmaele zou uitleggen.

Dat hij eigenlijk Julia Roberts was.

www.standaarduitgeverij.be – info@standaarduitgeverij.be

Vertegenwoordiging in Nederland:
New Book Collective, Utrecht
www.newbookcollective.com

Eerste druk: september 2023
Tweede druk: oktober 2023
Derde druk: oktober 2023
Vierde druk: november 2023
Vijfde druk: november 2023
Zesde druk: december 2023
Zevende druk: december 2023
Achtste druk: augustus 2024

Omslagontwerp: Wil Immink Design
Ontwerp en opmaak binnenwerk: Ready2Print

ISBN 978 90 223 4001 1
NUR 330
D/2023/0034/359